# 李清照

诸葛忆兵 著

北方文艺出版社

**图书在版编目（CIP）数据**

李清照 / 诸葛忆兵著 . -- 哈尔滨 : 北方文艺出版社 , 2019.10
ISBN 978-7-5317-4365-1

Ⅰ . ①李… Ⅱ . ①诸… Ⅲ . ①传记文学 – 中国 – 当代
Ⅳ . ① I25

中国版本图书馆 CIP 数据核字 (2019) 第 176684 号

**李清照**
Li Qing Zhao

作　者 / 诸葛忆兵
责任编辑 / 路　嵩
封面设计 / 琥珀视觉

出版发行 / 北方文艺出版社
发行电话 / ( 0451 ) 85951921 85951915
地　址 / 哈尔滨市南岗区林兴街 3 号
邮　编 / 150080
经　销 / 新华书店
网　址 / www.bfwy.com

印　刷 / 廊坊市国彩印刷有限公司
字　数 / 167 千
版　次 / 2019 年 10 月第 1 版
开　本 / 710mm × 1000mm　1/ 16
印　张 / 15.5
印　次 / 2019 年 10 月第 1 次印刷

书　号 / 978-7-5317-4365-1
定　价 / 48.00 元

# 前 言

一部中国古代文学发展的历史，几乎就是男性作家呼风唤雨、展示身手的主宰史。在那个“女子无才便是德”的极端男尊女卑的等级社会里，众多才华横溢的女性被默默吞噬，消失在历史长河之中，这是一种不可避免的又让人十分无奈的社会悲剧。茫茫黑夜里，却偶尔有几颗流星划过长空，留下闪烁耀眼的光芒，为无数低眉顺眼、逆来顺受的女子谱写出光辉的一章。李清照，便是这寥寥的几颗璀璨流星中最光彩照人的一颗。宋代文人对李清照就已经拳拳服膺。王灼说：“若本朝妇人，（李清照）当推文采第一。”（《碧鸡漫志》卷二）朱彧说：“本朝女妇之有文者，李易安为首称。”（《萍洲可谈》卷中）历代众多心高气傲的文人墨客更是倾倒于她的卓越才华。“男中李后主，女中李易安，极是当行本色。前此太白，故称词家三李。”（王又华《古今词论》引沈去矜词论）将李清照与后主李煜、诗人李白相提并论，推崇至极，无以复加。清代文坛执牛耳者王士祯，也自豪地说：“张南湖论词派有二：一曰婉约，一曰豪放。仆谓婉约以易安为宗，豪放惟幼安称首，皆吾济南人，难乎为继矣。”李清照俨然为婉约词的宗派大师。其他赞美之辞，比比皆是。“易安在宋诸媛中，自卓然一家，不在秦七、黄九之下。词无一首不工，其炼处可夺梦窗之席，其丽处直参片玉之班。盖不徒俯视巾帼，直欲压倒须眉。”（李调元《雨村词话》卷三）“李易安词风神气格，冠绝一时，直欲与白石老仙相鼓吹。妇人能词者，代有其人，未有如易安之空绝前后者。”（陈廷焯《云韶集·词坛丛话》）“易安跌宕昭彰，气调极类少游，刻挚且兼山谷。篇章惜少，不过窥豹一斑。闺房之秀，固文士之豪也。才锋大露，被谤殆亦因此。自明以来，堕情者醉其芳馨，飞想者赏其神骏。”（沈曾植《菌阁琐谈》）李清照以其天才的文学创作、无穷的艺术魅力，确立了自己在中国古代文学史上的崇高地位。王僧保作《论词绝句》总结说：“易安才调美无伦，百代才人拜后尘。比似禅宗参实意，文殊女子定中身。”（《古今词辨》）

李清照在文学创作上之所以获得如此成就，原因是多方面的，她的一位如意郎君、一段美满婚姻、一场个人情感生活的丰富阅历，无疑是众多因素中最重要的原因之一。中国古代女子，在婚姻大事方面没有任何自主权利，必须听从“父母之命，媒妁之言”，婚后也只能是“嫁鸡随鸡，嫁狗随狗”。因此，在千百年婚姻延续的历史上，悲剧的家庭极多，幸福的夫妻极少。李清照又是何其幸运，居然能够成为这寥若晨星之伉俪情深中的一对恩爱夫妻！仔细阅读李清照的作品，时时能看到她丈夫赵明诚的清俊爽朗之身影。可以这样说，李清照文学上的巨大成功，与爱她、疼她的丈夫赵明诚密不可分。后人对此同样仰慕艳羡，屡屡见诸题咏。吴宽《易安居士画像题辞》说：“金石姻缘翰墨芬，文箫夫妇尽能文。西风庭院秋如水，人比黄花瘦几分？”（四印斋所刻《漱玉词》引）乐钧说：“奇绝芝芙梦里情，先教夫婿识才名。一溪柳絮门前水，犹作青闺漱玉声。”（《青芝山馆诗》）查惜《题李清照》说：“间气钟闺秀，偏输一段情。雨疏风骤后，曾忆赵明诚。”（《南楼吟香集》）当我们让赵明诚从李清照的作品中走出来，与妻子并肩站在一起，而且将目光定格在这一对夫妻身上时，就能够更深入地体会李清照幽微细腻的内心世界，更深入地领悟李清照艺术世界中的美轮美奂，甚至对宋代的婚姻家庭、夫妇关系、男女观念，也有了一个了解的新角度。

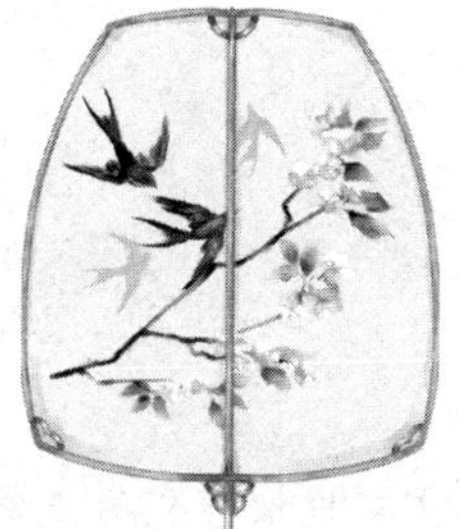

# 目 录

第一章

## 书香门风

## 伉俪情深

## 两处闲愁

## 第四章 仓皇南渡



## 第五章 凄凉晚景

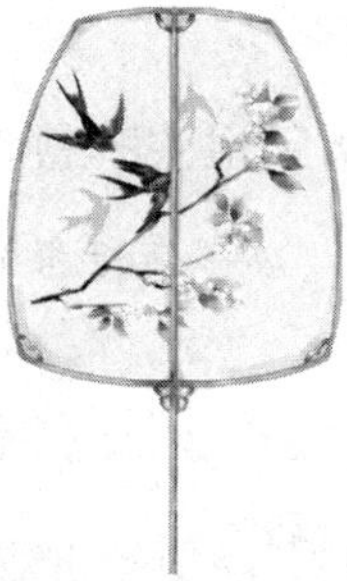

# 第一章　书香门风

——李清照、赵明诚的家世及婚前生活

李清照与赵明诚都出生于书香门第，李、赵两家在北宋时期于文学成就方面都有着显赫的声名。李清照与赵明诚从小就生活在具有浓厚文化气息的家庭之中，耳濡目染，家学渊源甚深。两家所交往的亲戚、友人，可谓“谈笑有鸿儒，往来无白丁”。家庭环境的相似，使李清照与赵明诚一样拥有良好的早期教育，有着相当的文化修养，培养了共同的志趣爱好。这就为两人以后的婚姻生活打下了坚实的感情和思想基础。两人的婚姻，堪称“门当户对”。叙述李清照与赵明诚的情感世界与婚姻生活，就必须将目光回溯到两人婚前的家庭环境以及他们早年的生活经历。

## 第一节　婺家父祖生齐鲁，位下名高谁比数

——李清照的家世出身

坐落在济南市东面的章丘县，西北濒临黄河，“荷花如锦水如天，狼藉秋香拥画船”[①]之美丽的绣江从境内蜿蜒穿过，县因境内章丘山而得名。这里，还有与趵突泉“相甲乙”的百脉泉，山清水秀，风景秀丽。同时又是中华民族文化的发祥地之一，县西面的龙山城子崖，是我国著名的新石器时代“龙山文化”遗址之所在。在这一派人杰地灵、山水毓秀的环境中，公元1084年，诞生了一位中国古代历史上最伟大的女性文学家——李清照。

### 一、李清照的籍贯

关于李清照的籍贯，前人曾笼统地说是济南。清代学者进一步认为李清照的故居是在济南历城柳絮泉。这里，泉水清澈，柳絮飞扬，回塘幽隐，沙禽欢欣，一代词宗降生于这样一个诗情画意的优美环境之中，仿佛能够相得益彰。历城地方志也十分欣喜地将这样一位历史名人揽入自己的修志范围。文士墨客则络绎不绝地前来寻访，吟诗留念。田雯《柳絮泉访李易安故宅》诗说：“跳波溅客衣，演漾回塘路。清照昔年人，门外垂杨树。沙禽一只飞，独向前洲去。”（《古欢堂集》）高宅旸《味蓼轩诗抄》中的一首七绝，也含蓄深婉地抒发了怀古之幽思，诗说：“一斛清泉柳絮飏，萧萧故宅但斜阳。风流不独词人尽，金石飘零亦渐亡。”这

① 《元好问全集》卷八《绣江泛舟有怀李郭二公》，山西人民出版社1990年6月版。

类情思悠长的题咏，更叫后人坚信李清照的故居之所在。俞正燮《易安居士事辑》说："易安居士李清照，宋济南人……居历城城西南之柳絮泉上。"（《癸巳类稿》卷十五）《山东通志》有相同的说法。直到当代，郭沫若还为济南趵突泉边的"李清照纪念堂"题词说："大明湖畔，趵突泉边，故居在垂杨深处；漱玉集中，金石录里，文采有后主遗风。"

说李清照是济南人不错，但把她的故居定为历城柳絮泉，不免有附会的成分。宋代济南，辖历城、章丘等县。明代万历年间所修的《章丘县志》，便认为李清照是济南章丘人。王仲闻先生《李清照事迹编年》也对"历城说"提出质疑，说："清照幼时，当从父母居，其故宅应云'李格非故宅'，不得云'李清照故宅'。嫁后从赵氏，未居济南。至晚年则济南已为金统治，清照欲归不得。济南不得有李清照故宅。《山东通志》所云，殆亦本清田雯《古欢堂集》，或出后人附会，未必即为实录。元于钦《齐乘》、明《崇祯历城县志》、清《康熙济南府志》，俱无清照故宅在柳絮泉之说。"[①] 李清照的声名远在李格非之上，如果李清照幼年时曾依父母居住济南历城柳絮泉，将"李格非故宅"直接称为"李清照故宅"也无可厚非。后代名人依据此例者非常多。问题的关键是连李格非的故宅也不在历城。近年来，研究者又在章丘县明水镇西 1500 米的廉坡村发现了《廉先生序》碑石，上面刻有李格非的文章，结尾说："唯吾为同里人，质之区区，亦欲籍之以告请议之伯。元丰八年九月十三日绣江李格非文叔序。"李格非在序中自称与章丘明水的廉先生是同里，又自署"绣江李格非"，"绣江"正是章丘明水的别称。所以，李格非

① 《李清照集校注》第 211 页，人民文学出版社 1979 年版。

的故宅应该在济南章丘明水。今天的研究者对此已经达成共识。

**二、李清照之父李格非**

李清照出生在一个学术空气与文学艺术气氛都十分浓厚的家庭环境里。父李格非，字文叔，是当时著名的学者，《宋史》为其立传。李格非幼小时便聪颖异常。当时都以诗赋的成就高低品评人物，科举考试也以此为准则。李格非却独辟蹊径，留意经学，著数十万言的《礼记说》。熙宁九年（1076），李格非登进士第，调冀州司户参军，出任郓州教授。教授是学官名，总领州郡学校，以经书、儒术、行义训导学生，并负责地方学校的一切管理工作。这是一个负责教育培养基础人才的要紧位置，宋代中央政府对此有相当的重视，熙宁六年（1073）三月之后各地教授都改由中央直接任命，然资序较低。这段时间，李格非刚刚进入仕途，在各地辗转为官，职位低下，家境贫寒。据说郓州郡守因为李格非家境的困窘，打算让他兼其他职务，多领取一份俸禄，却被清高的李格非拒绝了。

李格非在官场上磨炼了近十年，元丰八年（1085），奉调回到汴京，仕途上出现转机。回京师之后，李格非入补太学录。太学录是太学长官太学正的副手，协助管理太学学生。不久，转任太学正，迁为太学博士，以经书教授太学生。太学职务，品位虽然不高，但职掌清要，在“崇文”风气极其浓郁的宋代，颇受人们尊重。太学的这一系列职务十分适合学识渊博、清高孤傲的李格非。李格非到汴京后，开始有条理地安排自己的个人与家庭生活，购置了自己的居所。居有定所后，李格非便过起了清心读书著述的简朴生活。晁补之在元祐四年（1089）所写的《有竹堂记》中提到：“济南李文叔为太学正，得屋于经衢之西，输直于官而居之。

治其南轩地，植竹砌傍，而名其堂曰‘有竹’，牓诸栋间，又为之记于壁，率午归自太学，则坐堂中，扫地，置笔研，呻吟策牍，为文章数十篇……”（《鸡肋集》卷三十）这是李格非个性与志向的必然选择。

李格非回京任职之际，恰逢神宗去世，哲宗以幼龄登基，太皇太后高氏垂帘听政。高氏信任以司马光为首的旧党集团，文坛巨擘苏轼也因此回到汴京，受到朝廷的重用。这段时期政坛风云变幻的是是非非不是本书叙述的范围，但是，苏轼等人身居要职，奖掖文学人才，使许多出身低微而又才气横溢的人士获得了世人的重视，使得元祐文坛昌盛一时。在苏轼的周围，聚集了一大批崭露头角或已经声誉卓著的文学之士，酝酿着一个文学创作高峰时期的到来，这是不争的事实。李格非同样幸运地获得苏轼的赏识，《宋史·李格非传》称其“以文章受知于苏轼”，继黄庭坚、秦观、晁补之、张耒等“苏门四学士”之后，与廖正一、李禧、董荣等名列“苏门后四学士”，其文学创作成就逐渐获得世人的注目。而后，李格非与苏门弟子晁补之、张耒、陈师道等人交往甚多，交情甚厚，这些当时著名作家的文集中都留有与李格非的酬唱之作。

在北宋后期政坛新旧党派纷争不已的动荡中，李格非自然因为其品格操行、政治观点、师友交际等因素而被卷入旋涡，颠簸起伏，备受牵连。首先是元祐末年，高氏去世，哲宗亲政。哲宗挟太皇太后垂帘期间多年仅为朝廷傀儡之怨气，报复贬斥旧党重臣，苏轼、苏辙兄弟首当其冲。这一场党派斗争，平心而论，并不是无原则的株连。哲宗以及得势的新党大臣，还是有相当的理智，他们只是把怨恨与报复措施集中在一部分旧党要臣以及与他们关系密切的亲戚、师友身上，关系稍稍疏远者，不在牵累范围之内。李格非与苏轼的关系，当然不比“苏门四学士”，所以，一开始李格非并不是党争打击的对象。绍圣元年(1094)五月，朝廷立局“编类元祐群臣章疏及更改事条”（《宋史·哲宗本纪二》），当政者欲用李格非为检讨官。这是一个收集元祐大臣黑材料的专门机构，检讨的职责就是收集、检校这类黑材料。这与李格非耿直的秉性、倾向旧党的政治态度都大相径庭，这次任命当然被拒绝。李格非也因此得罪了当政者，被排斥出京师，通判广信军（今江西上饶）。

通判广信军期间，李格非曾出手惩治地方上一位妖言惑众、聚敛钱财的道士。某日在路上相逢该妖道坐车经过，李格非命人将其拖下，揭穿其奸诈欺骗的真面目，以杖痛殴之，并将其驱逐出境。李格非也因此而闻名当地。

随着党争的逐渐缓和，李格非再度被召回京师。尤其是徽宗刚刚继位的时候，朝廷欲调和新旧两党，用人方面特意摒去党派界线。这次回京，李格非历任校书郎、礼部员外郎、提点京东刑狱等职务，仕途升迁，还算顺利。但是，朝廷上层正酝酿着一场更大的政治风波。徽宗坐稳位子之后，受蔡京等蛊惑，对旧党展开更大规模、更加酷烈的打击迫害。徽宗崇宁元年(1102)七月，蔡京拜相，极力主张复追贬元祐党人，禁元祐学术。同月，“禁元祐法”；九月，“立党人碑于端礼门”，被罗织入党籍的共309人。朝廷令全国各州县皆刻“党人碑”，颁布天下。列入党籍者纷纷被贬谪，乃至罢官。李格非也在党籍之内，罢职丢官，结束了仕途的颠簸生活。此后，李格非没有再出仕，在潦倒中默默去世，终年61岁。

李格非的文学创作，受到人们相当高的推崇。南宋韩淲《涧泉日记》

卷下转引他人评价说:“李格非之文,自太史公(司马迁)之后,一人而已。”虽为过誉之辞,但能说明宋人对其文章的推崇备至。《宋史·李格非传》的评价比较平实,说:“格非苦心工于词章,陵轹直前,无难易可否,笔力不少滞。”从时人的评论及流传的少量作品来看,李格非最负盛名的是古文创作,这是欧阳修、苏轼等人诗文革新运动成功之后的文坛成就。据宋人文献不完全记载,李格非有诗文45卷、《礼记精义》16卷、《永洛城记》1卷、《史传辩志》5卷。可惜李格非的多种著作南宋时就非常少见,流传到今天的作品更是寥寥无几,仅有《洛阳名园记》《廉先生序》以及散见于笔记诗话的残篇断句。《全宋诗》辑录李格非的诗九首,残句二。成绩平平,乏善可陈。较出色者如《绝句》之一,说:“步履江村雾雨寒,竹间门巷系黄团。犹嫌肮脏惊鱼鸟,父老相呼拥道看。”李格非的诗歌创作成就,远远不如古文。

李格非的家世已经没有任何文献资料可考辨,根据推测,应该是名位不著但文化气氛非常浓厚的书香门第,是处于社会中下层的寒族。李清照在《上枢密韩肖胄诗》二首之一中回顾说:“嫠家父祖生齐鲁,位下名高谁比数?当时稷下纵谈时,犹记人挥汗成雨。”齐鲁稷下,战国时期便学者云集,相互辩驳,学风昌盛由来已久。李清照将自己的父祖与这种学风直接联系,表明了她对自己家学渊源的自豪与自信。这样的家世传统,对李格非、以及李清照的后来的文学成就,影响至深。

### 三、宋代择婿风气与李格非的婚姻

谈到李格非的婚姻,李清照的母亲,就必须先来介绍宋代社会风气的转移。

宋代开国帝王，深刻反思历史的经验教训，特别是唐朝兴盛衰亡的历史经验教训。对历史上君主或信任后妃，或仗恃外姓国戚，或倚赖亲近内臣，或依靠同姓宗亲而由此导致中央权力机构中分别出现后妃、外戚、宦官、宗室擅权的局面深具警惕之心。直至元丰年间，吕公著还对神宗说："自古亡国乱家，不过亲小人、任宦官、通女谒、宠外戚等数事而已。"神宗深以为然。（《长编》卷303）所以，宋代帝王对这几种政治势力采取极力抑制的方针策略。这种抑制的结果，就造成了士大夫政治势力的一枝独秀。

为了保证士大夫阶层政治上的绝对可靠性，使得这个政治群体只能依附皇室，发挥他们的政治作用，宋代帝王通过科举制度的改革，比较彻底地改变了士大夫阶层的组成成分。成功的改造使得这个阶层与赵宋政权同心同德，甘心俯首于皇权之下。宋代士大夫阶层的组成成分，与前代相比，已经有了根本性的改变。前代士大夫出身以世家贵族为主，宋代则改变为以"寒族"为主。宋代士大夫的主要来源是科举考试，《宋史·宰辅表》列宋宰相133名，科举出身者高达123名，占92%。隋唐以后重科举取士，为中下层的寒族知识分子进入仕途打开方便之门。不过，隋唐之际士族还有相当势力，朝廷达贵对科举考试也有相当大的操纵能力，因为当时考试还没有采取弥封制，录取是直接面对考生的。宋代庶族与士族的势力对比再度起变化，经唐末五代的扫荡，士族势力荡然无存，加上科举考试公平原则的具体贯彻实施，来自中下层的知识分子成为科举考试的主要受益者。宋代取士唯重科举，且彻底取消门第限制，同时废除"公荐"制度，推行弥封、誊录之法以严格考试制度，以保证科举考试中"一切以程文为去留"的公平竞争原则的实施。

为了保证士大夫阶层与赵宋王室的同心同德，宋代皇帝还特别有意识地从贫寒阶层选拔人才，抑制“势家”的形成。为了能够替中下层知识分子扫清仕进之路，宋代帝王的作为甚至在不同程度上违背了“公平”原则。开宝元年（968）三月，因翰林承旨陶穀之子陶邴试进士合格，名列第六，太祖“遽命中书复试”，并诏曰：“自今举人凡关食禄之家，委礼部具析以闻，当令复试。”（《长编》卷 9）太宗雍熙二年（985）三月，殿试得进士 179 人，后再得诸科 318 人，“宰相李昉之子宗谔、参知政事吕蒙正之从弟蒙亨、盐铁使王明之子扶、度支使许仲宣之子待问，举进士试皆入等。上曰：‘此并势家，与孤寒竞进，纵以艺升，人亦谓朕为有私也！’皆罢之。”（《长编》卷 26）大中祥符元年（1008）四月，真宗特别“召所谓势家子弟者，别坐就试”（《长编》卷 68）。“内举不避亲”，尚是美德，更何况通过考试公平竞争脱颖者。太祖要求世家子弟复试、太宗所说的“谓朕有私”、真宗要求的“别坐就试”都是借口，其真正原因是为“孤寒”出仕扫清道路，同时抑制“势家”的形成。开宝八年（975）二月，太祖在殿试时对举人们说：“向者登科名级，多为势家所取，致塞孤寒之路，甚无谓也。今朕躬亲临试，以可否进退，尽革畴昔之弊矣。”（《长编》卷 16）把帝王的良苦用心说得一清二楚。在帝王的有意识抑制之下，北宋初期达官贵族的子弟甚至都不敢参加科举考试。如《石林燕语》卷 5 载：范杲是宰相范质的侄子，“见知陶穀、窦仪，皆待以甲科，会有言‘世禄之家不当与寒畯争科名’者，遂不敢就试。”卷 8 又载：“旧制，执政子弟多以嫌不敢举进士，有过省而不敢就殿试者，盖时未有糊名之法也。”“朝为田舍郎，暮登天子堂”，唯独在宋代才成为广泛的社会现实。

进入仕途后，这些来自下层的知识分子升迁相当快，出将入相，显赫一时。如太宗时的宰相张齐贤，“孤贫力学，有远志”；名臣王禹偁“世为农家，九岁能文”；真宗、仁宗时的宰相王曾“少孤，鞠于仲父宗元，从学于里人张震，善为文辞”；名臣范仲淹“二岁而孤，母更适长山朱氏”；欧阳修“家贫，至以荻画地学书。幼敏悟过人，读书辄成诵”（均见诸人《宋史》本传）。这些人都依赖科举进入官场，位至显赫，成为宋室的腹心大臣，宋代统治者所信任和托付国事的就是这个阶层的文人士大夫。

换句话说，宋代统治者作出了“与士大夫治天下”的选择，将士大夫群体作为唯一可信赖依托的对象。这种治国基本方针，固定为“祖宗家法”，为历朝皇帝所遵循。士大夫阶层中，帝王又特别重视来自中下层的“孤寒”士人。这一系列治国方针政策的演变，带来了时人婚姻观念的改变。宋代名门贵族选择女婿，不以门第为重，而只重视个人的才学、才能。名门贵族、朝廷重臣争先恐后地选取科举中第的贫寒士人为婿，一时蔚然成风。如被时人称为“太平宰相”的晏殊，就曾经嘱托其门生范仲淹为自己挑选女婿。范仲淹认为士人富弼“器业尤远大”，晏殊便择其为婿。而后，富弼果然官至宰相，在政坛上的成就远远超越晏殊。晏殊的另外一位女婿杨察，进士出身，也官至三司使，卒赠礼部尚书。当时的社会风俗甚至有女婿进士及第，由岳父家出钱让女婿赴琼林宴。庄绰《鸡肋编》卷中说：“进士登第赴燕琼林，结婚之家为办支费，谓之铺地钱。至庶姓而攀华胄，则谓之买门钱。”

李格非就是在这样的社会氛围中先后被两位显赫的王氏贵族大家选做女婿的。李格非的前妻是岐国公王珪之父王准的孙女，庄绰《鸡肋编》卷中说：“岐国公王珪在元丰中为丞相。父准，祖贽，曾祖景图，皆登进士第……

又汉国公准子四房，孙婿九人：余中、马珺、李格非、闾丘吁、郑居中、许光疑、张焘、高旦、邓洵仁，皆等科第。邓、郑、许，相代为翰林学士。”王准选孙女婿，所重的就是科举出身。李格非的后妻，即李清照的母亲王氏，则是仁宗朝重臣状元王拱臣的孙女①，同样出身名门，有着极高的文学修

① 关于李清照母亲王氏的出身，有多种说法：《宋史·李格非传》称其是“王拱臣孙女”；庄绰《鸡肋编》卷中则称李格非为岐国公王珪之父王准的“孙婿”，似乎李清照的母亲是岐国公王珪之父王准的孙女。王仲闻先生《李清照集校注·附录·李清照事迹编年》辨析说：“庄绰与清照同时，且所云秦桧与孟忠厚为僚婿，与史实合，疑庄绰所言为是。”当代学者大都认可王仲闻先生之辨析。陈祖美先生的《李清照评传》也采用王仲闻先生之说，认为李清照母亲更可能是当时宰相王珪的侄女。然陈祖美先生近期又撰文，依据李清臣《王珪神道碑》所言“……女，长适郓州教授李格非，早卒”之说，断定：“王准孙女是他（李格非）的前妻，前妻早卒后，又娶王拱臣孙女为继室。”于是，史料文献中的两种矛盾记载，便可得到合理的解释。应该说，这是根据史料作出的更具说服力的判断。不过，陈祖美先生又推断：李格非在前妻去世后，曾鳏居七八年之久，李清照为前妻所生，出生后不久母亲即去世，父亲在京师为官，李清照一直寄养在原籍，与今天唯一见诸记载的小弟李远乃异母姊弟，“大约是在 16 岁的花季，来到父亲和继母所在的汴京‘有竹堂’”（《对李清照身世的再认识》，《文史知识》1998 年第 10 期）。这样的推断，有两点可疑之处：其一，李格非曾鳏居七八年之说没有任何史料证据。在男尊女卑的封建社会，男子早年丧偶，续弦就成为头等大事，这里不仅仅是一个人伦的问题，而且还涉及到生殖养育、广大门庭的封建孝道。所以，以常情常理推测，李格非长期过着鳏夫的生活是不可能的。其二，李清照如果早年丧母，父亲又不在身旁，孤苦伶仃地寄居在原籍，一直到 16 岁，怎么在李清照早年的诗词里一点也读不出“林黛玉式”的身世孤苦、凄凉，有的只是少女的浪漫、欢快。因此，我认为“李格非先娶王准孙女，早卒，再娶王拱臣孙女”之说成立。然前妻早卒，不曾生育，李格非丧偶不久后当再娶，李清照与李远都是李格非续弦王氏所生，李清照早年是幸福地生活在父母的身边的。

明·张丑《清河书画舫》申集载：“易安词稿一纸，乃清密阁故物也，笔势清真可爱。”又称：“李易安、管道升之竹石。”巳集引《画系》云：“周文矩画《苏若兰话别会合图卷》，后有李易安小楷《织锦回文》诗，并则天《璇玑图记》，书画皆精。藏于陈湖陆氏。”明·宋濂《芝园续集》卷十《题李易安所书〈琵琶行〉后》说：“乐天谪居江州，闻商妇琵琶，揾泪悲叹，可谓不善处危难矣。然其辞之传，读者犹怆然，况闻其事者乎？李易安图而书之，其意盖有所寓。”明·陈继儒《太平清话》卷一云：“莫廷韩云：‘曾买易安墨竹一幅’，余惜未见。”清人所编的《玉台书史》《玉台画史》中都载有李清照之名。

养，《宋史·李格非传》称其“亦善文”。父母双方的家学渊源，为李清照奠定了深厚的文化底蕴，缪钺先生因此称：“易安承父母两系之遗传，灵襟秀气，超越恒流。”（《诗词散论·论李易安词》）

此外，李清照还有一位弟弟名李迒，南渡后一度任敕局删定官，李清照晚年曾投奔这位弟弟。

## 第二节　女善倚声拈弱絮，客来把臂入疏林

——李清照早年的家庭环境与光彩照人的才华

宋神宗元丰七年（1084），正是李格非奉调回京的前一年，中国古代最伟大的女词人李清照出生了。宋代下层官员，俸禄低微，有时甚至连保证基本生活都有一定困难。有县尉曾题诗自嘲说：“五贯九百五十俸，省钱请做足钱用。妻儿尚未厌糟糠，童仆岂免遭饥冻？赎典赎解不曾休，吃酒吃肉何曾梦。”（《墨客挥犀》卷二）而且，宋代一任官员考评升迁期间，一般都有进京述职或等待新任命的空闲时间，他们往往利用这段空闲时间回家探亲。很难想象此时俸禄微薄的李格非会拖着产后不久的妻子与尚在襁褓之中的幼女旅途奔波。合理的解释应该是李格非在京师生活安定之后，才将她们母女接回一起居住。此前，李清照与她的母亲一直生活在济南家乡，李清照也应当出生在家乡——济南章丘。

### 一、李清照个性生成的早年家庭环境

少女时代的李清照便显露出与众不同的艺术才华。她精通音乐，在下文的介绍中还会频频涉及这一点。而且，李清照还擅长书法、绘画，

她的作品，明清之际还较多地见诸记载。[1]当然，李清照最为擅长的还是文学创作，《碧鸡漫志》卷二称李清照“自少年便有诗名，才力华赡，逼近前辈。在士大夫中已不多得”。才华横溢的李清照，在少女时代便显示出与众不同的文学天赋，也在这一阶段逐步形成了卓尔不群的个性。

从李清照的一生所作所为来考察，她是一位个性鲜明、超越尘俗的女性，是一位别开生面的独创性作家。李清照能够卓立于众多女性之上，在中国历史上留下光辉的篇章，这与她始终率真地面对自己的生活，保持爽直、自由、不羁的个性密切相关。探索李清照个性的形成，对理解李清照的生平以及她对婚姻与家庭所采取的态度至关重要。个性是一种“具有意识性”的构成物，“是由个体的活动参加于其中的客观社会关系系统的运动而产生的”。[2]在这种“客观社会关系系统”中，个体通过社会活动或教育等等习染而形成个性。一个人的童年、少年、青年之成长期，同样是个性逐渐形成、最后定型的时期。个性一经形成，其内质则很难改变，所谓“江山易改，本性难移”。所以，探索李清照个性的形成，必须把目光回溯到她早年的生活及其环境。

可以肯定地说，李清照有着良好的早期教育和宽松自由的家庭环境。李清照父母的博雅能文，不仅传授给她以渊博的学识，同时也培养出作为一个大词人所必须具备的艺术才能。耳濡目染，李清照早年便接受了良好的家庭教育，为后来的文学创作打下坚实的基础。然而，仅仅有家学渊源对一位封建时代的女性来说还远远不够。历代封建士大夫家庭不

① 列昂节夫《活动与个性》，社科院心理所编《心理学参考资料》第8期。
② 列昂节夫《活动与个性》，社科院心理所编《心理学参考资料》第8期。

乏聪慧的才女，却很少能有人像李清照那样脱颖而出。这里更关键的原因是李清照生活在一个相对宽松开明的家庭环境之中，天真少女之身心都得到相对自由的发展，率真的心灵较少受到扭曲。明辨这一点，方能深入透彻地理解李清照。

首先，这与其父李格非的学术渊源有关。李格非为苏门“后四学士”之一，其仕途沉浮也与苏轼休戚相关，流传至今的《洛阳名园记》，颇有纵横家的议论气概，与苏轼文风一脉相传，可见，李格非的学术思想、人生态度都深受苏轼的影响。苏轼所论，崇尚真情与个性，鄙视程颐等理学家所倡导的“灭私欲则天理明”等违背人之本性的伦理规范。苏轼尤其反对将人的本性与欲望割裂，他说：“人生而莫不有饥寒之患、牝牡之欲，今告乎人曰：饥而食，渴而饮，男女之欲，不出于人之性也，可乎？”[①] 苏轼所说，顺应人的自然真性，个人的语言行为乃至人格都可能得到比较健全的发展。因此，苏门师生的文学创作，较多地流露出创作主体的真情本性，经常如“万斛泉源，不择地而出”，少有现实或世俗的顾忌。道貌岸然的理学家们对此深恶痛绝，苏轼的政敌也多以此为口实，攻击苏门师友。例如，元祐三年（1088），后来成为李清照公公的赵挺之攻击黄庭坚“恣行淫秽，无所顾惮”（《续资治通鉴长编》卷四百十一）；元祐六年（1091），杨康国攻击苏辙“所为美丽浮侈，艳歌小词”，苏轼尤过之（《续资治通鉴长编》卷四百五十五）。这与南宋人士对李清照创作的指责，如出一辙。李格非置身于苏门这样一个相对自由通脱的学术环境之中，思想意识与行为方式深受影响。表现于家

① 《苏轼文集》卷四《扬雄论》，中华书局 1986 年 3 月版。

庭管理与子女教育方面，李格非并不轻视或束缚女性，任随李清照自由发展身心，为李清照的成长提供了一个宽松的家庭环境。

李清照有《如梦令》词，描述自己少女时代的生活，是最好的文献材料。词说：

常记溪亭日暮，沉醉不知归路。兴尽晚回舟，误入藕花深处。争渡，争渡，惊起一滩鸥鹭。

这里的“溪亭”“藕花”“鸥鹭”都是泛指，是李清照某次出游时的所见所闻。这时，李清照应该已经来到汴京父亲的身边，词中所写的是汴京周围某处的景色。这首词记载了李清照自在浪漫的闺中少女生活。词写自己由于醉酒贪玩而高兴忘归，最后误入“藕花深处”。不期而来的划船赶路少女，把已经栖息下来的“一滩鸥鹭”吓得四下飞起。小词的笔调极其轻松、欢快、活跃，语言朴素、自然、流畅。令人诧异的是一位大家闺秀，居然可以外出游玩到天色昏黑，而且喝得酩酊大醉，以致“不知归路”，“误入藕花深处”。迷路之后，没有迷途的惊慌，没有归家唯恐父母责怪的惧怕，反而又兴致勃勃地发现了“鸥鹭”惊起后的另一幅色彩鲜明、生机盎然的画面，欢乐的气氛洋溢始终。这样自由放纵的生活对少女李清照来说显然并不陌生，也是充分地获得父母家长的许可的。否则，只要一次严厉的责骂，美好的经历就可能化作痛苦的记忆。这首词显示出少女李清照的任性、真率、大胆和对自然风光的喜爱，这样的作为及个性与李格非自由的家教、宽松的家庭环境密切相关。

与李清照同时代的袁采记载说："司马温公（光）居家杂仪，令仆子非有紧急修葺，不得入门中。妇女婢妾无故不得出中门，只令铃下小童通传内外。"（《袁氏世范》卷下）如果李格非也像司马光一样，甚至像《牡丹亭》中陈腐不通的杜宝，不允许女儿到自家花园游玩，李清照当然就没有上述的机会和情趣了。即使当今社会，许多父母对未成年女儿的牵肠挂肚之管束，也要比李格非严厉，更多一些规范和戒条。遥想一千多年前，古人有如此通达开明的态度，真是令人钦佩。李清照自主、自强、自信的品格在这样的环境中缓慢形成。成年之后，李清照始终不肯"随人作计"的独立性格，对爱情的大胆率真追求与表达，就根植于早年这样的家庭环境与教育。

**二、李清照天真烂漫的少女生活**

少女李清照纯真、自由的个性，充分地展露在对自然山水的喜爱中。有了《如梦令》（常记溪亭日暮）的叙述，就可以知道少女李清照外出游玩是比较随意、尽兴的。家庭的诗书教育是一个方面，山水景物的陶冶成为李清照早期教育的另一个方面，这就培养了李清照对生活的热爱与极其敏捷独到的审美感受能力。李清照总是欢欣鼓舞地投入到大自然的怀抱之中，品赏美丽的景色风光，生活是如此的美好而灿烂。《怨王孙》说：

湖上风来波浩渺，秋已暮、红稀香少。水光山色与人亲，说不尽、无穷好。　莲子已成荷叶老，清露洗、蘋花汀草。眠沙鸥鹭不回头，似也恨、人归早。

文人墨客向来有“悲秋”的传统，所谓“悲哉秋之为气也”。面对秋天枯萎憔悴的花草，萧条冷落的景色，人生不如意之事就会涌上心头，多愁善感的文人不免就凄凄惨惨、唏嘘感涕、伤心不已。宋代之前，只有极个别心胸开阔的诗人跳出“悲秋”的传统，以欣喜的眼光赏识着秋天的美景。中唐诗人刘禹锡一生频遭挫折，却始终不改倔强刚硬的个性，他对秋天的景色就有另外一副眼光，《秋词》说：“自古逢秋悲寂寥，我言秋日胜春朝。晴空一鹤排云上，便引诗情到碧霄。”诗歌否定了历来“逢秋悲寂寥”的陈词滥调，独标“秋日胜春朝”的观点。请看：秋高气爽，晴空万里，一鹤排云而上，是多么的高扬豪迈。诗人的诗情也因此被引向了碧霄，变得视野开阔，心胸爽朗。晚唐诗人杜牧出身名门，才华出众，自视甚高，一生积极想有所作为，他对秋日景色也有另一番赏识，《山行》说：“远上寒山石径斜，白云生处有人家。停车坐爱枫林晚，霜叶红于二月花。” 秋日远上寒山，诗人不着眼于冷落萧条的景色，依然兴趣勃勃。当他遥望发现“白云生处有人家”时，一种欣慰喜悦的情感涌上心头。诗人浏览景色，发现了“霜叶红于二月花”的秋日别致景色，火红的色彩中充满了生机，诗歌也因此具有一种高朗爽健、意气风发、俊逸明丽的特色。

李清照作为女子世界中的豪俊，其豁达的胸襟、爽朗的个性、开阔的视野，毫不逊色于前辈优秀诗人。面对“红稀香少”的暮秋季节，词人不是在为荷花稀落、荷叶枯萎等流逝的风光景色而惋惜感伤，而是兴趣盎然地与“水光山色”相亲，品尝大自然“无穷”的美妙，以充满诗意的画笔勾勒出一幅优美动人的深秋湖面风景图。这里，湖水浩渺，波光粼粼，清澈的绿波与岸边的“蘋花汀草”相映成辉。整个画面的色调清新秀丽，景物疏落有致。少女的欢欣，使得“莲子已成荷叶老”的深秋湖面也透露出勃勃生机。词人是这样喜爱大自然的美好风光，以至流连徘徊，依依难舍。然而，词人却转折一层表达，不直接写自己流连忘返的情思，而是写“眠沙鸥鹭”对早早归去游人的埋怨，以表述自身对“水光山色”的无限依恋之情。可以设想，词人今天又是一次“兴尽晚回舟”，临别之际却再度留恋，完全陶醉于迷人的风光景色之中。只有感觉到现实生活的美好灿烂，对现实生活充满了热情，对未来充满了信心，词人才会用如此轻灵欢快的笔调去描绘暮秋景色，以如此爽朗开阔的胸襟去拥抱自然。

李清照一生中留下了许多题咏花卉的词作。这些作品同样显示出词人对自然景色的无限喜爱之情，对美的事物的敏锐捕捉与表达能力。这些词作中一些比较舒畅欢快的作品，应该是少女时候的创作。如一首《渔家傲》说：

雪里已知春信至，寒梅点缀琼枝腻。香脸半开娇旖旎。当庭际，玉人浴出新妆洗。　　造化可能偏有意，故教明月玲珑地。共赏金尊沉绿蚁。莫辞醉，此花不与群花比。

这首词写雪里赏梅的情趣，突出雪梅晶莹的外观和高洁的品格。在大雪覆盖的严寒冬季，透过雪中一枝“寒梅”，词人已经感觉到“春信”的即将来临。少女的欢快和浪漫，洋溢在这酷冷的日子里。为了好好端详这一片雪白背景中独自傲放的“寒梅”，词人准备了“金尊”美酒，放怀畅饮。冬日的景色，因这一枝“寒梅”而平添数分“旖旎”风光，变得妩媚多姿。词人以“玉人新浴”“新妆”写“寒梅”的净洁、清丽、高雅，对此“寒梅”同样流连忘返，以至明月升起，天地间一片晶莹玲珑剔透。“此花不与群花比”，雪里“寒梅”的秀丽、高洁、孤傲，都是超然于群芳之上的，这又隐隐是少女李清照卓然独立、桀骜不驯性格的写照。对生活充满了热情向往的少女李清照，在她的笔下，写秋景而不萧条，写冬景而不严酷，处处挥洒着少女的青春活力。

李格非在仕途上的稳步升迁，给了李清照一个比较稳定的家庭环境和经济保障。少女李清照，无衣食之忧，无长辈严厉的呵斥，生活过得是这样的愉悦欢乐。少女时代在汴京度过的无忧无虑时光，一直到晚年，李清照还记忆犹新，历历如在眼前。南渡以后，李清照某年元宵佳节曾回忆起当年在汴京的生活情景，说：“中州盛日，闺门多暇，记得偏重三五。铺翠冠儿，撚金雪柳，簇带争济楚。”（《永遇乐》）“中州”，指的是北宋都城汴京。那时候，北宋社会仍然被繁花似锦的表面现象所掩盖着，孟元老《东京梦华录序》概言徽宗年间京师的富丽昌盛，说：“辇毂之下，太平日久，人物繁阜。垂髫之童，但习歌舞；斑白之老，不识干戈。”待字闺中的李清照有的是闲暇时间，有的是欢度佳节的热情。如同每一位欢欣期待热闹佳节到来的天真少女一样，李清照在这“三五”元宵之夜，盛装打扮，头上戴着装饰珠翠的帽子，又插戴着以金丝为饰的雪柳之类的首饰。女伴之间，相互召唤出游，争相比赛谁的化妆、谁的首饰今夜更加整齐美丽。一片欢天喜地、兴高采烈的景象。

## 三、李清照的咏史诗

在令人健康自由发育成长的家庭环境里，李清照的强烈自信被培养起来了，胸襟也变得格外宽阔。这集中表现在她大胆自由的文学创作才能的发挥上。李清照不仅仅创作被时人认为是“言情”消遣的小词，而且还敢于与父执们比美，创作“言志”的诗歌，表达自己对现实社会的关心和个人政治观点。元符年间，“苏门四学士”之一的张耒（字文潜），作《浯溪中兴颂》七言歌行。浯溪，在今湖南省祁阳县。中唐诗人元结喜爱当地水清石秀，便在溪旁筑屋定居。唐肃宗上元二年（761），元结撰写《大唐中兴颂》碑文，记叙了“安史”叛乱、肃宗扫清叛军、大唐帝国得以中兴的史实，由著名书法家颜真卿书写，刻于浯溪石崖上，时人称之为“摩崖碑”。张耒的诗歌流传开来以后，在当时的影响非常广泛，黄庭坚、潘大临等著名诗人都有和作。张耒的诗歌，大约由李格非带回家，李清照见了以后跃跃欲试，写下《浯溪中兴颂诗和张文潜二首》[1]。诗云：

五十年功如电扫，华清花柳咸阳草。五坊供奉斗鸡儿，酒肉堆中不知老。胡兵忽自天上来，逆胡亦是奸雄才。勤政楼前走胡马，珠翠踏尽香尘埃。何为出战辄披靡？传置荔枝多马死。尧功舜德本如天，安用区区纪文字。著碑铭德真陋哉，乃令鬼神磨山崖。子仪光弼不自猜，天心悔祸人心开。夏商有鉴当深戒，简策汗青

① 张耒原诗如下：“玉环妖血无人扫，渔阳马厌长安草。潼关战骨高于山，万里君王蜀中老。金戈铁马从西来，郭公凛凛英雄才。举旗为风偃为雨，洒扫九庙无尘埃。元功高名谁与纪？风雅不继骚人死。水部胸中星斗文，太师笔下蛟龙字。天遣二子传将来，高山十丈磨苍崖。谁持此碑入我室？使我一见昏眸开。百年废兴增叹慨，当时数子今安在？君不见，荒凉浯水弃不收，时有游人打碑卖。”

今具在。君不见，当时张说最多机，虽生已被姚崇卖。

君不见，惊人废兴传天宝，中兴碑上今生草。不知负国有奸雄，但说成功尊国老。谁令妃子天上来？虢秦韩国皆天才。花桑羯鼓玉方响，春风不敢生尘埃。姓名谁复知安史？健儿猛将安眠死。去天尺五抱瓮峰，峰头凿出开元字。时移势去真可哀，奸人心丑深如崖。西蜀万里尚能反，南内一闭何时开？可怜孝德如天大，反使将军称好在。呜呼！奴辈乃不能道辅国用事张后尊，乃能念春荠长安作斤卖。

张耒原诗内容比较单一，仅仅是歌颂郭子仪平定“安史之乱”的中兴功绩；李清照的和作，视野开阔，接触到大唐帝国由盛转衰的深层历史原因。首先，李清照追究了“安史之乱”之所以爆发的现实原因。唐玄宗做了“五十年”的太平天子，后期已经完全没有励精图治的志向与作为，过起了“酒肉堆中不知老”“传置荔枝多马死”的穷奢极欲的糜烂生活，最终导致“胡兵忽自天上来”的奇祸。其次，李清照透过中兴的光环，看到唐王朝“子仪光弼不自猜”之类的潜伏危机。大乱刚刚结束，皇帝便对平定“安史之乱”的功臣郭子仪、李光弼产生了猜疑。君臣同心同德的局面一去不复返，“天心悔祸人心开”只能是泛泛的安慰，事实上，唐帝国的中兴已经是不可能的了。再次，李清照对历代文人“不知负国有奸雄，但说成功尊国老”的谀颂作风表示了极端的不满，对后人“姓名谁复知安史？健儿猛将安眠死”的不知反思历史的健忘症而深感忧虑。这里包含着对张耒原作的批评，对现实社会的隐忧。其四，李清照还将笔触深入到玄宗、肃宗父子争夺权利、钩心斗角的龌龊一面。“西蜀万里尚能反，南内一闭何时开”，帝王家的残酷斗争比“安史之乱”还要可怕，完全揭穿了帝王标榜“孝德”的假面目。最后，李清照谴责了肃宗朝李辅国、张后的勾结专权，暗示唐王朝的又一场动乱正在酝酿之中。这就是不知道汲取历史经验教训的惨痛结果。

赋诗言志，在封建社会里是男人们的事情。李清照不但不甘寂寞，而且还表现出更为深邃的历史眼光，巾帼不让须眉。这样的诗歌出自一位十五六岁的少女笔下，叫人十分诧异。这既表现了李清照早年阅读面的广泛和深入，又显示出天才少女的非凡见识和不平常的胸襟。明代陈宏绪称赞这两首诗“奇气横溢，尝鼎一脔，已知为驼峰、鹿脯矣”（《寒夜录》卷下）。王灼所说的“自少年便有诗名，才力华瞻，逼近前辈”，在这里也得到了落实。纵观李清照的一生，她从来也不愿意默守闺中，做一个平平淡淡的弱女子，始终对国家大事有一份个人的关心与热情，每每形诸诗歌题咏。道学家朱熹还曾因此非常不满地说：“如此等语，岂女子所能？”（《朱子语类》卷一百四十）朱熹基于性别歧视的立场，非议李清照的锋芒毕露，正好说明了李清照不同凡响的自强、自信的个性。

这一系列优秀的诗词创作，使闺中李清照的名声渐渐传播开来。这对李清照后来幸福的婚姻，产生了重大的影响。后人还注意到李清照的文学创作才华是对父母秉性的继承，清人陈景云说：“（李清照）其文淋漓曲折，笔墨不减乃翁。‘中郎有女堪传业’，文叔之谓也。”[①] 将李

① 钱谦益《绛云楼书目》卷四《金石类》注。

格非、李清照父女，比作东汉末年蔡邕（官中郎将）与其女儿蔡琰，是非常恰当的。《续修历城县志》引王鸿《有竹堂怀李文叔》诗说："草堂环碧竹千寻，文叔高怀足古今。女善倚声拈弱絮，客来把臂入疏林。"非常形象地写出李格非、李清照父女文才相继的盛况。

## 第三节　一面风情深有韵，眼波才动被人猜

——少女李清照的思春情怀

在父母的温馨呵护下，在有着浓郁文化气息的家庭环境中，在风光秀美的湖光山色景致里，无忧无虑长大的李清照，对美的事物有一份独特的敏锐和细腻的情感，这一切也同时培养了李清照感情的丰富细腻。随着年龄的增长、性别的觉醒，少女李清照少了一些天真烂漫，多了一些难以言说的心事。面对春来秋去的景色，李清照渐渐变得娴静而更多一份婉转的深思。闺中生活是自由的，但也不能免除少女内心深处的寂寞。《浣溪沙》说：

小院闲窗春色深，重帘未卷影沉沉。倚楼无语理瑶琴。
远岫出云催薄暮，细风吹雨弄轻阴。梨花欲谢恐难禁。

独处小院，独对闲窗，春色深深，词人领略了一份不可捉摸的寂寞孤单。"重帘未卷"，是词人没有心思、没有情绪的结果。而重帘遮挡之后，闺中光线越发昏暗，词人的寂寞又深了一层。这样无言的寂苦，只好通过"理瑶琴"来排遣。"理瑶琴"，是少女李清照所接受的早期

教育的一个方面，是她的日常活动之一。从李清照后来的所作所为来看，她十分精通音乐，早期的全面教育为她奠定了良好的基础。词人倚楼之际，还看见室外薄暮时候缕缕缠绕于远山的云絮，微风吹拂下的蒙蒙细雨。敏感的少女立即联想到：春色已深，春光将逝，在这风雨之中，梨花恐怕要纷纷凋谢了。户外景色的逐渐暗淡，春天美景的逐渐凋零，让少女心头那一丝丝飘忽的愁绪更加拂之不去了。一味天真烂漫，反而显得肤浅。有了这一缕缕说不清楚的愁绪纠缠，少女李清照显示出安闲宁静的一面，李清照成熟了。

李清照此时会留恋自己喜爱的即将消逝的春日美景，惋惜美好时光的短暂，这闺中寂寞愁绪的背后，隐然飘荡着一丝少女“思春”的情怀。《如梦令》说：

> 昨夜雨疏风骤，浓睡不消残酒。试问卷帘人，却道“海棠依旧”。“知否？知否？应是绿肥红瘦！”

昨夜一场“雨疏风骤”，摧残海棠，催送春天归去，敏感的词人不用到户外观察，用细腻的心灵去感觉，就能知道肯定是一幅“绿肥红瘦”的狼藉景象。以淡淡的愁怀去体察自然景致的细微变化，也是由词人的特定心境决定的。昨夜的饮酒入睡，是否有什么宽慰不了的私人情怀呢？结合下文对春日景色渐渐离去的着急，不难体会出少女对自己虚度闺中光阴的焦虑。“伤彼蕙兰花，含英扬光辉。过时而不采，将随秋草萎。”（《古诗十九首·冉冉孤生竹》）这一份对美好青春年华的珍惜，是古往今来感情敏锐细腻的女子所共有的。古代女子的唯一好出路就是寻觅到一位如意郎君，嫁一位好丈夫。所以，少女珍惜青春年华之时，就抑制不住内心的丝丝缕缕的“思春”情怀，李清照也不例外。日后，李清照对自己的婚姻有如此深沉的一份情感投入，在早期这些伤春伤怀的作品里已经可以看出端倪来了。这首词的构思也十分巧妙，词人用对话构成情感的递进深入，用粗心的“卷帘人”来反衬自己的敏感细腻，将少女幽隐不可明说的情怀含蓄地展示在读者的面前。

词中所表达的意境，前人、今人诗词中也屡屡涉及。盛唐孟浩然《春晓》说：“春眠不觉晓，处处闻啼鸟。夜来风雨声，花落知多少？”春眠是舒适的，酣恬沉睡的诗人不知拂晓已到，是处处啼鸟声惊醒了他，春天清晨的勃勃生机透过“啼鸟声”显露出来。醒来后，诗人立即想起昨夜的风雨，于是便关心有多少花瓣被催落。诗人听闻啼鸟声的欣喜，对落花的关心，都表现了对大自然的热爱。这首五言绝句着重表现的是抒情主人公春晓之际的舒适，语意缓缓，对“花落”的担忧也是淡淡而来，渐见深情的。晚唐韩偓将这一番诗意改用问句表达，《懒起》说：“昨夜三更雨，临明一阵寒。海棠花在否？侧卧卷帘看。”对落花投以更多的关注，但“侧卧”的从容姿势说明诗人的心情并不那么紧张迫切。与李清照同时的大词人周邦彦也有过类似的艺术构思，其《六丑》说：“为问花何在？夜来风雨，葬楚宫倾国。”吐辞典雅的词人，将落花比拟作“楚宫倾国”般的美人，语意又婉转一层。李清照的词显然直接从韩偓作品中变化而来。这种被他人反复表述过的诗意，李清照出之以全新的构思。对话的双方身份明确了，反衬的作用更加明显。“绿肥红瘦”的比拟，令人耳目一新。小词用语浅近平白，语意却深沉含蓄，表现了花季少女的朦胧浅淡愁思。宋人对这首词就非常赏识，《苕溪渔隐丛话》前集卷六十说：“近时妇人能文词如李易安，颇多佳句。小词云：（词略），‘绿肥红瘦’，此语甚新。”《藏一话腴》甲集卷一则说：“李易安工造语，如《如梦令》‘绿肥红瘦’之句，天下称之。”

这样朦胧浅淡的愁思，在李清照其他一些游赏景物的小词中也时时流露。《浣溪沙》说：

淡荡春光寒食天，玉炉沉水袅残烟。梦回山枕隐花钿。海燕未来人斗草，江梅已过柳生绵。黄昏疏雨湿秋千。

寒食清明，春光融和，春风和煦。这是闺中少女一年中最忙碌、最欢快的季节，可以招呼女伴一起踏青出游，或斗草比试，或荡秋千嬉戏。江梅虽已凋残，杨柳又是依依，景色秀丽宜人。然而，一丝拂之不去的愁绪缭绕于词人的心头。从清晨玉炉沉香的袅袅残烟里，从依恋“山枕”而久久回味的昨夜梦境中，少女淡淡的愁思隐约可见。春日里，有什么事情能令性情活泼欢快、生活自由自在的李清照发愁呢？大约就是到了性别觉醒年龄少女的思春情怀了。昨夜的梦境恐怕也与这样一位心目中的如意郎君有关。词人不明明白白地将愁绪的具体所指道破，少女有少女的害羞、矜持，词人只是通过黄昏时刻、疏雨稀落、打湿秋千如此一幅迷蒙的画面，将深藏心底的愁绪略略说出。待字闺中、到了嫁娶年龄的李清照，由于这一份少女的思春情怀，少了一些早年的雀跃，而显得娴静成熟。

李清照毕竟是开朗活泼、大胆率真的，她很少也不愿意受封建礼教的规范。对少女内心最羞于启齿、最隐秘的那份思春情感，有时竟然脱口而出。《浣溪沙》说：

绣面芙蓉一笑开，斜飞宝鸭衬香腮。眼波才动被人猜。

一面风情深有韵，半笺娇恨寄幽怀。月移花影约重来。

词写一位获得爱情滋润因而显得熠熠生辉、艳丽照人的青春少女幽会前后的情感体验。期待幽会时的喜不自禁、幽会后的寄信重约再见日期，都说明这次幽会给女主人公带来非常甜蜜的感受。上片写幽会前少女的动人情态：面如芙蓉，清丽秀美，掩饰不住的内心喜悦化作满脸灿烂的笑容。尤其是斜靠在"宝鸭"香炉上默默回味爱情的甜美时那秋波一转，更是将心底的秘密暴露无遗。"眼波才动被人猜"一句，得历代评论家的赏识，清人田同之称其"真色生香"（《西圃词说》）。思春少女娇媚、多情的神态，被词人绘声绘色、惟妙惟肖地刻画出来。下片写幽会回来之后的情思。满脸的"风情"韵致，说明这位少女还沉浸在幽会的甜蜜之中。才分手不久，立即对意中人思念不已，分别的愁恨便阵阵涌来。于是，少女将这"娇恨"写入信笺，寄予对方，焦急地重约在"月移花影"的朦胧美好夜晚再度相见。词人非常巧妙地将笔墨落在幽会前后的期待与回味之描写上，而将幽会的过程轻轻地放过。既含蓄隐约，又细腻深入地写出思春女子情感体验、情态表现的丰富多彩。因为幽会时的喜悦与幽会前后的情感微妙变化相比，反而显得单调。

李清照本人是否真正经历了这样一场甜蜜的幽会，还值得商讨。或许这仅仅是李清照借题发挥的题咏之作，然其中必然渗透了李清照的个人情感体验，或者说是她对美好爱情的向往。封建卫道士往往由于这首词的感情写得过于流露而否定其为李清照的作品，这正是不理解李清照大胆率真、独立自信的个性而造成的误会。

## 第四节　归来堂里小鸳鸯，翁佐崇宁政事堂

——赵明诚的家世

李清照的未来丈夫赵明诚，也出身于一个文化气息极其浓厚的官宦家庭。

赵明诚父赵挺之（1040—1107），字正夫，密州诸城（今属山东）人。神宗熙宁三年（1070）登进士第。初为登州、棣州教授，元丰末通判德州。任地方官期间，敏捷有才干，擅长处理棘手复杂的日常政务。如哲宗即位初，赏赐兵士缗钱，德州郡守贪婪而不按时发放，导致兵变。乱兵冲入郡守官府，郡守以及府中其他官员纷纷逃避，唯赵挺之坐堂上，问明情况，立即发放赏赐钱，并惩办为首作乱者，平定了一场风波。哲宗元祐元年（1086），赵挺之因其出色的吏才而引起朝廷注意，召试馆职，除集贤阁校理。次年，转为监察御史。宋代君主非常重视谏官，任谏官者往往是得皇帝信任者，负责监督朝廷百官的职守，具有自由广泛的发言权，而且升迁相当快。至此，赵挺之的仕途一帆风顺，且前程无量。

赵挺之应进士试以及进入仕途之时，正是朝廷新旧党争激烈、朝中政治

势力重新分化组合的时期。熙宁年间，王安石推行新法，由于得不到朝廷旧臣的支持，只得通过科举考试选拔新的人才以为羽翼。赵挺之是在这样的背景之下进士及第的，可以想见，赵挺之在考试策论中必定有迎合新政的议论，因此博得当政新党的欢心，一举中的。这一榜的状元叶祖洽，就是因为策论专门投合用事的新党，而被主试官（同时也是新党中的第二号人物）吕惠卿确定为第一名的。这一榜的许多进士后来皆在推行新法的过程中竭尽全力，他们中的一些人还成为北宋后期新旧党争中的风云人物。讨论这一场变法的利弊得失，不是本书的任务，但有一点是不可回避的：王安石政治集团中的新进者，多投机取巧、阿谀奉承之徒，个人品德都有可非议之处。王安石等新党领袖秉性固执，听不得不同意见，在朝野守旧势力的包围下，在朝臣的一片反对声中，他们改从进士考试的途径聚集政治力量。而参加科举考试者，尚未涉足官场，并未形成自己的政治观点。他们中的多数人的策论能够得到新党的赏识，确实仅仅是一种曲意的投合。在这种以党争为背景的考试中脱颖而出者，往往是应对敏捷、善于看风使舵的投机取巧之徒。这一榜的叶祖洽、赵挺之、蔡京，都是这样八面玲珑的人物。他们这些人既有令人叹服的处理具体政务的干练才能，又没有一定的个人操守。蔡京在元祐年间旧党当政期间，也曾不遗余力地迎合司马光。赵挺之同样没有坚持自己新党的政治立场，依然得元祐大臣重用。而蔡京、赵挺之在徽宗年间对元祐大臣的迫害，无所不至。这就是一个典型的例子。

赵挺之的言行及其为人，苏轼已经多有了解。元祐初年朝廷召试赵挺之的时候，苏轼就提出了反对意见，说："挺之聚敛小人，学行无取，岂堪此选？"（《宋史·赵挺之传》）但是，元祐政坛当时被精通争权夺利之术的老辣官僚"朔党"所把持[1]，他们非常嫉恨苏轼的声望及垂帘听政的太皇太后对苏轼的青睐有加，于是便利用各种政治势力打击苏轼。赵挺之成为他们手中的一枚棋子。赵挺之转任谏官之后，果然秉承当政大臣旨意，从苏轼的文字中罗织罪名，污蔑苏轼诽谤去世的神宗皇帝。赵挺之对苏轼的仇恨，为徽宗年间的残酷党争迫害种下了祸根。

赵挺之被"朔党"利用完以后，元祐四年（1089）即被赶出朝廷，通判徐州，次年改知楚州。这应该使赵挺之对整个旧党的仇恨更深一层。元祐末年，赵挺之凭借自己的才干，又逐渐升迁到京东路转运副使的重要职务上来。哲宗亲政，彻底发泄自己在太皇太后垂帘期间形同傀儡的怨气，全面起用新党人物。赵挺之虽然不是新党中的关键人物，政治立场也不太坚定，但他与新党渊源很深，此时被召回朝廷，委以重任，历任太常少卿、吏部侍郎等职。至元符初年（1098），一路升迁到中书舍人，改任给事中，历任中书与门下两省的部门长官，离拜相只有数步之遥了。

徽宗即位，赵挺之积极迎合得势的宰相曾布的旨意，倡导"绍述"之说，即承继神宗、哲宗推行"新法"的施政方针，继续重用新党，排斥旧党。这一次对旧党的迫害比起哲宗朝来是有过之而无不及，"挺之排击元祐诸人不遗力"（《宋史·赵挺之传》），成为执行皇帝与宰相旨意、迫害旧党的急先锋。赵挺之借此机会发泄自己对苏轼以及元祐大臣的积怨，并因此飞黄腾达。崇宁元年（1102）六月，升任副宰相；崇宁四年（1105）三月，因阿谀蔡京得蔡京的极力推荐，出任宰相。拜相之后，因争夺权利，又与蔡京反目。其间，曾短期得势，最终被蔡京排挤出中央政府，闲居在家，

---

① 参见拙著《洛蜀党争辨析》，《南京师范大学学报》1996年第4期。

郁郁而终，终年68岁。《全宋诗》录其作品三首。时有清新平易的诗句，如题友人居所说："华亭山水佳，秀色宛如画。前贤有遗迹，卜筑俟来者。"（《朱氏天和堂》）另一首说："西风浙江远，秋色方在目。"（《送罗正之年兄出使二浙》）赵挺之的才能主要表现在政治才干方面。

纵观赵挺之的一生，其政治立场大致是站在新党一面的，也因新党而中第、升官、拜相。然而，另一方面，赵挺之善于阿谀逢迎，无一定的个人操守，一段时间在旧党之中也游刃有余。赵挺之翻手为云、覆手为雨的个人作风，最终被世人认识得清清楚楚而遭唾弃。苏轼门下陈师道，也是当时"江西诗派"著名的领袖人物之一，与赵挺之为连襟。陈师道晚年贫困至极，冬天无御寒棉衣，妻子向赵挺之家借得一件。陈师道非常厌恶赵挺之的为人，知道棉衣来历后立即要求送还，自己却因寒冷得病去世。赵挺之的品行操守与政治立场，与李格非形成鲜明的对照，两者的一荣一枯也相去甚远。这直接影响到两家日后的交往，以及李清照对公公的态度。近人樊增祥《题李易安遗像》诗因此有句说："归来堂里小鸳鸯，翁佐崇宁政事堂。"（《石雪斋诗集》卷二）就是对这一段史实的评说。

赵明诚是赵挺之的第三子，字德甫（又作德父、德夫），生于神宗元丰四年（1081），长李清照三岁。前面还有二位兄长赵存诚（字中甫）、赵思诚（字道甫）。赵明诚后面起码还有一位妹妹，赵明诚去世后李清照曾一度将行李寄存在她家。兄弟中唯独赵思诚还存诗二首，《全宋诗》录入。

赵明诚自小喜欢诗书，尤其喜欢收集古代的金石刻录文字，自称"余自少小喜从当世学士大夫访问前代金石刻词，以广异闻”（雅雨堂本《金石录序》）。哲宗元祐四年（1089），赵明诚九岁，其父赵挺之通判徐州，赵明诚随侍父亲身边，就从当地收集到《晋乐毅论》《隋化善寺碑》等古代刻录。哲宗绍圣年间，赵明诚约十六七岁，于金石收录方面就已经小有名气。此时，赵明诚已经随父亲回到汴京，他的姨夫、也是文坛成名人物陈师道，正在徐州任职，写信告诉赵明诚说：“近得柳公权所书刘君碑，文字摩灭，独公权姓名三字焕然。”（雅雨堂本《金石录序》）赵明诚于是从陈师道处拓得此碑刻。陈师道这时候不是写信给自己的连襟赵挺之谈文论字，而是与后辈赵明诚谈论，既表明陈师道对赵明诚的赏识，又说明赵明诚在当时收藏界已经崭露头角。元符元年（1098），赵明诚十八岁，咸阳出土传国玉玺。玉玺送到京师后，将作监李诚亲手摹印二本，其中一本就是送给赵明诚的。可见赵明诚当时在这方面的声望。

赵明诚在徽宗年间的求学经历和仕宦出身，要追溯到神宗年间学制和科举制度的变革。神宗熙宁四年（1071），朝廷颁布三舍法，将太学生分为上舍、内舍、外舍三等，上舍生优异者直接授官。哲宗亲政与徽宗即位之后，继续推行三舍法，入太学学习就成为出仕的一个必要途径，众多官宦子弟纷纷进入太学学习。赵明诚到汴京后，入学条件已经具备，因此被父亲送入太学读书。关于赵明诚以后的事迹，将在叙述李、赵婚姻时继续言及。

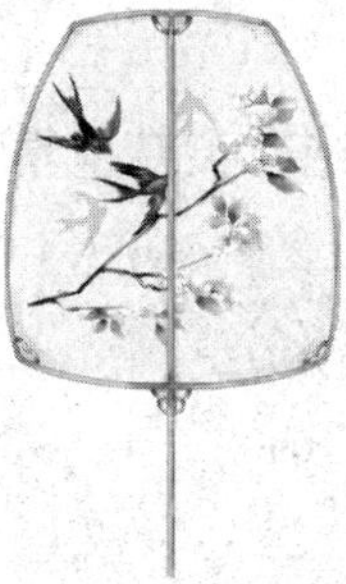

# 第二章 伉俪情深

——李清照与赵明诚的早期婚姻生活

李清照与赵明诚的早期婚姻生活是幸福的。两人各自寻找到自己心爱的生活伴侣，欢快愉悦，心满意足。婚前，李清照与赵明诚彼此之间已经有了相应的了解，有了很好的期待。婚后，他们有共同的兴趣爱好，相近的政治观点，夫妻生活其乐融融。其间，虽然有短暂离别的思念，政坛风波的影响，但夫妻两人“躲进小楼成一统”，夫妻生活过得温馨适意。在婚后的将近十五六年的时间里，夫妻很少有分离的时候，相依相偎。在封建社会里，多少男女青年任由父母做主，遭遇不幸婚姻，忍受一生。与他们相比，李清照与赵明诚夫妻实在是太幸运，太令人羡慕了！

## 第一节　奇绝芝芙梦里情，先教夫婿识才名

——李清照与赵明诚的幸福婚姻

宋徽宗建中靖国元年（1101），18 岁的李清照与 21 岁的赵明诚结为伉俪。

这一年，是北宋后期政坛最风平浪静的一年。徽宗在元符三年（1100）正月，能够于哲宗之后顺利继承皇位，完全依赖皇太后向氏的极力主张。所以，徽宗非常诚恳地敦请皇太后垂帘听政。向氏是一个没有野心的女人，她对二府大臣说："皇帝长成，本不须如此，只为皇帝再三坚请，故且勉从。非久便当还政。"宰相章惇等"皆称赞皇太后圣德谦恭，德音如此，实近世所罕有"（《长编》卷五百二十）。向太后果然在六个月后便还政了。怀着对皇太后向氏如此的一片感激之心，向氏同情旧党的政治倾向在徽宗主持朝政的最初阶段体现了出来。而且，徽宗以皇弟临时仓促入继大统，立足未稳，也需要小心翼翼地对待官僚集团里的各种政治势力。于是，徽宗在继位的第二年，改元为建中靖国，其用意是朝廷欲持中正公允的态度，调和新旧两党矛盾。即徽宗意图在不触动新党既得利益的前提下，一定程度地改变对待旧党的态度，消弭党派之争，维持政局和社会局面的安定团结。因此，朝中当政的新党大臣继续保留官位与权利，只有宰相章惇因反对徽宗入继大统而在徽宗继位的当年就被罢黜。继章惇为相的，是新旧两党都能够接受的韩忠彦。旧党中被贬谪出朝、流窜荒蛮的人士，纷纷获得赦免，被重新起用。

对新党来说，一方面，旧党中的头面人物或去世或年老体衰，他们之获得赦免无足轻重，而旧党中重新得到使用的那部分官员仅仅是受党争牵累的次要人物，不影响权利的总体分配，旧党对他们已经不构成威胁。另一方面，新党领袖中党派意识最强烈、对旧党没有丝毫通融余地的刚愎强硬的章惇，已经被赶出朝廷，取而代之者是圆滑通融的另一位宰相曾布。对旧党来说，多年的贬谪生活消磨了他们的斗志与健康，能够获赦回朝，已经心满意足，不再有其他要求。新旧两党和睦相处，这是从神宗变法以来所没有过的朝廷格局与政治局面。

李格非作为旧党中非常次要的成员，在元祐末年那一场党派纷争中本来就没有受到太大的牵连。虽然由于个人的品格而不愿意随意迎合当政者被一度调离中央，但是，不到一年时间又被调回中央任职。可见此时当政的新党大臣对李格非并没有太多的成见。到了徽宗即位初年，李格非已经官至礼部员外郎，提点京东刑狱。赵挺之这段时期虽然作为新党成员风头正健，但是，他羽翼尚未丰满，也没有对旧党人士直接落井下石。至徽宗即位初年，赵挺之仍官吏部侍郎，试中书舍人，还不是新党的领袖人物，更没有对相位的窥伺之心。与旧党一般人物的交往中，赵挺之的心态还是比较平和的。李格非与赵挺之两家，既是乡里，又同在京城做官，赵、李二人官职相去无几，两家门当户对。他们在各自党派中的次要地位以及党争的相对缓和，都为两家的交往提供了宽松融洽的大环境。封建时代在朝做官，需要一定的关系网相互照应，也需要一定的社交活动圈子，除了恩师与门生的关系，就数同乡来往最多了，其关系之密切往往超过同僚。在这种社会风尚中，赵、李两家平日肯定有过许多来往。

李清照与赵明诚的婚姻，据元人伊世珍《琅嬛记》卷中记载，还有一段传奇经历。据说，赵明诚父亲将为赵明诚选择妻子的时候，某天，赵明诚白天睡觉，梦中诵读一卷书，醒来时只记得三句话："言与司合，安上已脱，芝芙草拔。"便告诉了父亲。父亲为他解释说："汝待得能文词妇也。'言与司合'，是'词'字；'安上已脱'，是'女'字；'芝芙草拔'，是'之夫'二字，非谓汝为'词女之夫'乎？"京城里待字闺中、词名远播、门当户对的才女，无疑首推既是同乡又是同僚的李格非之女李清照了。于是乎，赵挺之便托人到李家提亲，赵、李两家联姻，结为秦晋之好，便是情理之中的事了。这段传说，当然是后人格外羡慕李清照与赵明诚的美满婚姻因此附会出来的。后人对此，还曾题咏不休。如清代江昱《论易安词》说："漱玉便娟态有余，赵家芝草梦非虚。"（《古今词辩》）乐钧《青芝山馆诗》说："奇绝芝芙梦里情，先教夫婿识才名。"陈文述《题〈漱玉集〉》说："桐荫闲话芝芙梦，第一消魂是斗茶。"（《颐道堂诗选》外集卷七）樊增祥《题李易安遗像》说："赵侯一枕芝芙梦，难得鸳衾词女共。"（《石雪斋诗集》卷二）传说虽然不可靠，但赵、李两家相互来往，乃至赵明诚与李清照之间也有一定的了解，以至两家最终为儿女确定婚姻，当在情理之中。

然而，赵、李两家提亲、定亲、举行婚礼应该有一段时间过程，李清照与赵明诚也知道彼此的终身伴侣是怎样的一位男子或女子，当也在情理之中。少女的一颗芳心有了寄托的对象，少男的恋情有了指向的特定目标，彼此就会更加留意打听对方，对未来终身伴侣的所有琐事都发生兴趣，这也是期待婚姻到来时男女青年的正常心态。两人之间，大约还有过数次打一照面或见面的机会。李清照的《点绛唇》词，隐约透露出这两位对幸福爱情与婚姻充满了憧憬的青年男女，婚前曾利用机会彼此见过面。词说：

蹴罢秋千，起来慵整纤纤手。露浓花瘦，薄汗轻衣透。见客入来，袜刬金钗溜。和羞走，倚门回首，却把青梅嗅。

李清照的闺中生活真是无忧无虑，充满了开心与欢乐。这首词的上片描写少女李清照荡秋千尽情嬉戏的场面。自由自在的少女宛如一只快乐的小鸟，在“露浓花瘦”的暮春季节，气候冷暖适宜，着“轻衣”而荡秋千，以至浑身“薄汗”，玩得酣畅淋漓。下片写外客来访、李清照匆忙躲入闺中这样一个忙乱的小场面。“蹴罢秋千”，稍做休息，却正好碰上了客人来访。为了躲避外客，慌张不知所措到“袜刬金钗溜”。像李清照这样大胆、真率、任性的少女，有如此过度的害羞与紧张，暗示着来客与她有着密切的关系。李清照毕竟不同一般少女，临进闺房之门的一刹那，她寻找借口“倚门回首”，峰回路转，佯装“却把青梅嗅”，暗地里端详来客。“青梅”的细节描写则将李清照如此忙乱慌张的原因点破，原来客人就是她“青梅竹马”的未来夫君。这一“回首”，再次显示出少女李清照的任性和与众不同。赵明诚是李清照的同乡，两人从小不一定玩耍长大，“青梅”的典故是一种诗意夸张的运用。但这里典故用得天真、俏皮，闺中少女的羞怯、活泼与对未来夫婿的心仪，尽在这一“回首”中。所以，清代李继昌称“倚门回首，却把青梅嗅”之句“酷肖小儿女情态”（《左庵词话》）。

这首词脱胎于晚唐韩偓的《偶见》，诗曰：“秋千打困解罗裙，指点醍醐索一尊。见客入来和笑走，手搓梅子映中门。”韩偓的诗场面比较单一，李清照词的描写则深入细腻、生动活泼得多了。后人仅仅依据这首词的“词意浅薄”，词中女子的举止不像是名门闺秀，而与市井妇女之行径相似，便否定这是李清照的作品，这样的推断是不能成立的。李清照一生中写过许多被同时代封建迂腐夫子们骂为“闾巷荒淫之语，肆意落笔”（《碧鸡漫志》卷二）的大胆率真的好词，体现了李清照独立不羁的个性。所以，在没有确凿证据之前，应当仍然将此词认定为李清照即将出嫁时的作品。李清照的父母，就是没有拿封建的条条框框去约束、规范他们的女儿，这再一次说明李清照的少女生活是健康幸福、自由自在的，她的大方开朗性格就是这种家庭教育环境的产物。

从李清照与赵明诚后来对待婚姻生活的态度来看，两人都是感情比较投入、比较真诚的。他们都具有率真的个性、对美好事物执着追求的纯情。他们的结合，是这种个性与纯情在现实社会中所得到的某种体现。两人真是十分的幸运。他们的婚姻，从整体格局上没有摆脱“父母之命、媒妁之言”的模式，但是，两人在婚前有了一定程度的互相了解，乃至彼此产生倾慕之情，这为他们的婚姻奠定了良好的感情基础。这在男女隔绝的封建社会里就显得非常难能可贵。中国古代封建社会里那种一见钟情、生死相恋、白头偕老、海枯石烂永不变心的催人泪下的爱情故事，只能到戏曲、小说中去寻找，只存在于文人的幻想世界之中，现实人生则要平淡实际许多。而李清照与赵明诚这样一些朦胧的婚前感情交往，就是那个平淡实际的现实社会里的一颗颗火花，是平淡中的惊奇。李清照与赵明诚的婚姻，虽然不如戏曲、小说中的故事来得离奇，却完全可以套用一句老话："有情人终成眷属。"

相对美满、幸福的婚姻生活，为李清照的个性持续发展提供了又一种良好的环境氛围。李清照对生活更加充满信心，其自主、自强、自信的性格最终走向定型。古人通常早婚，作为一位 18 岁的少女，李清照结婚时性格不能说是完全成熟了。婚姻，对于任何时代的女子来说，都是生活环境的巨大改变，是人生旅程的一大转折。她们不得不结束有父母可以依傍、可以撒娇的天真烂漫的少女生活，承担起一定的家庭义务与责任，要以新的身份去面对陌生的公婆与丈夫。这种巨大的转变和陌生的身份，对一位位稚嫩的少女来说，往往是前期的心理与经验准备不够，而显得突兀。尤其是对古代女子而言，婚姻，意味着在重重的束缚之外，又增加一条"夫权"的锁链，许多家庭因此埋下悲剧的祸根。婚姻状况，对女子个性的最后成型，影响至深。古代封建社会青年男女婚姻，全凭"父母之命，媒妁之言"，一对彼此陌生的男女青年骤然间被组合到一起，成立一个新的家庭，相互之间在兴趣、性格、爱好、文化修养等诸多方面经常存在着巨大反差，夫妻之间很少有恩爱可言。古代女子更多的是"所嫁非偶"，婚姻就是青春生活的坟墓。在婚后凄风苦雨的煎熬中，许多女子被渐渐消磨去才气与个性，憔悴枯萎，在凄凉无告中默默离去。宋代另一位著名的女词人朱淑真，就是一个典型的例子。朱淑真的才华与创作的成绩在宋代女作家中仅次于李清照。她"早岁不幸，父母失审，不能择伉俪”，所嫁非人，只能在断肠悲苦中吟咏自己的余生。没有这一段婚姻的不幸经历与非人折磨，朱淑真的创作成绩或许不在李清照之下。因此，李清照有了自己称心的丈夫，满意的婚姻，李清照确实是幸运的。

## 第二节　多情自是多沾惹，难拚舍

——夫妻新婚别离的愁苦

李清照与赵明诚结婚时，赵明诚还在太学读书，平日寄居在校舍，只有初一、十五等日子方可请假回家。夫妻两人在生活上依赖长辈，没有自己的经济来源。赵、李两家都是诗书传家，对晚辈并不娇宠放任，所以，李清照与赵明诚就很少有自己的私房钱。受赵明诚的感染，李清照婚后也迅速喜欢上古代的金石碑刻。每逢假日赵明诚回家，夫妻二人就质典衣服，得到五百钱，结伴闲逛汴京相国寺集市，选中喜爱的金石碑文，量力购买。回家后，两人相对观赏，考辨碑文的内容、年代等等。甜蜜的新婚生活，就在这样诗书、学术空气非常浓厚的环境中度过，李清照称夫妻两人是“葛天氏之民”（《金石录后序》）。葛天氏是传说中古代部落的酋长，据说那时候的百姓纯真朴实，悠闲自在。李清照拿来自比，可见新婚夫妻志趣的相投、生活上的自得其乐、心情的愉悦欢快。这样高雅脱俗的日常生活，是两人的共同爱好与追求。人生得一终身知己伴侣，复有何求？李清照与赵明诚的结合，堪称神仙眷侣。

从当时的太学制度和李清照所写的《金石录后序》来看，李清照与赵明诚新婚初期，相聚的时间很少，多数时间赵明诚寄居在太学斋舍。宋朝选拔官员，主要通过科举考试和学校选补。隋唐以来建立起来的科举考试，到了宋代，已经成为朝廷选拔官员的重要途径。然而，议论者认为科举中的诗赋考试浮华不切实际，各地士人的学习也容易偏于一隅，提出“教本于学校”的变革主张。神宗年间，王安石主持变法革新，对皇帝说：“古之取士俱本于学，请兴建学校以复古。”（《宋史·选举一》）于是，熙宁初年朝廷又推行“三舍法”，至元丰二年（1079）颁布《学令》：太学设置80斋，每斋各有屋5间，每斋住30人，在校学生一共2400名。分为外舍生2000人、内舍生300人、上舍生100人。每月都有“私试”，类似于今天的单元考试，检查生员学业；每年有一次“公试”，类似于今天的期末考试，外舍生中第一、第二等者升补为内舍生；每隔一年又有“舍试”，类似于今天的升学考试，内舍生中得优、平二等的升补为上舍生。上舍生再分成三等，学业与品行都非常优异的，为中等与上等生，不再参加礼部考试，朝廷直接选拔他们为官员。神宗以后，“三舍法”同样成为朝廷选拔官员的重要途径，与“科举法”并行天下。哲宗和徽宗意图继承父亲遗志，推行新法，一度时间“三舍法”的重要地位压倒了“科举法”。徽宗崇宁年间，太学学生名额略有所增加，外舍生增至3000名，内舍生增至600名，上舍生增至200名。太学学生之间的竞争十分剧烈，外舍生中只有15%到20%的人可以升为内舍生，内舍生中只有三分之一的人可以升为上舍生。哲宗绍圣初朝廷又规定：上舍生中上等者每年不超过二人，免礼部考试者每年只有五人。竞争的激烈，带来学习上的紧张。太学生集体居住在学校斋舍，家在京师者，每月逢初一、十五方可请假回家。太学的学习环境与学校的规定，决定了新婚之后的赵明诚，必须迅速回到太学，以期不耽误学业。这一对涉世未深的青年男女，刚刚品尝了新婚的情爱，就不得不分手。相聚短暂，分别日久，使纯情的李清照第一次咀嚼了离别的苦涩滋味，写下了许多动人的抒写相思别离的辞章。《怨王孙》说：

帝里春晚，重门深院，草绿阶前。暮天雁断，楼上远信谁传？恨绵绵。　多情自是多沾惹，难拚舍。又是寒食也。秋千巷陌，人静皎月初斜，浸梨花。

这首词写春暮时节闺中独处的寂寞，相思怀人之意，含蓄透露。“帝里”，即指当时的都城汴京。这表明词人当时也居住在京师，那么，这一段分别的痛苦，应该是赵明诚寄居太学斋舍、不得空闲回家而带来的。爱人不在身边，闺中寂寞无聊，又正是花红衰败、“草绿阶前”的暮春时候，闺中少妇更提不起兴趣外出赏春游玩，只是深院重门紧闭，独对空闺，任凭离别的思绪纠缠环绕于心头。这与少女时代“兴尽晚回舟”的李清照，有了很大的区别，愁思使人变得稳重宁静。几乎是下意识的，词人重复了登楼眺望的动作。赵明诚回家探亲的日子是固定的，登楼眺望也是无济于事。更何况天色已昏黑，连能够为人传达书信的大雁也看不见，所以，即使是将自己一腔的相思情怀写成书信，也无法寄达。赵明诚与李清照同在京城，“远信”云云，是一种夸张手法，突出的是心理距离。由于相思的痛苦而拉大了两人相隔的距离，哪怕在生活中实际距离并不太遥远。欧阳修《蝶恋花》说：“庭院深深深几许？”所描述的也是一种心理距离，否则，再大的庭院，距离也是有限的，哪至于“深深深几许”。

这种将实际距离夸张成心理距离的手法，在古诗词中比较常见，如五代毛文锡《醉花间》说：“银汉是红墙，一带遥相隔。”就是一个典型的例子。内心的相思愁绪无人诉说，无处寄达，无法排解，自然是离恨绵绵，无休无尽了。词人自知“多情”无法“拚舍”，只得默默忍受。这时，闺房外面的“秋千”无人问津，周围静悄悄的，唯见明月升起，将银辉洒向梨花，也洒向大地。词人在闺楼里枯坐了一天，从白天到昏暮到皎月升起。对丈夫感情之深厚，思念之愁苦，于此可见。

李清照有一些写离别思念的作品，情思悠悠，牵肠挂肚，然而情绪不是过于低沉悲观，相思中渗透着重逢的期盼。与中年时所写的悲苦离思、晚年所写的撕心裂肺的离别痛苦，皆有所不同，很可能都是这段时期的作品。因为，新婚离别固然令人难耐，令人伤悲，但毕竟赵明诚一月之中有两次回家相聚的机会，希望就在眼前。自然，作品中的离思就不会走向伤心欲绝。《蝶恋花》说：

暖雨晴风初破冻，柳眼梅腮，已觉春心动。酒意诗情谁与共？泪融残粉花钿重。　乍试夹衫金缕缝，山枕斜欹，枕损钗头凤。独抱浓愁无好梦，夜阑犹剪灯花弄。

春天刚刚到来的时节，“暖雨晴风”带来大地的解冻。柳枝吐芽，梅花绽放，自然界渐渐春意盎然。“春心”一语双关，既指户外的一片春意，也指内心无法抑制的春情。丈夫不在身旁，随着春的脚步的临近，不由得产生了大好时光无人共赏的孤独寂寞之愁苦，逼出一句“酒意诗情谁与共”的痛苦自问。思念至此，内心的别离愁绪已经化作遏止不住的泪水，浸湿了脸上的妆粉和鬓发，以至于鬓发上的首饰花钿也变得沉甸甸的。“酒意诗情谁与共”的追问，包含着“酒意诗情何时共”的渴望，痛苦中有着等待。词人也想改变心境、排遣愁苦，于是便穿起以“金缕”缝制的色彩鲜艳的“夹衫”，换下笨重的冬日服装。任何时代的女子，换穿自己喜爱的新衣服，都是一件令自己心情愉悦的好事情。况且，古代女子的打扮，还隐含着“女为悦己者容”的潜在意义，李清照此时的动作，下意识中是期盼丈夫早日归家的一种心理表现。当一天的思念、期盼、等待最终都落空时，这天的夜晚，就是一个折磨人的难以入睡的不眠之夜。词人斜靠在枕头上，白日精心佩带的凤钗也坠落在枕头一旁，无精打采，心意阑珊，独对灯花。古人以为，灯花是喜事的征兆。李清照在失眠的寂寥的长夜，剪弄灯花，既是一种无聊的解闷动作，其中也随时寄托着重逢的期待。这首词抒写春日来临之际独守空闺的愁苦，抒发对丈夫赵明诚的思念之情。处处写离情，处处又充满了期盼，整首词的格调就不至于过分悲苦。这是一种短暂分离给李清照带来的情绪折磨，根据词中语气及表达的心情，最有可能是赵明诚新婚之后被迫寄居太学斋舍时候的作品。

李清照的一些咏物之作，通过所咏之物寄托离别思绪，所抒发的情感与上述作品类似，应该是同时期的创作。《玉楼春》说：

红酥肯放琼苞碎，探著南枝开遍未？不知酝藉几多香，但见包藏无限意。　　道人憔悴春窗底，闷损阑干愁不倚。要来小酌便来休，未必明朝风不起。

这是一首通过咏红梅写别离相思的词。春日里绽放的红梅，如同红酥琼玉，美丽而纯洁。虽然“南枝”还没有一一开遍，但是已经为大地点缀了无限的春意，为春天“酝藉”了几多芳香。上片正面咏写红梅，突出其绽放时的酥润丰满，馥郁芬芳。这如同新婚少妇李清照，艳丽照人，光彩夺目，纯洁深情。李清照咏物词中最多的是咏梅花之作，一共写了六首，分别为《玉楼春》（红酥肯放琼苞碎）、《孤雁儿》（藤床纸帐朝眠起）、《清平乐》（年年雪里）、《渔家傲》（雪里已知春信近）、《殢人娇》（玉瘦香浓）、《满庭芳》（小阁藏春）。其中，经常以梅花自喻，换句话说，梅花经常成为李清照自我形象的写照。梅花的意象，几乎串联了词人一生形象的变化，这在以下的行文中还会有所介绍。而这首词所勾勒的红梅形象，与新婚少妇花蕾绽放般的美艳容貌最为相似。下片从咏物转向抒怀。与外面即将灿烂的春天相反，被相思所困扰的闺中少妇，心情郁闷，渐渐显出憔悴之态。这憔悴更多的是心理上的，与圆润丰满的红梅形象构成对照。时常倚栏眺望的落空，词人不禁下决心不再去倚栏。而上片所写的红梅，也正是倚栏时的所见。可见，词人嘴上说着“闷损阑干愁不倚”，却不由自主地还是去倚栏遥望。故意的躲避，并不能摆脱对丈夫的思念之情。结尾最终化为对丈夫早日归来的急切盼望，盼望赵明诚快快回家，能够与自己一起“小酌”，饮酒赏梅。因为时间不待人，过了季节，“明朝风起”，催落红梅，那时真是“无花空折枝”了。词以咏梅始，最后又折回到赏梅的题目上来，却句句在写自己的相思情怀。

## 第三节　炙手可热心可寒，何况人间父子情

——崇宁党争中的李清照

李清照结婚以后的第二年，即徽宗崇宁元年（1102），政坛上的风云动荡再次波及她的家庭。这一年，徽宗受蔡京的鼓惑，决意继承父亲神宗、兄长哲宗的变法遗愿，再度全面推行新法。崇宁者，追崇熙宁之意也。赵挺之与蔡京是同年，两人臭味相投，倾向新党的共同政治立场与善于投机取巧的政治品质，使他们一拍即合。于是，赵挺之积极追随蔡京，迎合蔡京的一切废除旧法、迫害旧党的政治主张，成为蔡京的鹰犬与羽翼。蔡京也积极荐引赵挺之，以其为朝廷中的左右膀。该年五月，蔡京和赵挺之同时被任命为副宰相（尚书左丞与尚书右丞）。七月，蔡京拜相，赵挺之也在中央政府里越来越得志。至崇宁四年（1105）三月，赵挺之也迁升为中央政府中的另外一位宰相。蔡京与赵挺之，代替章惇、曾布等老的一批新党领袖，成为新党最新一轮的核心人物。蔡、赵二人皆无政治操守，他们所谓的“绍述”新法，仅仅是为个人争夺权力的一种手段。在元祐年间，无论如何逢迎，他们多少还是受到了旧党的压制。挟个人之私怨，求个人之最大利益，他们对政敌的迫害残酷无情。为打击异己，独揽朝政，他们又扩大了政治迫害的范围，将徽宗即位初年积极向朝廷上书提意见的人士也网罗在内，统称为“元祐党人及元符末上书人”。这时候的“绍述”新法，实际上已经蜕变为一场出自个人私利、私怨的无原则的政治迫害运动。蔡、赵个人品格的卑污恶浊，遭世人唾弃。赵挺之的连襟陈师道宁愿寒冻而死也不穿从赵挺之家借来的棉衣这件事，

就发生在这一年。而李清照的父亲李格非，却被打入“元祐党人”之列，赶出了京师。

在这一场政治风波中，赵家与李家，一荣一枯，相去甚远。李清照的婆家与娘家分属不同的政治集团，在朝廷里已成水火之势。李清照夹在当中，承受了相当大的心理与社会压力。受家风熏陶，李清照的政治观点自然倾向于旧党。况且，旧党中许多父执包括自己的父亲之刚直不阿的品格也令李清照景仰。所以，作为过门未久的新媳妇，李清照的态度与立场是非常明白的。最初，处于两家矛盾之中左右为难的李清照还心存幻想，希望公公赵挺之对自己的父亲手下留情，希望弥合两家的裂缝，尽自己做女儿、做媳妇的职责。她给公公赵挺之上诗，婉转求情，这首诗只留下一残句：“何况人间父子情。”其语意显然是要求赵挺之看在自己的脸面上，对李格非有所援手，语气略带哀恳之意。据说，当时读到这首诗的人们都非常同情李清照的处境，理解她的哀苦之情。赵挺之对李格非本人当然不会有什么成见，也不会故意去打击李格非，只是赵挺之当时所处的核心位置与对旧党残酷打击的现实背景不允许他为亲家留情面。赵挺之所面临的抉择是：要么阿谀蔡京，置亲家于不顾，继续飞黄腾达；要么不顾个人的利益得失，手下留情，为李格非开方便之门。赵挺之当然选择的是前者。

婉转的求情失败了，李清照进一步认识了公公赵挺之利欲熏心的小人面目。以李清照大胆率真、刚直倔强的个性，她无法默默咽下这口气。她还是用诗歌来表现自己的不满与愤怒，写下了犀利辛辣的讥刺赵挺之的作品，这首诗也只流传一句：“炙手可热心可寒。”这句诗化用杜甫

《丽人行》里讥讽杨国忠的诗句："炙手可热势绝伦，慎莫近前丞相嗔。"杨国忠与赵挺之都官至宰相、副宰相，以杨国忠比拟赵挺之，官职身份相当。杨国忠是历史上遭人唾弃的祸国奸臣，应该为导致唐朝由盛转衰的"安史之乱"负相当的责任。李清照的大胆比拟，完全无视上下尊卑的家庭等级观念，其大义灭亲的勇气，令人瞠目。袁采《袁氏世范》卷上说："有小姑者，独不为舅姑所喜，此固舅姑之爱偏。然为儿妇者，要当一意承顺，则尊长久而自悟。或父或舅姑终于不察，则为子为妇，无可奈何。加敬之外，任之而已。"李清照所作所为，与时代的伦理规范公然相背。这就是独立不羁、令世人瞩目的李清照。

可喜的是心爱的丈夫赵明诚与自己同心同德，在这风雨飘摇的险恶的政治环境与社会现实中，为自己筑起了一道抵挡风雨的墙壁。陈师道《与鲁直书》说："正夫有幼子明诚，颇好文义。每遇苏、黄诗，虽半简数字必录藏，以此失好于父，几如小邢矣。"（《后山居士集》卷十四）这里是拿邢恕、邢居实父子来做比较。邢恕是一个彻头彻尾的反复小人，章惇、蔡京当政的时候都曾经阿谀迎合宰相旨意，肆意捏造、诬陷旧党领袖人物，人品之卑污龌龊，在新党中屈指可数。其子居实，禀赋过人，所做的诗文甚得苏轼、黄庭坚、秦观、晁补之、张耒、陈师道的赏识，政治立场也接近旧党，因此与父亲反目。陈师道信中所说，已经将赵明诚的政治倾向叙述得非常明白。朝廷当时已经开始严厉禁止苏轼与黄庭坚等元祐党人的著作，如崇宁二年（1103）四月，"诏苏洵、苏轼、苏辙、黄庭坚、张耒、晁补之、秦观、马涓文集，范祖禹《唐鉴》，范镇《东斋记事》，刘攽诗话，僧文莹《湘山野录》等，印板悉行焚毁。"（《续资治通鉴》卷八十八)而且,“天下碑碣榜额,系东坡书撰者,并一例除毁。”（吴曾《能改斋漫录》卷十一）崇宁三年（1104）和宣和六年（1124），朝廷又两度重申除毁苏轼诸人文集的禁令。赵明诚的作为，明显是对抗朝廷的禁令，与其父背道而驰，自然失去了父亲的欢心，却同时得到妻子李清照的欢心。李清照躲进屋里，关起房门，面对丈夫赵明诚，依然有一片温馨的小天地。

朝廷对元祐党人的迫害,株连到子女的身上。崇宁元年(1102)八月,朝廷下诏说:元祐党人“子弟并毋得官京师。”崇宁二年(1103)三月,朝廷下诏说：“党人亲子弟毋得擅到阙下。”同年七月又下诏说：“责降人子弟，毋得仕在京及府界差遣。”崇宁三年（1104）四月，尚书省检查,要求“党人子弟不问有官无官,并令在外居住,不得擅到阙下”(皆见《续资治通鉴》卷八十八)。《宋史·蔡京传》也记载蔡京立“党人碑”，“凡名在两籍者三百九人，皆锢其子孙，不得官京师及近甸。”依据朝廷这一系列诏书,有人断定李清照崇宁年间往返于京城与故乡明水之间。朝廷禁令严厉时，便离开京师，回娘家居住；朝廷禁令松弛时，又回到京师夫家。其实，这是不了解历史而对朝廷系列诏书内容的误解所得出的臆断。首先，崇宁年间这一系列诏书明确针对元祐党人的男性子弟，所以，禁止他们在京城做官、不得擅到京城待阙跑官、有官无官都必须在京城以外居住等等。朱弁《曲洧旧闻》卷九载：“崇宁初，凡元祐子弟仕宦者，并不得至都城。”记载就非常明确了。女子出嫁从夫，朝廷还不至于糊涂到非得拆散大量官宦家庭，所以，朝廷从来就没有对元祐党人出嫁的子女做出过任何规定。其次，赵挺之以执政之尊，虽不愿为亲家援手，但足以遮蔽儿媳。读李清照的《金石录后序》，便可以看出，崇宁年间李清照一直生活在京城，与赵明诚过着相对满足的小夫妻生活。

## 第四节　云鬓斜簪，徒要教郎比并看

——崇宁年间夫妻相聚的美好时光

崇宁二年（1103），赵明诚结束太学求学生活，出仕为官。赵明诚是通过“三舍法”的遴选进入仕途，还是依赖“门荫”制度出仕为官，史料失载，后者的可能性更大。宋代宰辅地位尊崇，朝廷有系列优宠宰辅的措施，“门荫”制度即是其一。庆历三年（1043）十一月，仁宗诏曰：“枢密使、副使、参知政事，子为太祝、奉礼郎，期亲校书郎，今子孙及期亲、尊属如旧，余以次补试衔。”（《长编》卷一百四十五）太祝与奉礼郎，都是太常寺属官，从八品，用来优待皇后族人和宰辅子弟，俸禄从优，每月可领取肉与绢布，有“轻裘食肉”之称。赵明诚初仕的官职已不可考辨，然受其父亲荫庇，得以在京城为官，大概就是太祝或奉礼郎之类。

夫妻两人第一次有了自己的经济收入，生活变得更加滋润自得。这时候，两人对金石刻录以及古玩字画的共同爱好与收集珍藏的愿望，有了进一步满足的经济条件。赵明诚与李清照决心节衣缩食，尽量收集天下的“古文奇字”，哪怕是荒僻边远地方的出土文物，也要收罗齐备。用李清照自己的话来说就是“有饭蔬衣练，穷遐方绝域，尽天下古文奇字之志”（《金石录后序》）。

徽宗年间，学者与收藏家们对金石刻录的嗜好日甚一日，徽宗本人就带头收藏。至大观初年，朝廷作《宣和殿博古图》。宫廷所收藏者，大小礼器已经有五百多件。这种风气，在社会上风靡一时，以至这些金石刻录器具文物的身价倍涨，有的价值数十万，后来甚至动辄要价至百万的。于是，盗挖坟墓盛行，天下冢墓，破坏殆尽。（详见《铁围山丛谈》卷四）在这样的社会风气之下，赵明诚的微薄俸禄依然不够应付。李清照的《金石录后序》叙说了这么一个故事：崇宁年间的某一天，有人拿着南唐著名画家徐熙的《牡丹图》上门来向赵明诚、李清照兜售，要价二十万。夫妻两人无法酬足这笔巨款，虽然将《牡丹图》留在家中过了两宿，最终还是归还给卖主。夫妻两人为此惆怅惋惜了好多天。赵明诚与李清照这段时间，也曾经典当衣服去购买名人字画和古代金石奇器。这样的购买力毕竟有限，更多的时候两人是利用宰辅门第的便利，通过在皇家藏书馆阁任职的亲朋好友，传抄世所罕见的失传的诗文、野史等资料。日积月累，家中渐渐堆积如山。

这种收藏嗜好，成为赵明诚与李清照在崇宁年间生活的避风港。李清照的父母亲已经离开了京城，回乡定居，脱离了党争的旋涡，小夫妻两人不必再为此事揪心。李清照与夫家长辈又存有芥蒂，即使赵明诚也懒得与父亲来往。夫妻两人于是不再关心政坛上的钩心斗角，“躲进小楼成一统”，把自己的精力和热情都投入到对前代金石字画的收藏爱好中去。随着赵挺之的步步高升，赵明诚仕途上也一帆风顺。崇宁四年（1105）三月，赵挺之拜相；六月，称病罢相。宋代拜相与罢相，宰相子弟同时都要接受升官进职的恩荫。赵挺之拜相时，赵明诚迁升何官已失载，然其父罢相时，徽宗“以挺之之子存诚为卫尉卿、思诚为秘书少监、明诚为鸿胪少卿。挺之辞不敢当，乞收回成命，诏答不允。”（《宋宰辅编年录》卷十一）鸿胪寺，是朝廷管理四方蕃国宾客、国家丧葬馈赠事典等事务的职能部门，鸿胪少卿为部门首长鸿胪寺卿的副手，正六品。短短数年，赵明诚的升迁速度是非常快的，这得力于宰辅子弟的特殊身份。这种特殊的身份与环境，使得李清照与赵明诚夫妇可以相对地离开外界的许多侵扰，安心于自己的家庭小生活。

这是李清照与赵明诚结婚以后第一次长久相聚的时间，是李清照 20 岁到 24 岁风华正茂的大好年华。婚后两年以来共同爱好的培养、彼此的爱慕、时而分离的思念，都加深了两人的情感。与心爱的丈夫朝夕相处，李清照时时表现出楚楚可爱、娇媚依人的神情。她的词记录了这段生活与情感。《减字木兰花》说：

卖花担上，买得一枝春欲放。泪染轻匀，犹带彤霞晓露痕。

怕郎猜道，奴面不如花面好。云鬓斜簪，徒要教郎比并看。

李清照喜爱梅花，常常通过咏梅自我比拟。这首词不是咏梅词，却仍然以梅花的形象比喻自己。春天的时候，从卖花担上买得一枝含苞欲放的梅花，鲜艳的花瓣上还带着薄薄的晨露。青春妙龄的少妇李清照，买花是为了赏花，是对美的欣赏；同时也是为了装饰自己，珍视自己的青春年华。花季女子，最爱美丽的鲜花。这时候的精心化妆，当然是为了博得丈夫赵明诚的赏识，所以，卖花、戴花的动作中又多了一层对幸福爱情执着追求的含义。一心想获得丈夫全部爱情的女子又是“小心眼”的，她会对周围一切与自己比美的事物发生莫名其妙的嫉妒，这种嫉妒又转过来表现她对丈夫的深爱。因此，买得鲜花的李清照，忽然多出了一个心眼：不知丈夫是否会更赏识这梅花，认为“奴面不如花面好”。对自己青春容颜充满信心、争强好胜的李清照，便一定要与梅花比个高低，特意将梅花“云鬓斜簪”，让丈夫仔细端详，究竟谁更漂亮。通过这种对丈夫撒娇的动作，表现出小夫妻之间的亲昵和温情。充满了自得、自信的语气里，透露出李清照婚后的愉悦欢欣。实际上，李清照并不担心丈夫分心到梅花上，只不过借这样一个题目与丈夫逗趣撒娇。少妇的柔情婉娈在这些夫妻日常生活画面中得到徐徐展示。

赵万里辑《漱玉词》时，又以“词意浅显”为理由，否认这是李清照的作品。其实，李清照众多作品皆深得民歌风韵，活泼清新。“易安体”之清丽自然的特色，就是从民歌中汲取了相当的养分。这首词从民歌中脱胎而出的痕迹非常明显。唐无名氏词《菩萨蛮》说：“牡丹含露真珠颗，美人折向庭前过。含笑问檀郎，花强妾貌强？　檀郎故相恼，须道花枝好。一面发娇嗔，碎挼花打人。”李清照用其意，语言变得相对雅丽。在写夫妻日常生活甜蜜恩爱的同时，突出了自己自信、争强的个性，这与李清照的为人非常吻合。

与《减字木兰花》格调、语意相近的小词还有《丑奴儿》，清代王鹏运四印斋本《漱玉词》注也认为这首词“词意肤浅”，不像是李清照的作品。这类猜测如果没有证据的话，都不足为凭。这首词说：

晚来一阵风兼雨，洗尽炎光。理罢笙簧，却对菱花淡淡妆。

绛绡缕薄冰肌莹，雪腻酥香。笑语檀郎，今夜纱橱枕簟凉。

闺中少妇的日常生活是平淡的，无非是梳妆、弹琴等一些琐碎小事，而且每日重复。但如果有了一位心爱的夫君常伴身旁，平淡的生活将闪耀出奇异的光彩，一切琐事都将蕴涵着夫妻绵绵的情谊。李清照就是选择了这样一个日常生活画面来写夫妻生活的无穷乐趣。这是一个酷热的夏季，黄昏时刻的一阵“风兼雨”，消除了大地的炎热，带来了夜晚的清爽凉快，李清照与赵明诚有了一个纳凉消闲的好时光。于是，李清照对夫君而“理笙簧”，这是李清照从少女时代以来就喜欢的日常消遣。在自己心爱的人面前，又不免格外投入。一次演奏结束，恐怕是“薄汗轻衣透”，脸上妆饰略显凌乱。李清照兴致勃勃，她仍然不想卸妆入寝，仍然想延续与赵明诚倾心相对的旖旎时光。她便对着“菱花”镜子再施“淡淡妆”，时时要以最光彩美丽的形象出现在丈夫面前。“女为悦己者容”，对镜梳妆，丈夫在身后偎依相看，这是夫妻生活中多么亲昵甜蜜的小场景！妆饰完毕，穿着“绛绡缕薄”的丝织衣裳，如冰雪般洁白晶莹的肌肤隐约可见，阵阵“酥香”淡淡传来，赵明诚一定会陶醉其中。下片开头两句的描写，是李清照对自己的肤容美貌非常珍视与自信。女子梳妆打扮之后，总是要好好自我欣赏一番，这大约是古今相通的。而李清照的这一份珍视与自信，就与欣赏她、热爱她的丈夫赵明诚密切相关。只有在心爱与爱她的异性之前，今夜的梳妆、穿着、美丽，才有其特殊的意义。古代女子“出嫁从夫”，一生中只能面对这样一位特定的异性，如果没有丈夫的爱意和赏识，对一位妻子的容貌自信与生活兴致都将是极大的打击，她将只能在“雨横风狂”的环境中默默地“泪眼问花”。

李清照是幸福的。所以，她又能够“笑语檀郎，今夜纱橱枕簟凉”。今夜的凉爽，将宜于寝眠入睡，其中暗示着夫妻的欢娱恩爱。李清照就是这样真诚大胆，闺中亲昵语、亵狎语敢于形诸笔端，她是在由衷地表达恩爱夫妻生活的无穷乐趣。与李清照同时代的王灼在《碧鸡漫志》卷二里斥责李清照说：“闾巷荒淫之语，肆意落笔。自古缙绅之家能文妇女，未见如此无顾藉也。”指的就是这类语言的作品。而李清照能够卓然于纭纭女子之上，成为文学史上不朽的作家，也得力于她的真性情与坦率大胆。

李清照现存唯一的一首咏牡丹花之作《庆清朝》，语调从容和缓，对雍容富贵、浓艳美丽的牡丹充满着赞叹之情，与词人这个时期的生活格调相侔。词说：

禁幄低张，彤阑巧护，就中独占残春。容华淡伫，绰约俱见天真。待得群花过后，一番风露晓妆新。妖娆艳态，妒风笑月，长殢东君。

东城边，南陌上，正日烘池馆，竞走香轮。绮筵散日，谁人可继芳尘？更好明光宫殿，几枝先近日边匀。金尊倒，拚了尽烛，不管黄昏。

上阕正面咏花，写出牡丹的容颜、姿态、仪表、风貌、神采。牡丹是娇贵的，需要有低低垂挂的帷幕和朱红栏杆的悉心精巧呵护。这样，在暮春时节群花凋零之际，牡丹才能艳丽开放，“独占残春”。唐人皮日休《牡丹》说：“落尽残红始吐芳。”李清照用其诗意。牡丹绽放时的美丽是天然的，它容颜淡雅，姿态柔婉，纯真无瑕。“待得群花过后”，风吹露洗，牡丹如同拂晓新妆的美人，更加显示出清丽妩媚的迷人姿容。这两句也是对“就中独占残春”的详细解释。“妖娆艳态，妒风笑月，长殢东君”，唯独牡丹盛开之际才有这番艳丽雍容的仪态。在风月丛中，在春天的相伴之下，牡丹傲然怒放。从唐朝以来，人们就有倾城观赏牡丹的习俗。唐人刘禹锡《赏牡丹》说：“唯有牡丹真国色，花开时节动京城。”北宋邵雍《洛阳春吟》也说：“须是牡丹花盛发，满城方始乐无涯。”所以，下阕就转写满城赏花的盛况。“东城边，南陌上”，赏花的人群熙熙攘攘。人们或者乘坐“香轮”小车，竞相奔走，观赏牡丹；或者张罗“绮筵”，歌舞相随，花中作乐。池塘四周，别馆旁边，牡丹盛开之处都笼罩在和暖的阳光之中，也被兴致勃勃的人群“烘”挤得分外热闹。“绮筵散日，谁人可继芳尘”两句是过渡，从民间的纵情狂欢过渡到宫廷的高雅清赏。当宫外的牡丹渐渐开尽，游人渐渐散去，喧闹渐渐消逝，宫中的牡丹依然匀称地开放着。宫内依然可以举“金尊”，点红烛，“不管黄昏”的到来，尽情赏花。明光宫殿，都在汉朝。汉朝有宫有殿，俱名“明光”。《三辅黄图》卷二引《关辅记》说：“桂宫在未央北，中有明光殿。”卷三又说：“明光宫，武帝太初四年秋起，在长乐宫后，南与长乐宫相连属。”后世用来泛指皇家宫殿，苏轼《虢国夫人夜游图》说：“金鞭争道宝钗落，何人先入明光宫？”李清照这里用来代指北宋京城汴梁。所以，这首词非常可能作于与赵明诚一起居住京城的这段时间内。

## 第五节 安得归来堂上坐，放怀一笑茗瓯倾

——李清照与赵明诚屏居青州的生活

徽宗年间政坛风云变幻，“乱哄哄你方唱罢我登台”。转眼之间，赵挺之经历了拜相、罢相、再度为相、又被逼离职的两度起伏动荡。尤其是赵挺之与蔡京反目之后，政治环境变得十分险恶，以至赵挺之去世以后还要被蔡京追究算旧账，一直牵累到家人子弟，通通被免职还乡。李清照与赵明诚因祸得福，反而因此赢得了十年青州清净恬淡的屏居乡野时间，夫妻相守，其乐融融。

### 一、宰相之间的争权夺利与赵家的获罪回乡

赵挺之崇宁四年（1105）拜相，完全得力于蔡京的推荐。宋朝采取“宰相集体领导制”，中央政府一般设两位宰相，轮日执政。赵挺之一旦成为宰相之一，可以与蔡京平起平坐，他与蔡京的“蜜月期”随即宣告结束。欧阳修《朋党论》说：“小人与小人以同利为朋。”利尽交恶，这在蔡京与赵挺之交往关系上有典型的表现。赵挺之与蔡京是为了获取个人的最大权利而纠合到一起的，蔡京荐引赵挺之，目的是为了独揽中央大权，让赵挺之成为他的附庸，赵挺之当然不会心甘情愿。所以，赵挺之拜相之后，两人的钩心斗角、争权夺利就不可避免。赵挺之于是屡次在徽宗面前陈诉蔡京的“奸恶”，并采取以退为进的方法，自动请求离开宰相的职位，回家闲居，以避开蔡京。宋代的“宰相集体领导制”，要求宰相之间保持相对的和谐一致，否则，中央政府就无法行使职权。当宰相

之间势如水火时，往往需要调离其中一位或全部更换班子。这就是赵挺之崇宁四年三月拜相、六月罢相的现实背景，这一次，赵挺之在宰相位置上只停留了三个月。赵挺之离去后，蔡京独相，总揽大政。

赵挺之罢相以后，在京城居住了大半年时间，等待东山再起的时机。崇宁五年(1106)正月，彗星出西方，长长的彗星尾横贯天空。彗星俗称“扫帚星”，古人将其视作灾变的征兆。彗星出现，往往被理解为上天对皇帝的警告，说明他治国有所阙失，需要及时改正。非常愚妄迷信的徽宗，因此慌了手脚。朝野对立“党人碑”、残酷迫害元祐党人一事早已议论纷纷，以多种途径将意见反映到徽宗那里。如徽宗迷信道教，便有道士借鬼神进言。《贵耳集》卷上载：

> 徽考宝箓宫设醮。一日，尝亲临之。其道士伏章，久而方起。上问其故，对曰：“适至帝所，值奎宿奏事方毕，始达。”上问曰：“奎宿何神？”答曰：“即本朝苏轼也。”上大惊，因是使嫉能之臣谗言不入。

这位道士明显是苏轼的崇拜者，故借机装神弄鬼，以改变徽宗的看法。大约就是受类似这样周围人们的影响，徽宗始终对禁绝元祐学术、立元祐党人碑之事惴惴不安。徽宗为了上应天象，赶紧派人毁了“党人碑”，除一切党人之禁，复贬谪者的官籍。将蔡京所变之法，或停止执行，或恢复原貌。其间，李格非也恢复了自由之身，得祠禄官“监庙差遣”。此时，皇帝当然不能再使用竭力迫害元祐党人的现任宰相蔡京，于是召见闲居的赵挺之，对赵挺之说："蔡京的所作所为，就像你说的一样。"政坛风云因此突变，崇宁五年（1106）二月蔡京罢相，赵挺之再度入相。这次，赵挺之也是独相，中央所有的权力集中到他一人的手中。

赵挺之第二次出任宰相，针对蔡京作为必须有所改变，便一切顺应徽宗旨意，放宽党禁，停止边境对外族的挑衅战争，稍稍恢复已成习惯的"旧法"，自己没有什么兴风作浪的作为。朝廷内外相安无事，这是徽宗年间政坛最为平静的一段时间。赵挺之除了善于阿谀逢迎徽宗旨意以外，也是有相当的政治才干。他不像蔡京一样于新法、旧法之间走极端，将两者对立到你死我活的地步。当年追随蔡京全面否定旧法，不过是政治斗争的需要，是努力向上爬的一种途径。自己独揽中央大政之后，却能够采取相对温和的政治态度，协调朝野的政治矛盾，带来了一段时期政局的相对平稳。但是，好景不长。说到玩政治权术或者阿谀钻营，蔡京远比赵挺之老辣。蔡京第一次拜相，就是走了宦官童贯的门路，而且，公关做到"宫妾、宦官合为一词誉（蔡）京"（《宋史·蔡京传》）的地步。蔡京擅长猜透徽宗的心思，想皇帝之所想，急皇帝之所急，抢先一步为皇帝做好安排，如为徽宗摆脱"祖宗家法"的局限、放心大胆地去过奢侈糜烂放荡的生活制造舆论等。这一方面，赵挺之也远远不如蔡京。而且，蔡京做宰相将近四年时间，已经在朝廷里培植了自己的党羽势力。这些党羽在蔡京罢相之后，通过多种途径努力，企图让蔡京重新入主中央政府。于是，仅仅只有十一个月时间，大观元年（1107）正月，蔡京再度拜相。两个月以后，赵挺之被迫称病离开宰相位置，回家闲居。这一次，赵挺之做了十三个月的宰相。

这一次政治上的打击是致命的，赵挺之已经明白自己无法与蔡京抗衡，在政治上没有东山再起的希望，心力交瘁，五日以后便郁郁去世，终年 68 岁。蔡京是一位睚眦必报的小人，再度入相，决不会轻易放过抢夺了自己的权力、逼迫自己离开相位的赵挺之，哪怕赵挺之已经辞离人世。赵挺之去世仅三天，蔡京就唆使党徒，收集赵挺之黑材料，诬陷赵挺之结交富人，收受贿赂，贪赃腐败。大观元年（1107）七月，赵挺之死后被罢免官职。在蔡京的指使下，大兴刑狱，由京东路转运使王旉置狱审理。此前，赵挺之老家已由密州徙居青州。此时，开封府与青州两地同时开始逮捕赵挺之的亲戚、子弟，因父丧去官的赵明诚兄弟也锒铛入狱。这一场飞来的横祸，让醉心于金石、书画、诗文的贵家子弟赵明诚第一次领略了政治斗争的残酷和现实社会的黑暗。所幸的是这场暴风疾雨很快就过去了。置狱穷治，结果是有关赵挺之贪赃的说法没有任何事实根据。于是，蔡京在中书、门下两省台谏中的党羽又改变攻击方向，指责赵挺之在元祐年间被元祐大臣所用，在宰相位置上又极力庇护元祐党人。崇宁末年毁“党人碑”、赦免或起用元祐党人，完全是徽宗的旨意。昏聩而无主见的徽宗，居然糊里糊涂地认可了台谏为赵挺之所罗织的罪名，赵挺之的三个儿子一齐被罢免官职，赶回老家闲居。李清照陪伴着赵明诚，婚后第一次回到山东青州居住。

**二、夫妻共同收集校勘金石书画的风雅生活**

这一次回青州，李清照与赵明诚夫妻共同乡居了十年时间。赵挺之多年官宦的积蓄，在青州所置办的家产，都足以让夫妻两人衣食无忧。李清照在《金石录后序》中曾回忆说：“屏居乡里十年，仰取俯拾，衣食有余。”不求闻达、不慕荣华的李清照夫妇，反而得其所愿。他们仰慕超然脱俗、如孤云野鹤的晋人陶渊明，取陶渊明《归去来兮辞》之意，名青州日常居所为“归来堂”。李清照还将自己的居室取名为“易安室”，因此自号“易安居士”，同样取意于陶渊明《归去来兮辞》中名句“倚南窗以寄傲，审容膝之易安”。李清照自号应该是在屏居青州之时，“归来堂”大约也是李清照命名的。其实，北宋文人士大夫中最仰慕陶渊明的是苏轼，有“和陶诗”109首，自称“我即渊明，渊明即我也”（《书渊明东方有一士诗后》）。苏轼门下，如黄庭坚、晁补之等，都深受陶渊明诗风、作风的影响。晁补之徽宗年间被逼回乡闲居，“葺东皋归去来园，楼观亭台，位置极潇洒，尽用陶（渊明）语命之。自画为大图，书记其上”（陈鹄《西塘耆旧续闻》卷三），“自号归来子，忘情仕进，慕陶潜为人”（《宋史》卷四百四十四《晁补之传》）。李清照夫妇的作为，自有其思想、学风、学术上的渊源关系。

然而，被迫回家居住的李清照与赵明诚夫妻的爱好乐趣则异于常人。一般的文人士大夫，免官闲居，大都纵情山水田园，以隐逸避世标榜，在向往世外桃源之际隐约流露出对官场的渴慕，甚至牢骚满腹，痛心疾首。而李清照与赵明诚夫妻，不做作，不标榜，率真自然，舒适自得地过着这种无名利是非之争的淡泊生活。夫妻两人这时候可以倾全力于金石书画收集整理的嗜好。他们的日常生活极其简朴，李清照说自己是“食去重肉，衣去重彩，首无明珠、翠羽之饰，室无涂金、刺绣之具”（《金石录后序》）。因为夫妻毕竟是屏居乡里，经济收入受到限制。他们将节省下来的钱，都用来满足自己的个人嗜好。每得一部古书，夫妻共同校勘，整理完毕后做上题签，分门别类。得到古人的书法、绘画、铜彝、金鼎，两人则反复摩挲观赏，指摘评点其中的瑕疵。白天玩赏不够，夜晚点上蜡烛，以一根蜡烛为限，继续享受所收集的金石书画给他们带来的无穷乐趣。李清照与赵明诚都有着相当的家学渊源，渊博的知识积累，深厚的文化修养，高超的鉴别目光，使他们成为当时这一领域里数一数二的专家。他们的收藏品以及对收藏品所做的校勘整理分类工作，在同时代最为优秀突出。清代女词人顾太清非常羡慕地说："易安夫妻皆好古，夏鼎商彝细考，聚绝世人间奇宝。"（《滂喜斋藏书记》引《金缕曲》）

书籍字画积累越来越多，他们便在归来堂里做起书库，并为书库订立较为严格的管理规章制度。他们为每个大书橱的藏书都做了分门别类的登记编号，排列次序，并有类似索引的登记"书册"以供查阅方便。两人中的任何一位需要阅读评说某书时，就取出书橱钥匙，做好取书登记，然后再取出有关卷帙。这一系列的手续可以看出：夫妻两人藏书的丰富以及对图书专业化管理的严格要求。如果翻阅时不小心污损书籍字画，立即惩罚责任者揩拭干净或涂改整齐。夫妻俩小心翼翼，对藏品珍爱异常。李清照后来回想夫妻两人当时对待收藏品的态度，也自嘲说：收集珍藏金石、字画、书籍，本来是为了追求适意快乐，结果夫妇二人反而成为收藏品的仆役，对其谨慎拘束，没有了开始坦荡随意的态度。这种自我解嘲，事实上还是在向他人炫耀自己夫妻对收藏品的珍视。任何一位有收藏某一物件嗜好的收藏家，恐怕都有类似的心理体验。

夫妻遇到相同的经史百家著作，凡是文字不缺失、版本不谬误的，他们也重复购买，储备以做副本校勘之用。赵明诚家传《周易》《左传》

注疏本子，所以，夫妻两人的收藏中以这两部书的版本及有关论著最为齐备。孜孜不倦的收集珍藏，使得家中书籍堆积如山，以至案头桌几之上罗列殆遍，床上枕边相互枕藉。李清照与赵明诚屏居青州，被包围在书的海洋之中。赵明诚自言从哲宗元祐年间十岁左右开始喜欢收藏，“凡二十年而后粗备”（雅雨堂本《金石录序》）。赵明诚三十岁左右正是徽宗政和年间屏居青州时期。收藏品遍及古今中外，“上自三代，下及隋唐五季，内自京师，达于四方遐邦，绝域夷狄”（同前）。

赵明诚以宰辅子弟进入仕途，政治上没有多大才干，后来出任地方官期间也没有看出他有什么行政能力。但赵明诚是一位品位极高的古董收藏家与鉴赏家，是一位有很深修养、爱好诗文的作家，是一位典型的文化人。与官场相比，赵明诚更适宜于携娇妻、居乡间、陶醉在诗书金石之中。面对这样一位朝夕相伴的才华过人的妻子，赵明诚无比欣喜。他没有世俗的“丈夫必须胜过妻子”的观念，在妻子的争强好胜中，他反而体会到夫妻间的融融情谊。屏居青州的生活，给李清照与赵明诚夫妻带来的不是失意后的抑郁寡欢、相互埋怨、垂头丧气，而是如鱼得水、和谐欢快、乐此不疲。他们没有像其他的罢职闲居者那样，或者故作姿态，以示对官场的不屑，内心却渴求早日再度被起用；或者干脆奔走钻营，急不可耐，期待着朝廷对己身的重新起用。夫妻两人逍遥自在，妇唱夫随，夫唱妇随。用李清照的语言描述，就是“甘心老是乡矣”(《金石录后序》)。

**三、夫妻读书、赋诗、逗趣其乐无穷的日常生活**

李清照与赵明诚夫妻修养过人，志趣高雅，藏书丰富，平日以读书为乐。他们广泛阅览，精读细思，夫妻相互启发，将许多历史典故、精彩文字乃至整卷整卷的书籍都默记于心。日常夫妻嬉闹逗趣，比才能，斗输赢，都与读书有关。李清照回忆这段时间夫妻生活的细节说：每日饭后，坐在归来堂，夫妻饮茶消闲，便比试两人读书的广博程度、记忆力的优劣等。他们对着重叠堆积的书籍，要凭记忆力指出某件事记载在某书某卷的第几页第几行，谁说得准确谁可以喝茶。李清照的记忆力远远强于赵明诚，比赛的结果往往是李清照获胜。说中之后，李清照总是举着茶杯大笑，笑得将茶水都倾覆在自己的怀中，反而喝不到茶水。赵明诚也乐在其中，以欣赏赞叹的目光看着聪颖娇柔、事事争胜、一片纯真的妻子，甘愿俯首称臣。

李清照屏居青州期间，时时仍有诗词创作。关于这些创作的记载，偶尔见于李清照与居住附近的元祐党人的密切交往之中。朱弁《风月堂诗话》卷上记载说："赵明诚妻，李格非女也。善属文，于诗尤工。晁无咎多对士大夫称之。如'诗情如夜鹊，三绕未能安''少陵也自可怜人，更待来年试春草'之句，颇脍炙人口。"

晁补之，（1053—1110），字无咎，晚号归来子，济州钜野（今山东巨野）人，"苏门四学士"之一。与李格非是同乡。早在元祐年间，晁补之任秘书省正字，李格非任太学博士，两人同在苏轼门下，已经开始了频繁的交往。晁补之曾有《与李文叔夜谈》诗说："中庭老柏霜雪里，北风烈烈偏激耳。诵诗夜半舌入喉，饮我尊中渌醽美。"（《鸡肋集》卷十二）两人寒夜饮酒，诵诗酬唱，相得甚欢。李清照大约在孩提时代就认识了这位文采斐然的父执。因为晁补之与苏轼关系密切，哲宗亲政时受到比较严厉的贬谪处分，直到元符末年才遇赦回京。次年，又因党争再起被排挤出京师。晁补之这次回京任职不足两年时间，他与李格非依然会有很多来往。但是，这两年正是李清照准备出嫁、新婚燕尔的时间，加上年龄尚轻，她本人与晁补之肯定没有过多直接交往。徽宗年间，晁补之再受迫害，被罢免官职，回山东金乡闲居。一直到大观四年（1110）去世，晁补之前后在金乡居住了近八年时间。这段时间，晁补之在文学创作上进入一个个人高峰期，他的大量传唱广泛的名作都创作于这一时期。李清照是大观元年（1107）回青州居住，其间约有三年与晁补之交往的时间。由于相似的处境以及对这位父执的景仰，李清照开始时而拜访晁补之，并将自己的新作送给对方，请求评点指教，从而获得了晁补之极高的评价，且在周围的圈子里面时常称颂李清照。

“诗情如夜鹊，三绕未能安”，写出了李清照作诗的勤勉，为得到一佳句或者恰当的语辞，乃至夜不成寐，颇有唐代诗人“苦吟”的味道。曹操《短歌行》说：“月明星稀，乌鹊南飞。绕树三匝，何枝可依？”借喻动荡年月里贤才的流离失所、无处可依。李清照活用其诗意，喻指自己写诗之用功努力。“少陵也自可怜人，更待来年试春草”，则在表达对著名诗人杜甫景仰的同时，也隐隐透露出追美前辈之意和对自己才华的自信。杜甫《瘦马行》说：“谁家且养愿终惠？更试明年春草长。”诗中以瘦马自比，不甘衰疲，仍希望来年春草萋萋时能够再一试身手。李清照所表达的，也是这样一种不甘寂寞、跃跃欲试的心情。不过，李清照只是想在诗歌创作方面再试身手，乃至与人一争高下。杜甫说：“为人性僻耽佳句，语不惊人死不休。”（《江上值水如海势聊短述》）李清照的“诗情如夜鹊，三绕未能安”，其“苦吟”的态势不是与杜甫非常相似吗？

李清照闲居在家，有赵明诚陪伴身旁，心无旁骛，日长无事，当然倾全力于文物收集与校勘修补，倾全力于诗文创作，夫妻之间也应该时时唱和。赵明诚去世之后，李清照有一首追怀赵明诚的诗《偶成》："十五年前花月底，相从曾赋赏花诗。今看花月浑相似，安得情怀似旧时？"赵明诚于建炎三年（1129）去世，"十五年前"正是政和四年（1114），两人屏居青州。夫妻携手赏花，相与赋诗，是多么优雅浪漫。只可惜李清照的诗名被词名所掩盖，诗篇零落殆尽，使后人无法一睹风采。

李清照流传至今的词作中，有大量的咏花之作，所咏的有梅花、菊花、牡丹、桂花等，总计有十几首之多，其中应该有这段时期夫妻共同赏花之作，可以略略弥补同类诗篇失传的遗憾。以其《多丽·咏白菊》为例，词说：

小楼寒，夜长帘幕低垂。恨萧萧、无情风雨，夜来揉损琼肌。也不似、贵妃醉脸，也不似、孙寿愁眉。韩令偷香，徐娘傅粉，莫将比拟未新奇。细看取、屈平陶令，风韵正相宜。微风起，清芬酝藉，不减酴醾。　　渐秋阑、雪清玉瘦，向人无限依依。似愁凝、汉皋解佩，似泪洒、纨扇题诗。朗月清风，浓烟暗雨，天教憔悴度芳姿。纵爱惜、不知从此，留得几多时？人情好，何须更忆，泽畔东篱。

这是一首咏白菊的词。菊花开放于秋天，秋夜的初寒、秋日的"萧萧无情风雨”，皆摧残菊花，使菊花生长的环境更加恶劣，也使词人更加挂念帘外的菊花。从“小楼寒”至“夜来揉损琼肌”，就是《如梦令》“昨夜雨疏风骤”这首词所表达的语意，是描写白菊之铺垫，是侧面烘托。同样担心昨夜的风雨致使白菊的凋零，第二天清晨，李清照赶紧来到户外，寻访自己所关心的菊花。“也不似”以下，转入对白菊的正面描写。此时，词人所见的白菊，既不似杨贵妃醉酒后的艳红脸色一样，花瓣色泽鲜红浓艳；也不似东汉梁冀的妻子孙寿那样擅长化妆，姿态富贵妖媚。白菊只有阵阵的幽香传来，就像西晋韩寿身上藏有外国奇香，异香味清；白菊的花瓣色泽皓洁，就像南朝梁元帝妃徐昭佩傅粉化妆过一样。仔细品味，才理解历史上志趣高洁的诗人屈原、陶渊明之所以喜爱白菊的理由，他们就是喜欢白菊的纯洁高雅、清丽脱俗。白菊与诗人，风采韵致天然相宜。当微风吹过，清香送来，可与酴醿比美，自然叫人陶醉。

渐渐到了秋末，白菊也无可挽回地凋谢枯萎了。喜爱菊花的词人因此又发现了白菊“雪清玉瘦”的另外一番品格风貌，白菊依然向人们展示着冰清玉洁的神采，傲霜凌寒的风骨。这里，依依不舍的是词人，却婉转地借白菊“向人无限依依”来表达。面对自己如此喜爱的白菊，其枯谢就令词人为之愁苦，为之痛惜。词人依然用典故来表达，菊花告别枝头，如同郑交甫于汉皋台下遗失美人所赠的佩珠一样愁苦，如同班昭被汉成帝冷落洒泪题诗纨扇一样凄悲。白菊度过了清风明月的夜晚，也度过了浓烟暗雨的日子，眼前的憔悴是必然的。无奈的词人只能眼睁睁地看着白菊的离去，追问自己：“纵爱惜、不知从此，留得几多时？”对着残留的白菊，词人当然是加倍珍惜，因为白菊“向人无限依依”的美好时光还有“几多时”呢？结尾，词人又从刚才的悲苦意绪中跳了出来，表示眼前欣赏白菊，只要情绪好，也就不必追忆、羡慕“采菊东篱下”的陶渊明了。

这首词赞颂了白菊的容颜、色泽、风韵、香味、气质等等，尤其突出了白菊品质的高洁和端庄，隐隐是词人理想品格的写照。词人对白菊的枯萎凋零寄予无限的留恋、哀悼之情，但始终没有掩盖词人赏菊的好兴致。全词大量运用典故，显示出一种典重古雅的风貌。屏居青州，清净无事，于是便在吟诗赋词方面争奇斗巧，这首词就是这样一种创作环境下的产物，与李清照其他时期的创作颇有不同。李清照作于这一时期的《词论》，对词的创作提出“贵典重、主情致、有故实”的系列要求，这首《多丽》的创作手法就与这些要求非常吻合。

这一阶段赏花咏物之作，语气总是比较平缓，心情总是比较舒畅，胸襟总是比较开阔，表现为一种远离尘嚣、清高脱俗的情怀，与她及赵明诚屏居乡里的清净淡泊生活相适应。与后期声情悲苦、一字一泪之作，格调明显不同。再以《鹧鸪天》为例，词说：

暗淡轻黄体性柔，情疏迹远只香留。何须浅碧深红色，自是花中第一流。　梅定妒，菊应羞，画阑开处冠中秋。骚人可煞无情思，何事当年不见收？

这是一首咏桂花词。桂花的颜色不是太鲜艳，那是一种“暗淡轻黄”的色彩；桂花的姿态不是太雍容华贵，仅仅给人一种柔美的感受；桂花的香味不是太浓烈，然而是一种久远地留在人间、值得反复回味的甜香。面对桂花，词人有了一种全新的审美愉悦，“何须浅碧深红色，自是花中第一流”。桂花不必与群花争艳斗奇，其清奇的品格，自然使它成为“花中第一流”。词人赞赏桂花的美丽、芳香，更注重其“情疏迹远”的孤寂清苦，其中透露出桂花不与尘世合流的清高脱俗品质。从清高脱俗的角度出发，受世人赞美最多的是梅花和菊花。但是，与桂花相比，都要相形失色。词人用“梅定妒，菊应羞”来衬托桂花，越发显得桂花的不同凡响。八月桂花飘香，中秋之际，只有桂花冠绝一时。可是，历史上桂花向来是受冷落的，连偏爱孤高品格花卉的“骚人”屈原等，也无一字咏及桂花。与李清照同时的词人陈与义《清平乐·咏桂》说：“楚人未识孤妍，《离骚》遗恨千年。”表达的也是这个意思。在充满自信自豪的李清照看来，那无疑是“骚人无情思”导致的。这“骚人”，既指屈原，也指屈原以后一切没有独特审美眼光的文人。作品正是通过对“骚人”的不满，表现出词人别具一格或卓越于众人之上的审美态度。当然，词人不是真心贬低梅花与菊花，她赞赏梅花与菊花的小词数量更多，艺术成就也更高。李清照由衷喜爱的还是梅花与菊花。这首词里用到梅花与菊花，读者应该将其仅仅认作一种写作手段，是服务于这首词的主题需要。

李清照又有《摊破浣溪沙》咏桂花，格调与《鹧鸪天》相侔。词说：

揉破黄金万点轻，剪成碧玉叶层层。风度精神如彦辅，大鲜明。
梅蕊重重何俗甚？丁香千结苦粗生。熏透愁人千里梦，却无情。

盛开的桂花，金黄万点，装饰枝头，轻盈可喜。翠绿的树叶，如层层碧玉，映衬得桂花分外妩媚。这样的“风度精神”，让人爱不释手。李清照这里误用《世说新语》的一个典故。彦辅，指晋人乐广，字彦辅。《世说新语·品藻》载：“刘令言始入洛，见诸名士而叹曰：‘王夷甫太鲜明，乐彦辅我所敬。’”称彦辅“太鲜明”，是清照误记。这句喻桂花的清高、名重。“大鲜明”，即“太鲜明”。这首词所表达的对桂花的喜爱之情与《鹧鸪天》类似，其咏物的手段与方式，甚至也与《鹧鸪天》近似。下阕用其他名花映衬桂花：与桂花相比，梅花嫌俗，丁香嫌粗。用这些备受人们赞赏的名花做反衬，更加突出桂花的不同凡响、独标清奇、超脱尘俗。结句落实到桂花浓郁的香气引发梦中人的千里相思之情，因而责怪桂花也有“无情”的一面，则是正话反说，突出桂花香味给人留下的不可磨灭的印象。

李清照又咏物之作《瑞鹧鸪》，《花草粹编》加小标题“双银杏”，不知有何依据。这首词从容细腻之咏物、平和冲淡之情绪，都类似于这阶段的创作。词说：

风韵雍容未甚都，尊前甘橘可为奴。谁怜流落江湖上，玉骨冰肌未肯枯。　谁教并蒂连枝摘，醉后明皇倚太真。居士擘开真有意，要吟风味两家新。

所咏之物是冰清玉洁、晶莹明澈的，虽然没有其他名花的艳丽，但其风韵雍容闲雅，别是一种格调。开篇两句连用两个典故。“风韵雍容未甚都”，典出《史记·司马相如传》：“相如之临邛，从车骑，雍容闲雅甚都。”雍容，指从容而有威仪；都，即美丽之意。裴骃集解引郭璞语说：“都，犹姣也。《诗》：洵美且都。”“尊前甘橘可为奴”，典出《三国志·吴志·孙休传》注引《襄阳记》，书中载道：李衡暗中派人在外种甘橘千枝，临死时对儿子说：“汝母恶吾治家，故穷如是。然吾州里有千头木奴，不责汝衣食。岁上一匹绢，亦可足用耳。”其子告诉母亲，母亲说：“此当是种甘橘也。”苏轼《赠王子直秀才》：“山中奴婢橘千头。”就是用这个典故。这里用来表现所咏之物的高贵，超脱尘俗以外。后二句称颂所咏之物生长处所的偏僻荒凉，却不减其清高脱俗。下阕写词人摘取此物的细心端详品味。“醉后明皇倚太真”用唐玄宗与杨贵妃的故事，贵妃字太真。据《开元天宝遗事》卷下载：“明皇与贵妃幸华清宫，因宿酒初醒，凭妃子肩同看木芍药。上亲折一枝，与妃子同嗅其艳 。”词人将自己今日对所咏之物的端详玩赏，比作当年唐玄宗与杨贵妃的酒后赏花。大约此时李清照正与赵明诚共同欣赏此物，用这个典故既写出浏览景物的从容，也写出夫妻的情深意长。“居士”一句用东坡诗意。洪迈《容斋三笔》卷十六载：“世传东坡一绝句：‘莲子擘开须见意,楸枰著尽更无棋。’”莲子之心称“薏”,古诗中多以“莲”“薏”谐音“怜”“意”。欧阳修《蝶恋花》说：“莲子中心，自有深深意。”此物中所蕴含的意味，只有词人能够品味得透彻。其间，是否象征着李清照的一份清高人格？

屏居青州期间，与李清照相比，作为男性，赵明诚的活动空间更大。他时而短期出游，游历名胜古迹，寻访友人，收罗古人字画。政和初年，赵明诚游览泰山，得到了《唐登封纪号文》碑刻两种。有时则有友朋过访，赵明诚便拿出家藏的前贤诗文墨宝，与友人共同欣赏。大观三年（1109），三朝宰相文彦博之子文及甫路过青州，便特意拜访赵明诚。赵明诚与他共同观赏前辈蔡襄的《进谢御赐诗卷》，文及甫为此诗卷作题跋。蔡襄同时是北宋中叶著名的书法家，后人更加珍视的是这幅诗卷的书法价值。这幅诗卷是赵挺之的旧藏，赵挺之为相期间，北宋后期著名书法家米芾曾在赵挺之府邸见过此卷，并有序跋。这时候归明诚所有，大约在明诚三兄弟中唯独明诚喜爱前贤字画收藏，故赵挺之去世之后，顺理成章归明诚收藏。与有着共同兴趣爱好的友人，赵明诚时时有这种交流。政和元年（1111），友人王寿卿曾为赵明诚所收藏的南唐徐铉书小篆《千字文》真迹题跋。两年以后，鄂州嘉鱼县出土楚钟，钟上有铭文，王寿卿为赵明诚寄来了拓片。在这前后，友人刘跻也给赵明诚寄来了《汉张平子残碑》的拓本。

李清照与赵明诚与朋友的诗文来往及日常交往，应该还有许多，史料的失载已经使后人无法目睹夫妇两人如“葛天氏之民”般的乐趣。这段时间，李清照与赵明诚既获得了屏居的清幽闲适，又与友人多有交往，醉心于个人的嗜好，生活过得丰富多样。这是两人一生中最悠闲自得的一段时光。

政和四年（1114），李清照与赵明诚在青州已经居住了七年。这一年的初秋，赵明诚为妻子的画像题词，道出了他们夫妻生活的融洽和美与情感的真挚深厚，为后人研究留下了弥足珍贵的资料。题词说：“易安居士三十一岁之照。清丽其词，端庄其品，归去来兮，真堪偕隐。政和甲午新秋，德父题于归来堂。”[①] 以“清丽”来概括李清照的文学创作风貌，以“端庄”来评价李清照的人品，都是恰如其分的。有这样志同道合、贤惠美丽、聪明智慧的娇妻相伴，当然是“归去来兮，真堪偕隐”了。无论是从李清照还是从赵明诚的角度观察，夫妻两人屏居青州期间的生活都是过得和谐舒适、自得其乐的。

**四、李清照与须眉男子争光的《词论》著作**

李清照平生有一篇非常重要的文学理论专著——《词论》，大约也创作于这一时期。首先，李清照一生中只有这一时期心境最平和、时间最充裕，有心情、有闲暇评点文字，批评时贤，提出自己鲜明的词学主张。其次，到这一时期为止，李清照已经有了相当的创作经验积累，对词的创作有了自己独到深刻的见解。再次，《词论》中论述批评的作家，从唐末五代一直到北宋中叶，大约截止于哲宗朝。北宋后期的重要词人周邦彦以及相关的“大晟词派”，《词论》根本没有涉及。综合分析，《词论》作于屏居青州期间是最为可信的。

此外，从元祐以来，受苏轼影响，苏轼门下喜欢论词：晁补之有《评本朝乐府》，李之仪有《跋戚氏》《书乐府长短句后》《跋吴思道小词》《跋山谷二词》《跋〈小重山〉词》《再跋〈小重山〉后》《题贺方回词》《跋〈凌歊引〉后》等，黄庭坚有《小山词序》《跋子瞻〈醉翁操〉》《跋东坡乐府》

---

① 《易安居士画像》以及赵明诚题词的真伪问题，学术界意见分歧非常大。吴金娣《有关赵明诚、李清照夫妇的一份珍贵资料》一文，以上海博物馆所藏《欧阳修〈集古录〉跋尾》赵明诚的墨迹，与画像题词比较，发现两者有许多字的字形结构及运笔都十分相似，所以断定画像与题词都是真迹。吴文刊登于《上海师范大学学报》1987 年第 2 期。

《书王观复乐府》《跋王君玉〈定风波〉》《跋秦少游〈踏莎行〉》等，张耒有《东山词序》，陈师道有《书旧词后》。其中尤以晁补之和李之仪的见解独到而成体系。晁补之所论还没有摆脱“摘句品评”的基本模式，然他能够进一步捕捉词人的总体特征，如言东坡词“横放杰出”、晏几道词“风调闲雅”、张先词“韵高”等等。这一步深入，就把词论家的目光从一位词人的个别篇章或佳句扩展到全部词作，在感性的感悟之外，多了一层理性的回味。李之仪则已经摆脱了“摘句品评”的方式，如《跋吴思道小词》，开宗明义，确定了词与其他文体之间的区别，所谓“自有一种风格，稍不如格，便觉龃龉”。这篇小跋最为突出的成绩是回顾了歌词从唐人发轫直至北宋中叶的大致发展历史，是最早的词史述略。在阐明词史演变过程时，以极精练中肯的语词，评价了重要词人的创作，如评柳永词“铺叙展衍，备足无余，形容盛明，千载如逢当日”；评张先词“才不足而情有余”；评晏殊、欧阳修、宋祁等人词“风流闲雅”等等。李之仪还根据自己的创作经验，为后人揭示作词途径：“苟辅之以晏（殊）、欧阳（修）、宋（祁），而取舍于张（先）、柳（永），其进也，将不得而御也。”又指点作词应追求神韵，力图做到“语尽而意不尽，意尽而情不尽”。这种以具体词人为范例，为后学揭示作词法门的方式，平易浅近，细致得法。

李清照夫妇得到苏轼门下的一致好评，李清照与这些父执们交往甚多。浸淫其间，李清照难免跃跃欲试。她对这些父执辈既尊敬，又不敢轻易苟同，便作此《词论》，自树一帜。从《词论》所表述的词“别是一家”的观点和举具体词人以为范例的论证方式来看，李清照更多地接受了李之仪论词的影响。但是，李清照对词本质特征的捕捉、分析、讨论，远远要比李之仪深入，更具有理论总结的意义。李清照词作成就远远在李之仪之上，对词当然有更加深入细微的体验，所论必然超越李之仪。这篇《词论》，还明显表现出李清照不甘心随声应和、独立不羁的个性。全文如下：

乐府、声诗并著，最盛于唐。开元天宝间，有李八郎者，能歌擅天下。时新及第进士开宴曲江，榜中一名士先召李，使易服隐姓名，衣冠故敝，精神惨沮，与同之宴所，曰："表弟愿与坐末。"众皆不顾。既酒行，乐作，歌者进，时曹元谦、念奴为冠。歌罢，众皆咨嗟称赏。名士忽指李曰："请表弟歌。"众皆哂，或有怒者。及转喉发声，歌一曲，众皆泣下，罗拜曰："此李八郎也。"自后郑、卫之声日炽，流靡之变日烦，已有《菩萨蛮》《春光好》《莎鸡子》《更漏子》《浣溪沙》《梦江南》《渔父》等词，不可遍举。五代干戈，四海瓜分豆剖，斯文道熄。独江南李氏君臣尚文雅，故有"小楼吹彻玉笙寒""吹皱一池春水"之词。语虽奇甚，所谓"亡国之音哀以思"者也。逮至本朝，礼乐文武大备。又涵养百余年，始有柳屯田永者，变旧声作新声，出《乐章集》，大得声称于世。虽谐音律，而词语尘下。又张子野、宋子京兄弟、沈唐、元绛、晁次膺辈继出，虽时时有妙语，而破碎何足名家。至晏元献、欧阳永叔、苏子瞻，学际天人，作为小歌词，直如酌蠡水于大海，然皆句读不葺之诗尔。又往往不协音律者，何邪？盖诗文分平侧，而歌词分五音，又分五声，又分六律，又分清浊轻重。且如近世所谓《声声慢》《雨中花》《喜迁莺》，既押平声韵，又押仄声韵；《玉楼春》本押平声韵，又押上、去声，又押入声。本押仄声韵，如押上声则协，如押入声则不可歌矣。王介甫、曾子固，文章似西汉，若作一小歌词，则人必绝倒，不可读也。乃知别是一家，知之者少。后晏叔原、贺方回、秦少游、黄鲁直出，始能知之。又晏苦无铺叙，贺少典重。秦即专主情致，而少故实，譬如贫家美女，虽极妍丽丰逸，而终乏富贵态。黄即尚故实，而多疵病。譬如良玉有瑕，价自减半矣。（见《苕溪渔隐丛话后集》卷三十三）

李清照作文，娓娓道来，引人入胜。词是音乐文学，论词必须从其本质特征出发。李清照用唐代李八郎故事入手，追溯了唐玄宗开元、天宝年间乐曲昌盛的局面，这是宋词繁盛的渊源。从这个故事里，可以看出音乐感人的特殊魅力，这又是宋词蓬勃发展的根本原因。以下，李清照简单回顾了唐末五代至北宋中叶以来词发展的历史，以及重要作家在其间的作为。如柳永的“变旧声作新声”，张先等人的“时有妙语”，等等。在总结前人创作经验的基础上，分析了歌词的平仄、声韵、音律等文体性特点，得出词“别是一家”的根本性结论。李清照生动活泼的叙述和细腻深入的分析，为诗与词划清了界线，明确了词作为音乐文学所应具备的艺术特性，对词创作的发展以及艺术表现力的提高，都是大有益处的。

此外，在论述批评的过程中，这篇《词论》还有两点引人注目的成绩：

第一，从文体特征出发，对词的创作提出一系列严格要求，即：协音律、重铺叙、贵典雅、有情致、尚故实。《词论》所言，李清照在创作中倒不是一一严格遵循，自由不羁的个性使得李清照时有突破。而南宋雅词作家，几乎完全遵循李清照所提示的法则进行创作，他们对词的体认与论述，也都是从《词论》发展而来。从这个意义上来说，李清照的《词论》对后人的影响至深至远。第二，大胆直率地批评男人世界里的成名人物。宋代重文轻武，许多著名文人兼为朝廷重臣，誉满国中，如晏殊、欧阳修、苏轼等。社会上普遍崇拜这些朝廷要员兼文坛领袖，甚至形成一种类似当代“追星族”式迷恋的大众心理。“东坡自海外归毗陵，病暑，著小冠，披半臂坐船中，夹运河千万人随观之。坡顾坐客曰：‘莫看杀我否？’”（周辉《清波杂志》卷三）这样的事例在这些文坛名流的生前身后比比皆是。李清照从不随众，她以“知音”的身份，冷静分析词坛名家的创作，一一指出他们的疵病之所在，笔锋涉及苏轼、秦观、黄庭坚、王安石等16位词人，其中许多是父执长辈。种种批评，都是一针见血。如批评柳永“词语尘下”，批评张先、宋祁兄弟“破碎何足名家”，批评晏殊、欧阳修、苏轼“皆句读不萁之诗”，晏几道缺少铺叙，贺铸缺少典重，秦观缺少故实，等等。李清照父执辈论词，虽然也有批评的言论，但以揄扬为主。李清照反其道而行之，眼光、胆识皆不同于众人。

如此大胆直率的批评，真叫那些“大男人”们难以接受。南宋胡仔斥责说：“易安历评诸公歌词，皆摘其短，无一免者。此论未公，吾不凭也。其意盖自谓能擅其长，以乐府名家者。退之诗云：‘不知群儿愚，那用故谤伤。蚍蜉撼大树，可笑不自量。’正为此辈发也。”不能具体说明李清照“未公”

在何处，而只是肆意诋毁漫骂，这就是封建社会“大男人”的作为。清人裴畅则评论说：“易安自恃其才，藐视一切，语本不足存。第以一妇人能开此大口，其妄不待言，其狂亦不可及也。”（见冯金伯《词苑粹编》卷九）李清照的文学批评是否公允，可以展开学术讨论。但从性别角度加以歧视，则是封建卫道士的眼光，同时从反面证实了李清照与众不同的胸襟和胆识过人的勇气。

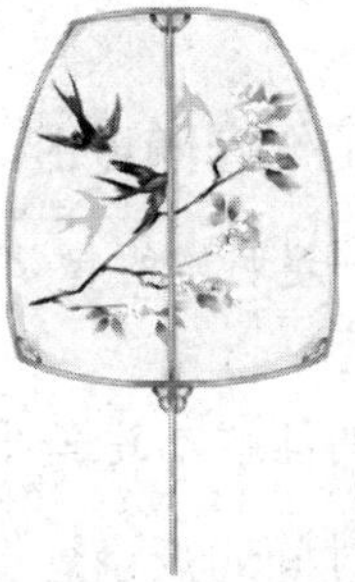

# 第三章　两处闲愁

——徽宗后期李清照与赵明诚的分离生活

对于李清照与赵明诚夫妇来说，无官闲居，夫妻团聚，反而有享受不尽的清福。一旦赵明诚起复为官，两人又要经受痛苦的离别折磨，又要经历种种情感上的考验，平静的生活立即大起波澜。欧阳修论诗文有“穷而后工”之说，李清照的创作也是如此。正是因为政和后期赵明诚的起复出仕，夫妻两人之间有了一场场情感的洗礼，李清照才有了许多脍炙人口的相思别离的佳作传世。“欢愉之辞难工，愁苦之言易好”，与夫妻两人相聚时的文学创作相比，分手之后所写的思念词作艺术价值明显更高。

## 第一节　鬓子伤春懒更梳，晚风庭院落梅初

### ——赵明诚的起复与李清照的寂寥

宋代厚待文人士大夫，朝廷政治纷争中失势的人或得罪皇帝及当政者的人，往往受到一段有限时间的贬谪惩罚，便被陆续起用。自元祐年间司马光手下的旧党人士挟个人私怨无情打击新党人士开始，党派之间的相互迫害才越演越烈，至蔡京当政之际对政敌的残酷迫害到了登峰造极的地步。然而，厚待文人士大夫的传统作风并没有被彻底改变。与其他朝代相比较，即使是蔡京当政期间，政治环境仍然是相对宽松。更何况赵挺之身后被罢职，朝廷几乎没有抓到他的什么把柄，徽宗对赵挺之也没有特别的反感。赵挺之的两度入相及称病去职，都说明徽宗对他有一定的眷顾之情。由于上述诸多因素的作用，政和元年（1111）初，赵挺之夫人郭氏奏请朝廷恢复其已故丈夫被罢落的观文殿大学士之职，徽宗诏令同意。赵挺之的三个儿子，应该就是在这一年陆续恢复官职，再度跨入官场。《宋会要辑稿·礼》一四之七二记载：政和元年正月十四日，太一宫秘书少监赵存诚“差官昊天上帝”。赵思诚、赵明诚大约在此前后复职。赵明诚何时离开青州赴任新的职务不得而知。宋代官、职、差遣三者分离，“官”只是用来定品位、俸禄的；“职”是用来优宠文学人才的，后来衍化为荣誉职衔，用以提高资序、威望；“差遣”才是具体担任的职务。赵明诚所复的是官与职，其间，大约有一段居家等待具体任命差遣的时间。赵明诚所好不在仕途，不会特意去钻营具体差遣。

家中又有心爱的妻子相伴，就更加懒得匆忙出来做事了。尤其是当时政坛上依然是蔡京一党当势，赵明诚乐得在家再清闲一段时间。所以，虽然他的兄长赵存诚早就出来任职做事，赵明诚却一直到四年以后还留在青州，这才有了为李清照三十一岁画像题词一事。

赵明诚何时出来做事，史料没有明确记载。《金石录后序》说："屏居乡里十年"，而李清照这一次在青州生活的时间肯定超过十年，所以，这里的"屏居乡里十年"应该是指夫妻共同屏居的时间。据此推算，大约在政和七年（1117），赵明诚再度离家，开始了新的一轮仕途奔波生活。又，据少量影印发行的《欧阳修〈集古录〉跋尾四》，后有赵明诚题跋四则。其一云："右欧阳文忠公《〈集古录〉跋尾四》，崇宁五年仲春重装。十五日德父题记，时在鸿胪直舍。"其二云："后十年在归来堂再阅，实政和丙申六月晦。"崇宁五年为公元1106年，十年之后正好是政和六年，即公元1116年。据此题跋，赵明诚当时依然"屏居"青州，可与《金石录后序》所言相互验证。《金石录后序》又记载：徽宗政和、宣和年间赵明诚起复之后，"连守两郡"，这就是下文还将要提及的赵明诚任莱州（今属山东省）、淄州（今并入山东淄博）郡守之事。在知莱州之前，赵明诚还应该担任过其他地方政府的职务，辗转数地，磨勘迁徙，直到宣和三年（1121），才出任莱州郡守。

赵明诚的离家奔波，是宦海常情，是夫妻两人意料中的事。一旦面对这种现实，李清照依然非常不适应。有丈夫陪伴，日常的琐事都熠熠生辉。丈夫离去之后，日常生活立即显得平淡无聊，时间显得如此悠长，无以打发。《浣溪沙》说：

髻子伤春懒更梳，晚风庭院落梅初。淡云来往月疏疏。

玉鸭熏炉闲瑞脑，朱樱斗帐掩流苏。通犀还解辟寒无？

这首词写丈夫离家之后闺中孤寂的日常生活。已经是春来时节，李清照懒得梳妆，丈夫不在身旁，精心梳妆之后又能给谁欣赏呢？像李清照这样活泼欢快、对生活充满了热情的女性，怎么会有“伤春”的情感呢？春日里怎么会有这样一幅慵懒的神态呢？这一系列的疑问，都将人们导向“女为知己者容”的传统思维定式，李清照此时表达的就是这样一种情怀。第一句写清晨，第二句“晚风庭院落梅初”写傍晚，第三句“淡云来往月疏疏”写夜晚，一天的时间就这么轻易过去，其中没有值得李清照回味叙述的地方，日子过得如此平淡乏味。周围的环境无比寂静，庭院中的落梅在提醒词人时光的流逝，对此词人更是无可奈何。在这个月明云淡的夜里，李清照恐怕又难以安稳入眠了。下片承接而写无眠的长夜。词人罗列了室中、床上的许多精美物品：有美玉雕刻的鸭型熏炉，中间是寂寞燃烧的瑞脑香料；有床上覆挂的“朱樱斗帐”，这种床帐边沿上垂挂着五彩流苏，四角装饰着红色小珠；有用来避寒的通犀牛角，这种犀牛角置放在室中，据说温温然有暖气袭人，古人用之避寒。罗列这些精美物品，只能说明李清照此时生活虽然富裕，精神却不满足，心里感到阵阵空虚。物品虽然精美，却是没有生命的，悠悠长夜，只有这些物品做伴，李清照是多么孤独冷清啊！正是过分孤寂无聊，才细细地数着室中、床上的一件一件物品。结句“通犀还解辟寒无”的追问，已经透露出通犀角无用、环境依然寒冷难耐之意，因为这种寒意从心底透出，而不仅仅来自外界。整首词唯有首句出现一个“伤”字，以下仿佛都是不动声色的客观描述，然闺中的寂寞无聊无处不在。

与白天相比，夜晚的寂静叫人更加难以忍受，夜晚的孤独也叫人更加难以打发。白天，可以“东篱把酒”，可以登楼遥望，可以品味清茶。夜晚，还有什么消遣呢？每到夜晚，独守空闺的无聊，将更加突出地显现出来。《诉衷情》说：

夜来沉醉卸妆迟，梅萼插残枝。酒醒熏被春睡，梦远不成归。人悄悄，月依依，翠帘垂。更挼残蕊，更捻余香，更得些时。

这首词集中写长夜的寂苦无聊，从入夜的沉醉，一直写到远梦的惊回，写到长夜的枯坐，将独守空闺的寂寥表现得细腻深长。“夜来沉醉卸妆迟”，首句突如其来，将词人的一种特殊神态和心态呈现在读者面前，构成耐人寻味的悬念：词人为何沉醉呢？其目的是否为了“举杯消愁”呢？“卸妆迟”，就意味着上床睡觉已经很晚了，初夜的时光都消磨在醉饮之中。与下文对应，此处是一伏笔。次句“梅萼插残枝”似乎是在解答上面的悬念。梅花盛开的季节已经过去，枝头残留的梅萼在昭示着一种美好的即将消逝。从表面上看，这就是词人今夜沉醉的原因，“卸妆迟”是为了挤出更多的时光去珍惜、赏识残留的梅萼。然而，李清照是活泼欢快的，对生活是充满了热情的，少女时期欣赏梅花是如此兴致勃勃：“共赏金尊沉绿蚁，莫辞醉，此花不与群花比。”（《渔家傲》）这时候的“莫辞醉”

没有丝毫的沉重愁苦的感觉。词人何以今日变得如此多愁善感呢？梅花凋零，还有盛开的其他花卉，词人何以如此苦恼地执着于梅花的残萼呢？这些问题依然没有得到解答，首句所构置的悬念事实上也并没有真正得到解答。接着，词人宕开一笔，不写沉醉昏睡，而写酒醒梦回，这是今夜第二段难挨的时光。昏睡的时光在不知不觉中就过去了，无须描述，难以消磨的是无眠的每一寸光阴。词人“沉醉卸妆”，何尝不是有意借酒昏睡，岂知还是无法逃脱失眠时的无比寂寥。“卸妆迟”，酒醒早，词人根本没有入睡多少时间，这又是对上文伏笔的照应。心境恬淡时，可以“春眠不觉晓”，一觉酣甜舒畅；心事重重时，又是“酒醒熏被春睡，梦远不成归”，在睡梦中停留的时间是如此短暂，“春睡”也了无趣味。只有“梦远”二字才隐约点明词人寂寞苦恼的根源所在，原来是丈夫离家远行、闺中孤独难耐所导致的。首句所设置的悬念，至此才婉转得到解答。

下片写夜深酒醒梦回时的感觉与作为。四周静悄悄的，翠帘低垂，无人做伴，只有月色依依照人。睡觉之前，是难以忍受的寂寥；深夜惊醒，这种寂寥感如潮水般地涌来，无边无际，将词人淹没其中。夜已深，月犹明，词人不知何以排遣这寂寞时光，只是下意识地“更挼残蕊，更捻余香”。用手指揉碎残蕊，搓碎余香，完全是一种无聊至极的动作，单调的动作中蕴含着丰富的情感。每位读者都可能有类似的体验，在无聊消磨光阴时，不知不觉中将手中的小物品揉搓得碎碎的，或者是一张纸，或者是一根蜡。中夜梦醒，枯坐以待天明，“更得些时”，是词人数着指头在计算还需要煎熬到天亮的分分秒秒时间。寂寥如此，情何以堪？清人况周颐

《漱玉词笺》引玉梅词隐的话说："《漱玉词》屡用叠字"，将《诉衷情》结尾的"更挼残蕊，更捻余香，更得些时"也作为一例并举，评价说：李清照词"叠法各异，每叠必佳，皆是天籁肆口而成，非作意为之也。"李清照就是擅长将精心的安排与艺术构思消解在作品中，让读者感觉不到丝毫的刻凿痕迹。这里的结尾，事实上是一组排比句式，将李清照的孤寂无聊非常含蓄而深刻地展现了出来。

与《诉衷情》语意相近的有《浣溪沙》，词说：

莫许杯深琥珀浓，未成沉醉意先融，疏钟已应晚来风。瑞脑香消魂梦断，辟寒金小髻鬟松，醒时空对烛花红。

这首词写词人以酒浇愁、醉入梦乡、醒来时无限孤寂的离别愁苦之情。李清照今夜所经历的过程与《诉衷情》几乎一模一样：也是夜晚的放纵痛饮，沉醉而入梦乡，酒醒梦断时的寂寥，枯坐以待天明。可见，这种孤苦寂寥每日都纠缠着词人，词人是一日又一日地忍受着这般愁苦的折磨。不过，李清照在这里比较坦白，她告诉我们今夜的醉酒不是"杯深琥珀浓"的原因，词人是"未成沉醉意先融"，即"酒不醉人人自醉"。"意"的具体所指词人没有明确点出，只是落实为一句"疏钟已应晚来风"的环境描写。夜晚的风声，送来远处断续的钟响，给人一种无比空旷、寂寥、冷落的感觉。唐代张继《枫桥夜泊》说："姑苏城外寒山寺，夜半钟声到客船。"南唐后主李煜《捣练子令》说："深院静，小庭空，断续寒砧断续风。"都是以深夜隐约遥远的断续声响来烘托夜的寂静、空旷，李清照词与他们有异曲同工之妙。上片写夜晚醉酒入眠之前的情景。下片写午夜梦醒时的无奈枯坐。酒意消退，梦断魂归，再见眼前的一片孤寂。此时，瑞脑香料燃烧殆尽，髻鬟因睡梦时的挤压而松垮，仪容不整的词人更显得心事重重。无聊中，词人只能是面对着寂寞燃烧的烛花。杜牧《赠别》说："蜡烛有心还惜别，替人垂泪到天明。" 晏几道《蝶恋花》说："红烛自怜无好计，夜寒空替人垂泪。"李清照今夜空对"烛花红"，脑海中是否也浮现出前贤以燃烧的蜡烛写寂寞愁苦的佳篇名句？无声的场景，与上片的有声形成对比。连一点声响都被剔除了，叫词人怎么熬过漫漫长夜呢？夜，更寂静了，更寥落了，更空旷了。

李清照的一些咏物词，深深寄托着闺中的寂寞情怀，与这一时期的心情意绪相吻合，罗列于此，参照阅读。《满庭霜》说：

小阁藏春，闲窗锁昼，画堂无限深幽。篆香烧尽，日影下帘钩。手种江梅更好，又何必、临水登楼？无人到，寂寥浑似，何逊在扬州。

从来，知韵胜，难堪雨藉，不耐风揉。更谁家横笛，吹动浓愁？莫恨香消雪减，须信道、扫迹情留。难言处，良宵淡月，疏影尚风流。

这首咏梅词着重点落实在闺中无边无际的、令人难以忍耐的寂寞上。春天梅花绽放的时节，词人折得一枝梅花，插在闺房之中，即使是"闲窗锁昼，画堂无限深幽"，与外界非常隔绝，"小阁"里也仿佛藏住了春意。梅花，就是春天与春意的象征。词人似乎是有意将自己关闭在"小阁"中，连窗户也不愿意打开，点燃一柱篆香，整日闷闷枯坐，对着一枝春梅，一直到“日影下帘钩”的黄昏时刻。浑身没有情绪，打不起精神，慵懒到不愿走出深幽的画堂去好好欣赏户外的春光。这一定是一种特定的处境带来的一种特定情绪。词人自我解嘲说：有这一枝自已亲手摘取插在花瓶中的“江梅”，就没有必要“临水登楼”去赏识楼外盛开的其他梅花。“临水登楼”，往往是为了眺望离人，词人精心安排的话语中已经隐约透露了今日寂寞产生的原因。一语双关，引发读者的无限联想。事实上，词人不愿打开门窗，不愿“临水登楼”，都是怕户外的春光搅乱心绪，怕牵引出对离人的不尽思念之情。上阕结三句点明“寂寥”，这是这首词所抒发的主要情感内容，是词人此刻所置身于的一种情绪状态。杜甫《和裴迪登蜀州东亭送客逢早梅相忆见寄》说：“东阁官梅动诗兴，还如何逊在扬州。”李清照借用此典咏梅，其深层还是为了诉说内心的寂寥苦闷。

上阕咏梅，重点落在环境寂寥的描绘上，以此透露内心的寂寞愁苦。下阕才转到对梅花本身的咏写。梅花风韵飘逸超群，胜过任何花卉。范成大《梅谱·后序》说：“梅以韵胜，以格高，故以横斜疏瘦，与老枝怪奇者为贵。”这种横斜瘦逸的标格，当然经受不起风雨的揉搓和摧残。当横笛吹奏，传来凄怨的《梅花三弄》声时，就让多愁善感的词人更加难以抑制内心的“浓愁”。易遭凋零、离愁重重的梅花，已经成为词人心情意绪的象征性写照。然而，词人对心爱的梅花还是充满着信心，即使梅花凋零殆尽，地上已无踪迹可供寻觅，只有“疏影”残留枝头，但是，在“良宵淡月”的照映下，仍然“风流”依旧，独标清奇。这首词通过咏梅所抒发的离别思念意绪，不是太哀婉、太深重，反而突出的是闺中的寂寞无聊时光。所以放在这里对照阅读。

为了打发寂寞光阴，李清照这段时间还与闺中女友结成诗社，分韵作诗。现存的一首五言绝句，大约作于此时。诗歌说：“学语三十年，缄口不求知。谁遣好奇士，相逢说项斯？”关键是对“学语三十年”这句话的理解，以此可以作为系年的凭据。这里的“学语”当然不是简单的咿呀学语，而是指学习作诗的开始。古人大约都是六七岁启蒙之时就开始学习模仿作诗，唐宋文人七岁能文的记载特别多，就与这样的启蒙教育时间有关。李清照如果就是在这个阶段学习起步，后推三十年，正好是屏居青州、赵明诚外出做官这段时间。李清照晚年寡居时，也有与人结成诗社的可能，但与“学语三十年”不相符合。因此，这首诗应该是李清照三十六七岁时的作品。这次分韵，李清照分得“知”字。李清照的才艺，在闺中女伴中当然是独占鳌头，闺中不乏崇拜者，不乏到处为她揄扬名声的。所以，李清照开玩笑说：自己学习写诗三十年，并不企求依赖诗歌扬名。而“好奇士”却“相逢说项斯”，处处推崇。项斯是唐代文人，未成名时以诗卷拜谒杨敬之，深得杨敬之赏识，赠诗说：“几度见诗诗尽好，及观标格过于诗。平生不解藏人善，到处逢人说项斯。”“说项”的典故因此而来。李清照用此典，幽默地感谢诗友对自己的推崇。这些日常活动，是李清照寂寞无奈中的消遣，也丰富了李清照闺中日常生活。

## 第二节　此情无计可消除，才下眉头，又上心头

——李清照思离别盼相聚的情怀

这一次，是李清照与赵明诚结婚十几年之后第一次时间较长的离别。

新婚之际，赵明诚回太学读书，两人也曾有过离别。但是，一方面两人还共同居住在汴京，另一方面分离是短暂的，重新相见的时间也是确定的。所以，李清照那段时间并没有表现出太多的愁苦之情。这一次就不同了，宦海浮沉，四处奔波，对身在官场者是很平常的事。李清照不知道赵明诚在外为官需要多少时间，要辗转多少地方，也不知道赵明诚何时才有相对稳定的职务，自己可以前去团聚。相亲相爱，默默相守，在青州度过了近十年的时光，忽然面临了这么一场离别，李清照是非常不适应的，离情别思因此汹涌而来，李清照被相思愁绪所包围了。李清照许多抒写相思怀抱的名作，都应该创作于这一时期。《一剪梅》说：

红藕香残玉簟秋，轻解罗裳，独上兰舟。云中谁寄锦书来？雁字回时，月满西楼。　　花自飘零水自流，一种相思，两处闲愁。此情无计可消除，才下眉头，却上心头。

元代伊世珍的《琅嬛记》卷中对这首词的创作背景有过一段记载：“易安结缡未久，明诚即负笈远游，易安殊不忍别，觅锦帕，书《一剪梅》词以送之。”今人王仲闻在《李清照集校注》中则指出：“清照适赵明诚时，两家俱在东京，明诚正为太学生，无负笈远游事。此则所云，显非事实。”（第25页）王说甚是。这首词肯定不会写于新婚后不久。李清照与赵明诚结婚后的前六年时间，两人共同居住在汴京，后来近十年时间又一起屏居山东青州，一直到李清照34岁左右，赵明诚起复再次出来做官，两人才有了分手离别的时候，这首词应该做于这一段时间。

婚后，李清照与赵明诚志趣相投，相互爱慕，多年的婚姻生活使他们之间建立起深厚的夫妻感情。丈夫外出做官，分离是无可奈何的事情。但是，李清照还是无法忍受离别所带来的相思痛苦折磨，她将这种情感淋漓尽致地倾吐到这首作品之中。起句“红藕香残玉簟秋”，就为相思怀人设置了一个凄艳哀婉的场景：色彩鲜艳、气味芳香的红色荷花已经凋零殆尽，坐在精美的竹席上可以感觉到秋的凉意。秋的萧瑟枯萎，叫离人更难以抵御相思愁绪的侵袭，这秋凉，甚至一直穿透离人的心扉。“秋风萧瑟天气凉，草木摇落露为霜，群燕辞归雁南翔，念君客游思断肠。”（曹丕《燕歌行》）自古以来，冷落的秋天就是一个典型的悲伤怀人的环境。在这样的季节里，丈夫只身赴任，将自己留在家中，离别的愁苦意绪就时时涌上心头。“轻解罗裳，独上兰舟”，暗含对轻易别离、独自登程的怨苦之意。为生计、前程奔波，离家为官，这在普通夫妻之间都是十分平常的事情，而且还是一件为家庭带来光明前景的令人高兴的事情。对丈夫一腔深情的李清照却并不注重光宗耀祖或丈夫的前程，在乎的只是夫妻的恩爱。所以，她才会埋怨丈夫的轻易离别，将自己独自留在家中。这种埋怨是没有道理的，正是词人这无理的埋怨，才透露出夫妻之间的深厚情感。既然离别已经是必须面对的现实，李清照只能盼望着早日重聚。“云中谁寄锦书来？雁字回时，月满西楼”三句，充满着热切的期待之情。自从夫妻分手之后，李清照经常翘首遥望“云中”。其间，或许也有“误几回、天际识归舟”之类的误会，有满怀的希望和时时的失望，但是，李清照坚信丈夫对自己的爱情，坚信丈夫牵挂自己如同自己对他的思念。当“雁字回时，月满西楼”的时候，大雁会捎来丈夫的书信，夫妻团圆的日子便指日可待。这种期待与自信，是对丈夫的深情眷恋，是对美满婚姻的最好回味，是对未来生活的无限希望。李清照在古代社会里是幸运的，她有了一位心爱的丈夫，有了一段美满的婚姻。甚至是分手之后牵肠挂肚的思恋，也令人羡慕不已。

下片写别后的相思，脱口而出，自然感人。“花自飘零水自流”，写别离已成事实，令人深感无奈，就像春花不由自主地飘零、随着流水消逝而去一样。如花美眷，似水流年，词人感觉到一种“长恨此身非我有”的无法把握自己命运的悲苦。况且，舜华转眼即逝，人生又有多少如春花一般的美好时光呢？词人不禁为此长长叹息。李清照深深懂得丈夫对自己的思念也是相同的，所谓“一种相思，两处闲愁”。对丈夫的理解，更增添了思念之情。于是，这种恋情别思就再也没有办法排解了。“此情无计可消除，才下眉头，却上心头”，说明词人不堪相思的折磨，也曾做过多种努力，想把自己从痛苦中摆脱出来。然而，所有的努力都归之失败，表面上眉头虽然舒展开来了，但心头的愁结依然如故。相思之情从外在的“眉头”深入到内心的深处，无论如何也是无法解脱了。李清照注定要在相思愁苦中煎熬下去，一直等到丈夫归来的那一天。

这首词集中抒发了作者对丈夫的深挚情感，吐露了不忍离别之情以及别后的相思之苦，将一位沉湎于夫妻恩爱中独守空闺备受相思折磨的妻子的心理刻画得细腻入微。作品的语言自然流畅，清丽俊爽，明白的叙述中包蕴了无尽的情思。

与赵明诚分手之后，往来的书信就成为李清照日常的慰藉，“云中谁寄锦书来”，是词人每日的等待。古代通信落后，一封书信往往要在路上辗转多时，这就增加了离人的痛苦，叫李清照越发难以忍受别情的折磨。何况，赵明诚也不可能日日修书，疏朗迟缓的来信总是不能令备受离别之情煎熬的李清照满足。于是，每日的焦灼等待，以落空为多。一旦等待落空，周围的环境就变得更加不堪忍受。《菩萨蛮》说：

归鸿声断残云碧，背窗雪落炉烟直。烛底凤钗明，钗头人胜轻。

角声催晓漏，曙色回牛斗。春意看花难，西风留旧寒。

这首词的情感触发点就在于“归鸿声断”，全词的感情由此引出。在一个单调重复而又深情绵绵的一天，词人遥望远方，痴心盼望着“归鸿”带来丈夫的消息，痴心盼望着“雁字回时，月满西楼”的日子，一直等待到“残云碧”的黄昏时刻。但是，依然是“归鸿声断”，等待落空。词人只能孤独地回到房中，面对静静的炉烟，准备着再度煎熬长夜的寂寞无聊时光。窗外，已经是落雪纷纷，寒意逼人；室内，闺妇还在红烛灯下精心打扮自己，她为自己插戴上“凤钗”“人胜”之类的首饰，明亮轻盈，婀娜多姿。凤钗，是古代妇女的一种首饰，又称“凤凰钗”，钗头作凤凰形状。人胜，则是古代妇女在“人日”这样特定的节日里所插戴的首饰。古时正月初七为“人日”，剪彩为人形，故名“人胜”。宗懔《荆楚岁时记》说：“人日剪彩为人，或镂金箔为人，亦戴之头鬓。又造花胜以相遗 。”李商隐《人日》说：“镂金作胜传唐俗，剪彩为人起晋风。”可见这种风俗由来已久。今夜，李清照插戴上“人胜”，就隐隐暗示这又是离别后的一个“人日”，又是一个初春的日子，又是一年的等待落空。按照常情常理，夜晚临睡之前，应该是除去“凤钗”“人胜”的卸妆时候，卸妆才是李清照此时应当做的事情。词人却反其道而行之，睡前反而精心妆饰，其用意或许是为了消磨无眠的时光，但这种举动的含义绝不仅仅是这些。词人在“烛底”的刻意打扮，是否还依然包含着对突如其来相逢的渴望，期待着丈夫在没有预料之中的突然归家？“女为悦己者容”，“烛底凤钗明，钗头人胜轻”，必然还蕴含着那么一份期盼。“归鸿声断”，词人却没有失去希望，哪怕口头上有所怨恨，心底则永远是牵挂。

上阕写了一天一夜的漫长等待，失望与期盼相互交替，词人的情感也随之起落跌宕。下阕写又一个黎明的即将来到。词人听到了“角声催晓漏”，看到了“曙色回牛斗”，词人对周围声响、光线的变化都是如此敏感，可以推想，昨夜必定是一个失眠枯坐的长夜。新的一天来到，心情却没有任何改变。户外虽然已经有了春意，但是百花还是迟迟未能绽放，词人更是无心游览。词人为这一切找到了一个解释，说是“西风留旧寒”，仿佛这就是初春季节春意料峭、无处看花的所有理由。事实上，作者与读者都明白，词人的心情恶劣和无意游春，都是因为离别相思所带来的。虽然时时期待着“归鸿”乃至重逢，但就是这么一份每日里的牵肠挂肚，也足以令人憔悴。

多情多才的李清照，于是经常将这些充满深挚情谊的词篇寄给丈夫，鸿雁传情，以寄托自己的相思情怀，同时也是在婉言劝说丈夫早早归来，或早日接自己前去团聚。这些作品中，以《醉花阴》最为著名，词说：

薄雾浓云愁永昼，瑞脑消金兽。佳节又重阳，玉枕纱厨、半夜凉初透。　　东篱把酒黄昏后，有暗香盈袖。莫道不消魂，帘卷西风，人比黄花瘦。

伊世珍的《琅嬛记》卷中也记载了这首词的一段故事："易安以重阳《醉花阴》词函致明诚。明诚叹赏，自愧弗逮，务欲胜之。一切谢客，忘食忘寝者三日夜，得五十阕，杂易安作，以示友人陆德夫。德夫玩之再三，曰：'只三句绝佳。'明诚诘之，答曰：'莫道不消魂，帘卷西风，人比黄花瘦。'正易安作也。"不论这一故事的可信程度如何，单从这一故事的流传，就足以说明，李清照的生活体验不是一般文人所能有的。这一故事所传达的李清照对赵明诚的相思之情，以及两人之间的才华差异，也都是非常真实的。

这首词同样是早期李清照与丈夫分别之后所写，也是通过悲秋的环境设置来抒写自己的寂寞愁苦。然而，词人选定了一个特定的日期来写自己铭心刻骨的相思情怀。"每逢佳节倍思亲"，人同此心，心同此理。以往的重阳佳节，一定是夫妻共同登高赋诗，或者是把酒赏菊。所以，离别以后，再逢重阳，千万种思绪涌上心头，词人就难以自我把持了。词的上片先写重阳秋日凄凉冷落的情景。虽然说是节日，但今天的气候实在恶劣，"薄雾浓云"布满了整个天宇，整整延续了一天，始终没有见到晴朗的阳光。在这种暗淡阴冷的日子里，愁云布满心头的词人，只能枯坐闺中，点燃"瑞脑"，凄苦地消磨时光。她不敢跨出房门，怕经受不住室外的寒冷，经受不住"物是人非"的刺激。开篇，词人就借助气候、景物的描写，传达出离人浓浓的愁苦意绪。“瑞脑消金兽”一句，写出时间的漫长无聊，同时又烘托出环境的凄寂。这是在写白天，以下转写夜晚。词人以一句“佳节又重阳”作为过渡，点明节令，也点明佳节思亲的愁苦。接着，就从“玉枕纱厨”这样一些具有特征性的事物与词人的特殊的感受中写出了透人肌肤的秋寒，暗示词中女主人公寂苦的心境。词人完全可以通过加厚被铺之类的措施抵御秋寒，之所以没有如此做，根本原因在于这种寒冷实际上是从内心冒出的，无法排除，无法抵挡。词人故意借外界的秋夜凄寒来掩饰自己的真实心境，抒情婉转曲折。上片依照时间的顺序，一一说来，贯穿于“永昼”与“半夜”的，是“愁”与“凉”二字。在这个重阳节日，无论是白昼还是黑夜，李清照都深深地纠缠在愁苦意绪之中。上片已经陆续写出深秋的节候、物态、人情，这是构成“人比黄花瘦”的原因。

下片补叙白天的其他活动。到了黄昏时候，词人觉得不能让节日如此轻易过去，何况自己也需要转移注意力，从愁苦中解脱出来。于是，便步入花园，赏菊饮酒。这举动是随众随俗的，也是特意安排以转移视线的。这次“东篱把酒”，一直饮到“黄昏后”，词人想摆脱愁苦的心情是比较迫切的。“东篱把酒”的举动，还令人联想起“采菊东篱下，悠然见南山”的潇洒自在的陶渊明。屏居青州时期，一定是夫妻两人共同的行为。李清照是在极力模仿古人，希望自己能够洒脱一点。重阳日菊花的幽香盛满了词人的衣袖，环境还是与陶渊明时代相仿，也与当年丈夫陪伴在自己身旁的时候相仿，然而词人却哪里还有往日的情怀：“莫道不消魂，帘卷西风，人比黄花瘦。”前后对比，物是人非，今昔异趣。

相思离情，油然而生。作为闺阁妇女，由于封建社会的种种束缚，她们的活动范围有限，生活阅历也受到种种约束，即使像李清照这样的上层知识妇女，也毫无例外。因此，相对说来，她们对爱情的要求就比一般男子高些，体验也更细腻一些。所以，当作者与丈夫分别之后，面对孤寂单调的生活，便禁不住要借春恨秋愁来抒写自己的相思情怀了。从字面上看，这首词并未直接写独居的痛苦与相思之情，但这种感情却渗透在词的字里行间，无处而不在。

值得指出的是，比喻的巧妙也是这首词广泛传诵的重要原因。古诗词中以他物喻人瘦的作品屡见不鲜，如无名氏之《如梦令》“人与绿杨俱瘦”、程垓之《摊破江城子》“人瘦也，比梅花，瘦几分”、秦观之《水龙吟》“天还知道，和天也瘦”等等，但都不及李清照“人比黄花瘦”生动感人。原因是，这个比喻与词的整体形象结合得十分紧密，切合女主人的身份和情致，读之使人感到亲切。词中还适当地运用了烘云托月的手法，有藏而不露的韵味。例如，下片写菊，并以菊喻人，却始终不见一“菊”字。词人用“东篱把酒”这样的典故与“暗香盈袖”的描写，突出咏菊的话题，“菊”的色、香、形态，俱现笔端。清代陈廷焯《云韶集》评价说：“无一字不秀雅，深情苦调，元人词曲往往宗之。”

李清照这段时间虽然被相思愁苦所包围着，但毕竟是一种生离之愁。与丈夫往日恩爱的情景给李清照无限美好的回忆，也给了她对丈夫归来的信心与信任。在词中，李清照会向赵明诚传达“人比黄花瘦”的消息，期望引起丈夫的怜爱，以图早日团圆。她本人更是翘首期盼着“雁字回时，月满西楼”的美好时光。有时，她也通过小词婉言劝说丈夫早日归来，夫妻一起消磨冬去春来的大好春光。《小重山》说：

> 春到长门春草青，江梅些子破，未开匀。碧云笼碾玉成尘，留晓梦，惊破一瓯春。　　花影压重门，疏帘铺淡月，好黄昏。二年三度负东君，归来也，著意过今春。

这首词大约作于宣和元年（1119），赵明诚离家已经有“二年”的时间了。对丈夫的思念之情，丝丝缕缕，萦系心头。这首词通过写春来的情思，含蓄地向丈夫表达自己的心愿。春日的景物被写得韵味深长。首句用“花间词人”薛昭蕴的成句，薛昭蕴《小重山》说：“春到长门春草青，玉阶华露滴，月胧明。”化用前贤成句，自然将其诗意融化在自己的作品中。薛昭蕴的词是写宫怨，李清照借宫怨写己身独守空闺的怨苦，为全词奠定基调。长门即长门宫，是西汉长安宫殿名。汉武帝皇后陈氏失宠，便被贬入长门宫，后来用之代指冷宫。这个典故同时恰如其分地传达出李清照当时孤寂的处境和愁苦的心境。以下写初春景物，无不围绕着首句隐约点破的主题。初春的景物，只有春草青青、江梅含苞欲放。词人煮碧云团茶，品清瓯而回味拂晓的美梦。梦中是丈夫的已经归来，是夫妻的携手赏春，是妻子娇嗔的倾诉，这一幕幕，又历历浮现在李清照的眼前。不知不觉中，一天的光阴就这么在沉思回味中消磨过去。黄昏来临，花影映照，淡月朦胧。户外春光，在这一时刻反而显得绰约多姿。面对此情此景，李清照内心的千言万语，汇聚成一句深情的呼唤：“归来也！”如果丈夫不早日归来，即将到来的灿烂春色又将被再次辜负。赵明诚离家两年，李清照已经有两次这样期盼与失望的体验，曾经两度辜负春色，当第三个春天来到的时候，李清照多么希望这次的愿望不再落空，两人可以“著意过今春”呢。“著意”，就是要精心安排，不让每一寸春光虚过。词中，李清照有寂寥凄苦的情怀，但并不沉闷消极，而是充满了热情的渴望与对未来的精心安排。

但是，一次又一次、一天又一天的期待落空，使李清照渐渐生出怨苦之情。这时候的怨苦之意，指向阻挠夫妻重聚的一切外界势力，也潜藏着对赵明诚迟迟不归的一丝埋怨。《行香子》说：

草际鸣蛩，惊落梧桐，正人间、天上愁浓。云阶月地，关锁千重。纵浮槎来，浮槎去，不相逢。　　星桥鹊驾，经年才见，想离情、别恨难穷。牵牛织女，莫是离中。甚霎儿晴，霎儿雨，霎儿风。

这首词咏天上牛郎织女的故事，通过神话传说，写人间的离别相思，应该是“七夕”的作品。全词都是在设想天上仙人被银河隔绝的生离痛苦，以及期盼相聚的重重困难。牛郎织女重逢的七夕之夜，已是初秋季节，枯草之间有了蟋蟀的鸣叫声，梧桐树叶片片飘落。“草间蛩响临秋急”（王维《早秋山中作》），这种凄苦的音响，是一个寥落空旷季节来到的提示，总是给人一种萧索寂寞的感受。梧桐叶落，萧瑟满地，更是秋已来到的明证，《淮南子·说山训》因此有“见一叶落而知岁之将暮”的说法。在这样一个“悲秋”的环境里，无论是天上还是人间，都在为离别而愁苦，这浓浓的愁意笼罩了天地万物。“云阶月地”即云为台阶月做地，代指天上，那是牛郎织女居住和相见的地方，平日却是“关锁千重”，将情侣相隔一方，相思不得相见。词人设想：即使能够乘坐木筏，在银河上自由来去，恐怕也难以相逢。据张华《博物志》记载：传说中银河与大海相通，有人因此乘木筏到了一处城郭、屋舍俨然的地方，遇见织妇以及牵牛人。回家以后才知道自己已经到了天上，见过牛郎织女星了。又说这位“浮槎”人就是西汉通西域的张骞。词人这里反用这个典故，纵然“浮槎”来去，依然一无所遇。相思久远，要见心爱的人一面，太不容易了。好不容易盼到七夕“星桥鹊驾”相聚的日子，由于“经年才见”的长期分隔，使情侣之间有了诉说不尽的“离情别恨”。不过，这只是词人幻想重聚的场面。回到现实，依然发现，“牵牛织女，莫是离中”。词人的怨苦之情再也无法遏止了，她埋怨自然界的“甚霎儿晴，霎儿雨，霎儿风”，阴晴风雨变化不定，人为地带来重重阻挠，将有情人相隔一方。

李清照借神话故事诉说自己的怨苦，对天上仙人相隔痛苦的叙述中充满着个人的切身感受。其中，“关锁千重”的苦恨，“甚霎儿晴，霎儿雨，霎儿风”的担忧，是指向现实中一切妨碍他们夫妻聚首的因素。词中“浮槎”来去的寻觅，是相思情怀的追随。屡屡落空之后，怨苦之意当然就不可避免了。好男儿志在四方，李清照又无法明白地阻拦赵明诚的出仕。这里的“关锁”，是丈夫治国平天下的志向，是光宗耀祖的传统观念，是家庭的期望，是不允许选择的选择。总而言之，是无形的逼迫和压力。这如何不叫李清照既怨苦又无奈呢！词人通过神话和自然风雨的描述，含蓄朦胧地表达了“悔教夫婿觅封侯”的心情。

随着离别日子越来越久远，相思痛苦的积淀变得越来越厚重，怨苦之言中夹杂了怨恨之意。《凤凰台上忆吹箫》说：

香冷金猊，被翻红浪，起来慵自梳头。任宝奁尘满，日上帘钩。生怕闲愁暗恨，多少事、欲说还休。今年瘦，非干病酒，不是悲秋。

休休！这回去也，千万遍《阳关》，也则难留。念武陵人远，云锁秦楼。唯有楼前流水，应念我、终日凝眸。凝眸处，从今又添，一段新愁。

这首词还是写闺中的离别相思之苦。词中蕴含的愁苦意绪之浓郁，心情之悲苦，又超过了上面的几首词。上片写闺人慵懒的神态和憔悴的外表。到了“日上帘钩”的时候了，闺中“金猊”香炉中的熏香早就燃尽，且已冰冷。经过一夜的不眠或恶梦折腾，起床之后竟然让红色的被子随意堆叠。无心整理床铺，就更没有心情梳妆打扮了。而且，这种慵懒无力、意兴阑珊的情景，已经延续了许多日子了，以至于精美的梳妆盒上布满了灰尘。《诗经·伯兮》说：“自伯之东，首如飞蓬。岂无膏沐，谁适为容？”“女为悦已者容”已经成为一种固定思维与行为模式，也成为诗词里表现闺中思妇不堪相思折磨的特定手段。温庭筠《菩萨蛮》说：“小山重叠金明灭，鬓云欲度香腮雪。懒起画娥眉，弄妆梳洗迟。”柳永《定风波》说：“日上花梢，莺穿柳带，犹压香衾卧。暖酥消，腻云亸，终日厌厌倦梳裹。” 都是在写这样一位处于相思痛苦中而慵懒不愿起床、不愿梳妆的女子。李清照的自我叙述，立即令人联想到她的这种特殊处境。不堪“闲愁暗恨”的折磨，李清照欲采取躲避的方式，将“多少事”都故意压下不提，强迫自己忘记。但是，这种一厢情愿、自欺欺人的方式毕竟是无用的。嘴上可以不说，心里却不会忘记，痛苦则不会减轻丝毫。尤其是在形体上已经有了明显的表现："今年瘦。"词人告诉我们："非干病酒，不是悲秋。"原因具体而落实，就是丈夫离家日子的久远，相思痛苦蓄积的厚重。从前，李清照或许经常用"病酒""悲秋"之类的借口自我安慰、自我排遣，而将思念丈夫的真正原因忽略不提。到此时，词人知道这些排解方式都是无效的，包括前面的"欲说还休"，这些都不能真正摆脱愁苦，所以干脆将内心痛苦点明了。

下片词人尽情倾诉相思之情。过片"休休"，倾吐了离别的痛苦以及长期等待丈夫不归之绝望。万事皆休，这次离别，李清照在感情上与内心中，当然有过无数次的挽留，然而，在言语和行动方面必定是无所作为。怎么能阻拦丈夫出仕，自毁前程呢？这种内心情感与言行的矛盾，只能通过"千万遍《阳关》"曲来表达。缠绵留恋至深，别后痛苦更切，而久盼的不归，又使得郁积的愁苦意绪渐渐转变为隐隐的怨恨。以下李清照用典故含蓄描写自己的复杂情感。南朝宋刘义庆《幽明录》记载：汉明帝时，刘晨、阮肇入天台山采药，沿武陵溪而上，得遇两位美貌仙女，共同生活半年。刘、阮回家之后，见到的居然是第七代子孙了。又西汉刘向《列仙传》记载：秦穆公女弄玉，喜欢善吹箫的萧史，结为夫妻，后夫妻吹箫技能皆出神入化，遂一起登仙而去。弄玉所居后人称之为"秦楼"。"萧史弄玉"的故事，后人又赋予一层离别的悲苦情思，李白《忆秦娥》说："箫声咽，秦娥梦断秦楼月。秦楼月，年年柳色，灞陵伤别。"这两个典故中，相恋的男女彼此都是非常恩爱的，情感都是十分真挚的。李清照借此表达她与赵明诚之间的伉俪情深。同时，这两个典故本身具有或后人赋予了离别的凄悲情调，李清照用来表达自己眼前的心境。人间、仙境的隔绝，又使词人有了“从此一别两渺茫”的隐隐绝望，这正是李清照长期独守空闺期间一丝一丝蓄积起来的怨恨情绪的表达。理解词人、永远记得词人这一番深情的“唯有楼前流水”，每天见证词人的倚楼“终日凝眸”。“凝眸处，从今又添，一段新愁”，已经成为词人必须承受、无法回避的痛苦。“凝眸”之际，虽然还有一种期待，但是，希望变得越来越渺茫，悲苦怨恨之意也就难以遏制。所以，唐圭璋先生评价说：“此首述别情，哀伤殊甚。”（《唐宋词简释》）与前面几首作品相比，应该是离别有一段日子以后的作品了。

这首词感情绵密细致，音调哀怨低婉，语言清新流畅。以平常言语诉说内心深情是这首词的一大特色，如“欲说还休”“这回去也”等等。这些普通词汇经词人精心提炼、巧妙安排，便具有无穷的艺术魅力，堪称“点铁成金”。再辅之以“武陵”“秦楼”的典故运用，使作品显得雅俗相称，雅俗共赏。

有时，李清照也能自我控制情绪，可以淡淡说来，渐渐流露相思之情。《好事近》说：

风定落花深，帘外拥红堆雪。长记海棠开后，正是伤春时节。
酒阑歌罢玉尊空，青缸暗明灭。魂梦不堪幽怨，更一声啼鴂。

这首词写伤春思别情绪，淡淡说来，渐见深情。词人对春天美景的留恋和闺中孤寂的幽怨，都在画面中得到含蓄展示。春末时节，窗外风已停止，而这一场无情的风所摧残的花瓣，飘零大地，堆满帘外，叫人分外怜惜。一年一次，就是这样的“海棠开后”的“伤春时节”，每每都要引起词人无限的伤感，无限的悲悼，让人“长记”而难忘。风的停息，使闺中闺外一片静谧，词人的思念愁绪也仿佛随之沉寂。然而，仔细品味每一句话，发现这种思愁深入到词人的内心，永远无法磨灭。词人虽然也喝酒、也听歌，但“酒阑歌罢玉尊空”的时候，面对着“青釭”光线的或明或暗的跳跃变化，独自忍受着长夜的寂寞与无奈，深埋在心底的愁怨就会一丝丝地翻搅上来。即使在朦胧中睡去，梦魂也自然会停留在那种“幽怨”的状态之中，也非常容易被那“一声啼鴂”所唤回。整首词没有特别剧烈的感情喷发，没有出人意表的比喻夸张，没有声嘶力竭的痛苦诉说，在从容平静中，缓缓揭示内心的离别愁思。这是李清照表达离情别思的又一种方式。

《点绛唇》抒写离情的方式与之近似，词云：

> 寂寞深闺，柔肠一寸愁千缕。惜春春去，几点催花雨。　倚遍阑干，只是无情绪。人何处？连天衰草，望断归来路。

这首词写作者的深闺浓愁。词人对春光的流逝有无限留恋之情，这种留恋又转化成盼望“行人”早日归来的急切愿望。“寂寞深闺”，柔肠寸断，词人是敏感细腻的，户外“几点催花雨”，也能让词人觉察到春天的离去而产生“惜春”的情感。词人“倚遍阑干”，不断地眺望远方，当然是期待着“行人”的归来。愿望的一再落空，叫词人非常的“无情绪”。

词人抑制不住追问说："人何处？"着急的等待表现为强烈情绪化的问句。远方是"连天衰草"，衰草连接处，天路尽头，可能就是行人的去处。这样一种空间距离的无限夸张，蕴含着多次热切渴望失落之后的怨言与伤心。然而，有所等待永远胜过绝望，李清照这段时期生活在希望与焦灼等待的痛苦之中。

李清照在南渡之前与之后都写过大量的抒写离愁别恨的词篇，虽然无法为其作出比较确切的系年，但是，品味词中语意，还是可以作出大致区分的。南渡之前，是写生离之愁苦，悲伤中包含着期盼，冷清中又有热烈的渴望。她的一言一行，都是要引起赵明诚的充分注意，都是指向团聚的那一时刻。无论是这里谈到的《一剪梅》《醉花阴》《小重山》《行香子》《凤凰台上忆吹箫》《好事近》《点绛唇》，还是上面章节谈到的可能作于赵明诚在太学期间的分离之作《怨王孙》《蝶恋花》《玉楼春》，都共同具有这样的情感特征。而南渡之后则是一种死别之悲苦，是人生了无趣味的生不如死的煎熬，是过得一天是一天彻底的绝望。下面章节还将具体涉及。

## 第三节　不将牙慧拾前人，谱出新词字字新

### ——李清照爱情词的特定文化意义

"词为艳科"，以男欢女爱、离情别思为主题的恋情词在宋人创作中所占的比例最大，分量最重，宋人也特别擅长写离别相思的恋情词。从这个角度观察，李清照的系列创作似乎并没有多大突破，没有特别的创新意义。但是，从描写的内容、抒发的情感方面来具体辨析，李清照

爱情词在文化上的独特意义就凸现出来了。

宋词在多数情况下都是“男子作闺音”，男性词人代女子抒写怀抱。宋人恋情词所抒写的绝大多数是士大夫与妓女间的恋情，或直抒文人缠绵之情，或代言歌伎缱绻之意。宋代声伎繁荣，大致可分为官伎、私伎和家伎三类，宋人之风流多情，基本上为这三类歌伎而发。他们于花前月下，杯酒之间，寻觅、追逐声色之乐，摇荡性情，形诸歌咏。似苏轼《江城子》（“十年生死两茫茫”）与贺铸《半死桐》（“重过阊门万事非”）之悼念亡妻的作品，数量上微乎其微，可以略而不论。所以，宋代又往往是男性文人士大夫代各类歌伎抒发情感，诉说内心的情爱体验。那么，宋人数量众多的“男子作闺音”的恋情词所抒发的是否是男女之间的一种真挚爱情？李清照的爱情词在其中有什么特定的文化意义？

今人对宋恋情词所抒发的情感及其价值的把握，有肯定和否定两种截然不同的意见。肯定者努力去发现这种“男子作闺音”的恋情词所抒发的真挚情感，挖掘他们给歌伎之类低贱者以平等的闪光点。否定者又简单斥之为表现了文人士大夫沉迷于声色犬马的醉生梦死之糜烂生活。近年来，肯定的意见渐占上风。归纳起来，流行观点是这样的：宋恋情词抒发了对异性的真挚感情，表达了对理想情爱的追求。因为所爱恋的对象绝大多数是社会下层的歌伎，所以，宋恋情词给予她们以人的地位和身份，又闪烁着平等的思想光彩，具有反封建礼教的意义。也就是说，“男子作闺音”的恋情词大量地描写了真挚的爱情，在这一点上，与李清照的爱情词有同等的社会文化意义。

上述的说法是十分叫人怀疑的。封建社会的文人士大夫对卑贱的歌伎究竟是否会产生真挚的爱情？他们的恋情词所抒发的情感能够与李清照的情感画等号吗？

回答这一系列问题，首先关键视男性词人们对歌伎的态度而定。在那个以男性为中心的男尊女卑的封建社会里，以常情常理揆度，面对的又是妇女阶层中最卑贱的歌伎，男性词人高高居上，丝毫不将对方作为一个人来看待，是十分正常的，也是极其普遍的。宋代正是理学形成并走向昌盛的时代，思想趋于全面禁锢。所以，宋恋情词中情感传递之男女双方，并不处于同一层面，女性只是男性泄欲、玩弄的对象，随时可以弃之如弊履。宋人笔记多这方面记载。如庞元英《谈薮》载：

> 谢希孟（直）在临安狎娼，陆氏象山责之曰："士君子乃朝夕与贱娼女尼，独不愧于名教乎？"希孟敬谢，请后不敢。它日复为娼造鸳鸯楼……一日在娼所，忽起归兴，遂不告而行。娼追送江浒，泣涕恋恋。希孟毅然取领巾，书一词与之云："双桨浪花平，隔岸青山锁。你自归家我自回，说着如何过？　我断不思量，你莫思量我。将你从前于我心，付于傍人可。"

陆九渊的劝戒，代表了士人的普遍看法。谢希孟的"毅然"，在当时更是倍受称赏的勇于改过的行为，所谓错而知改，善莫大矣。谢直能将情感斩断得如此干净利索，且能超脱到劝对方移情他恋，不如说词人本身就没有真正付出情感，只是一度耽于淫乐而已。词人此处幡然醒悟，断然离去，难保他日不再度缱绻，因为"天涯何处无芳草"！此次不辞而别之绝情，大约是欢场喜新厌旧的常态，是供词人茶余饭后闲谈的一段艳事。相比之下，那位追送到江边“泣涕恋恋”的娼女，显得又可笑，又可怜，又可贵。

在男性词人心目中，女子不过是身外之物，供一时尽兴，可以随意抛弃或转赠他人。姜夔以《暗香》《疏影》得范成大欢心，范即以家伎小红相赠。辛弃疾为其妻延医疗病，则以家伎整整酬医，并口占《好事近》说：“医者索酬劳，那得许多钱帛。只有一个整整，也合盘盛得。下官歌舞转凄凉，剩得几枝笛？觑著这般火色，告妈妈将息。”这些竟然都成词坛佳话，被人们所津津乐道，却从没有人关心过被当作物品递传的小红、整整的感受如何。在范成大、辛弃疾以及广大的传说这些“佳话”的文人士大夫心目中，恐怕没有意识到小红、整整也是人，也有自己的个性与爱好，有自己的择偶标准与情感寄托对象，有自己的喜怒哀乐。至于文人与娼妓生死相恋、白头偕老的浪漫故事，只有在戏剧与小说的虚构中才可以寻觅一二，现实中只有“始乱之，终弃之”的悲剧。江少虞《宋朝事实类苑》卷七十记载北宋这样一件令人发指的事：

杨学士孜，襄阳人。始来京师应举，与一娼妇往还，情甚密。娼尽所有以资之，共处逾岁。既登第，贫无以为谢，遂给以为妻，同归襄阳。去郡一驿，忽谓娼：“我有室家久矣。明日抵吾庐，若处其下，渠性悍戾，计当相困。我视若亦何聊赖？数夕思之，欲相与咀椒而死，如何？”娼曰：“君能为我死，我亦何惜！”即共痛饮。杨素具毒药于囊，取以和酒，娼一饮而尽，杨执爵谓娼曰："今倘偕死，家人须来藏我尸，若之遗骸必投诸沟壑，以饲鸱鸦。曷若我葬若而后死亦未晚。"娼即呼曰："尔狂诱我至此，而诡谋杀我！"乃大痛，顷之遂死。

翻开宋人笔记，骂妓、殴妓、侮妓之事时时可见，这在当时是十分正常的，不触犯任何伦理道德条律。具有这样"妇女观"的文人士大夫，在特定的环境中受欲望的刺激而迸发出来的创作激情，能与"真挚情感"画等号吗？往往是脱离了这种特定环境，情绪就随之消失；改变了这种特定环境，情感就随之转移。因此，宋词人都是"蝶恋花"式的多情爱恋，见一个爱一个，处处留情，主宰他们的主要是一种逢场作戏的娱乐之情。胡仔《苕溪渔隐丛话》前集卷五十七引《冷斋夜话》说：

东坡镇钱塘，无日不在内湖。尝携伎谒大通禅师，师愠形于色。东坡作长短句，令伎歌之曰："师唱谁家曲，嗣风宗阿谁？借君拍板与门槌，我也逢场作戏莫相疑。　溪女方偷眼，山僧莫皱眉。却嫌弥勒下生迟，不见阿婆三五少年时。"

这首《南柯子》之戏谑的语调与词中的自白，都清清楚楚地说明了词人与歌伎厮混时所持的态度与所付出的情感。这种逢场作戏的态度，恐怕古今同理，宋代以后乃至今人招呼三陪女郎，难道不是持这种态度吗？像这样在现实生活中十分简单明了的问题，不知为何一进入古诗词、一经研究者分析，就变得特别复杂玄妙起来。东坡老生性坦率，直言道出，省却今天研究者许多拔高猜测古人的时间。

宋人这种游戏态度，还表现在歌伎即席乞词、敷衍成篇之时。此时，词人甚至不需要创作激情的驱动，只是依照一定的成规，应酬填写。《绿窗新话》卷上引《古今词话》说：

> 涪翁（黄庭坚）过泸南，泸帅留府。会有官伎盼盼性颇聪慧，帅尝宠之。涪翁赠《浣溪沙》曰："脚上鞋儿四寸罗，唇边朱麝一樱多。见人无语但回波。　料得有心怜宋玉，只应无奈楚襄何。今生有分向伊么？"

黄庭坚以细腻的笔法描绘了盼盼的绝色容貌及风情万种。如果没有词话本事的流传，后人大约又可以作这样的分析：黄庭坚与某歌伎偶尔相遇，接受了对方一见钟情的"回波"，彼此心意无言相通，即以多情"宋玉"自喻，以至分手之后仍对"今生"与她的缘分向往不已，念念难忘。其中包含了对歌伎人格的尊重，不乏某种平等的色彩与真挚的情感云云。与本事比照，即发现今人"读词法"的滑稽。宋词中有大量的即席应歌之作，或本事记载，或序言小传，都能够清楚地说明词人的游戏态度。后人的研究往往脱离开那个历史环境，甚至不顾人之常情，沿袭或设置了一种观点之后，去机械套解古人，有很大的随意性。这种阅读方式，就是阐释学所谓的"盲目的先见"。

如果认真将宋人的恋情词加以归纳分析，就会发现宋人在游戏创作中大约遵循着一定的游戏规则：即夸耀歌伎的容貌艳丽与技艺出众，以及这位色艺双绝之女子对自己的温柔多情。隐藏于这种游戏规则背后的心理成因则是：以幻觉的己身在众多女性心目中的崇高地位来反证自己的才学与地位，从而获得心灵上的自我抚慰。他们根据环境、人物之不同，以熟练的技巧将类似的内容加以变化组合，作品中流动着的是词人刹那间由对方容貌或技艺刺激而引发的激情，以至分手多年后仍然难以忘怀。归根结底，宋词人所抒发的是一种享乐，乃至淫乐之情，缺乏生命意义上的独立自主的个性追求，与现代性爱相距甚远，无论如何也不能将其上升到“爱情”的位置而对其大唱赞歌。试以周邦彦的《瑞龙吟》为例：

章台路。还见褪粉梅梢，试花桃树。愔愔坊陌人家，定巢燕子，归来何处？　　黯凝伫。因念个人痴小，乍窥门户。侵晨浅约宫黄，障风映袖，盈盈笑语。　　前度刘郎重到，访邻寻里，同时歌舞。唯有旧家秋娘，声价如故。吟笺赋笔，犹记燕台句。知谁伴，名园饮露，东城闲步。事与孤鸿去。探春尽是，伤离意绪。官柳低金缕。归骑晚，纤纤池塘飞雨。断肠院落，一帘风絮。

此词写故地重游恋旧伤离之愁绪。关于此词的章法、句法，讨论已多，无须赘言。而牵涉“伤离意绪”的男女双方，仍须作一番“历史还原”的评估。男性抒情主人公故地重游时，清晰地回忆起当年在此地艳游的经历，尤其是那位与他曾经有过一段缠绵之情的青楼坊陌风尘女子。“个人痴小”，言其娇小天真，玲珑可爱，初度接客，未失淳朴，这是一位雏妓。“乍窥门户”，既指其初涉风月场，依然有清新之感；又指其半掩门户、欲藏还露之招徕嫖客的职业手段，给人以“犹抱琵琶半遮面”的羞涩感与朦胧美感，这是最能逗引嫖客神魂荡漾之处。“浅约宫黄”，写其薄施脂粉，不掩天生丽质。“障风映袖，盈盈笑语”，写其略解风情，倚门买笑，这是职业训练的结果。当然，上述这一切，对特定的词人来说，都似乎是向他一人展示的，奉献的，卖弄的。歌伎的职业表现，在词人的幻觉中都是多情的证据。所以，“吟笺赋笔，犹记燕台句”，便用李商隐作《燕台诗》、洛阳女子柳枝闻之起爱慕之心的故事，写这位女子的知音赏诗。于是，一切解释得合情合理，原来这位雏妓对词人如此脉脉多情，是因为迷恋上词人的才华出众，诗名远播。这样一位既美丽又多情的歌伎，词人自然也是爱慕不已，别后则常常思恋，重来时就有了物是人非的“伤离意绪”。这首词，都是“夫子自道”，包括女性心理的揣摩。自然，词中的主动示爱者也是那位女子。整首词的叙述模式，正符合上述的“游戏规则”。

古人诗词中的这种以为天下异性都愿意对他投怀送抱的自我良好感觉，很少有可信的成分在里面。唐李商隐之《杂纂》叙古代人情世态，特将“说风尘有情”立为“谩人语”，就是对文人士大夫这种感觉良好、以自我为叙述中心的摧毁。其实，在《瑞龙吟》里，已经透露出个中消息。“旧家秋娘，声价如故”，便告诉了伊人移情别恋的现况，以及词人被冷落遗弃之后的辛酸苦涩。或者，根本称不上“移情”，风月场中送往迎来，有何情可言？至多是词人的自作多情。

柳永这一类作品更多。他浪迹江湖，随处留情，视歌伎为消愁解闷的玩物。他向往“是处王孙，几多游妓，往往携素手”（《笛家弄》）

的艳冶生活，期待“更阑烛影花阴下，少年人、往往奇遇”（《迎新春》）的意外艳遇，总是以江湖浪子“邪狭”的目光炯炯地盯着众多女性。其《斗百花》说：

满搦宫腰纤细，年纪方当笄岁。刚被风流沾惹，与合垂杨双髻。初学严妆，如描似削身材，怯雨羞云情意。举措多娇媚。　争耐心性，未会先怜佳婿。长是夜深，不肯便入鸳被。与解罗裳，盈盈背立银釭，却道你但先睡。

柳永此度赏玩的也是一位“年纪方当笄岁，刚被风流沾惹”的雏妓。她宫腰纤细，双髻下垂，初学严妆，娇媚羞涩，一身的风流。词人的目光是带着淫亵味的，他已经自然联想到男女“云雨”的美事。这样既解风情、又不失清新的雏妓，最得狎客欢心。从上阕的叙述描写中就知道词人已稣了半身。下阕词人用似怨实怜的语气，所表达的仅仅是急于发泄的性欲。偏偏这样一位可心佳人“不肯便入鸳被”，柳永无所顾忌地用俚言俗语将自己的“猴急”心态赤裸裸地表现出来。这种狎妓病态心理在当时的病态社会里，反而显得十分正常，被众人，乃至社会文化所认可。民间流传了众多柳永狎妓的故事，都是用津津乐道、羡慕不已的口吻叙述着的。《众名妓春风吊柳七》，故事里甚至将这种病态心理与幻觉延续到辞世之后。

绝大多数宋恋情词，都摆脱不了这种创作心态和叙述模式，都遵循上述的“游戏规则”。依照“游戏规则”，进入词人视野的歌伎都是那么美丽，“燕燕轻盈，莺莺娇软”（姜夔《踏莎行》），“眼波回盼处，芳艳流水。素骨凝冰，柔葱蘸雪”（吴文英《齐天乐》）。如果对方不美丽，词人还有什么面子？自我感觉良好的“自恋”幻觉又如何维系？这些女子不仅美丽，而且同样都是多情的。相聚时，“锦帐里低语偏浓”“许伊偕老”（柳永《两同心》）；分别时，“执手相看泪眼，竟无语凝噎”（柳永《雨霖铃》）；分手后，“衣带渐宽终不悔，为伊消得人憔悴”（柳永《蝶恋花》）。这样一种程序，已经成为填词的“俗套”。

但是，一种幻觉持续不断，往往使幻觉者误入歧途，信以为真。以此眼光观察女性世界，便处处留下男性视角的痕迹。仕途的奔波飘零中，离多聚少，男性词人理所当然地推断：“想佳人、妆楼颙望，误几回、天涯识归舟。”（柳永《八声甘州》）“遥知新妆了，开朱户、应自待月西厢。”（周邦彦《风流子》）这种腐旧的男性中心的全景视角，是宋恋情词的基调。周作人在《妾的故事》中曾辛辣地讽刺说：“旧时读书人凭借富贵，其次是才学，自己陶醉，以为女人皆愿为夫子妾。”宋恋情词中，这样的意识表现得十分突出。秦楼楚馆偶然相逢，歌舞酒宴蓦然相见，便认为一切女子必然地要为自己的才学、风度、气质、地位、富贵所倾倒，争先恐后地奉献出爱与性。于是，歌伎职业性的一笑一颦，一举手一投足，都为文人提供了无限绮丽遐想之细节依据。“记得小苹初见，两重心字罗衣，琵琶弦上说相思”（晏几道《临江仙》）；“低鬟蝉影动，私语口脂香”（周邦彦《意难忘》）；“含羞整翠鬟，得意频相顾”（欧阳修《生查子》）等等。

在男性词人看来，他们永远是女性心目中的白马王子。仕途失意、江湖落魄时，更需要在幻觉中维系自己“白马王子”的形象，以女性的奉献来证明自身存在的价值，以摆脱人生价值幻灭的失落，保持心理上的平衡。这是一种典型的“自恋”情结。周作人提及的“妾的故事”，正好发生在宋代，是一则很好的讽刺材料。王明清《挥麈后录》卷7载：

> 君猷后房甚盛，东坡常闻堂上丝竹，词中谓“表德元来字胜之”者，所最宠也。东坡北归，过南都，则其人已归张乐全之子厚之恕矣。厚之开燕，东坡复见之，不觉掩面号恸，妾乃顾其徒而大笑。东坡每以语人，为蓄婢之戒。

苏轼因“乌台诗案”谪居黄州，州守徐大守（字君猷）礼遇东坡，时出家伎，檀板金樽娱客，最受东坡青睐的就是这位胜之。有《减字木兰花》描写胜之舞后娇姿，下阕云：“曲穷力困，笑倚人傍香喘喷。老大逢欢，昏眼犹能仔细看。”胸中难免一丝绮念。岂知再度相逢，竟发觉这位多情女子的“无情”一面，不禁大为失落，失态到大声号恸。其实，“多情”才是虚像，是士大夫的自我感觉良好。胜之的大笑是对文人士大夫性爱自我中心幻觉的一种粉碎，东坡的号恸和劝戒则是男性绝对高高凌上的价值观的流露。所以，周作人继续讽刺说：“东坡十足显示出士大夫思想。以为玩弄女人，就永远属于他们……胜之的大笑却是更有意思，这笑得率直而大胆。真胜过一篇猛烈的抗议文了。”

宋词人这种“自恋”心态之表现，晏几道是一个典型例子。他经历了一段由富转衰的生活大变化，其恋情词大都是回忆往日的富贵美好生活，纵情声色的享受。在晏几道的想象中，无论是过去，还是眼前，他始终被众多女性簇拥和追求，词人用这种幻觉来恢复失意落魄的心理失衡。①

宋恋情词的另一大类是特定的环境中而别有寓意者。“学而优则仕”是中国古代文人唯一追求的人生价值。宋词人中有大量的仕途失意、价值幻灭者，他们放纵声色，以醇酒美女自慰，也以此来发泄愤恨和牢骚。柳永落第后高唱：“烟花巷陌，依约丹青屏幛。幸有意中人，堪寻访。且恁偎红翠，风流事，平生畅，青春都一饷。忍把浮名，换了浅斟低唱。”（《鹤冲天》）辛弃疾失意时也说：“倩何人，唤取红巾翠袖，揾英雄泪。”（《水龙吟》）这时候，文人士大夫把更多的注意力投向歌儿舞女，有时也发出一些“同是天涯沦落人”的感慨。其意图是借他人之酒杯，浇自己之块垒。词人的失意于是自觉或不自觉地渗透到恋情词中，借歌伎之种种表现，以发泄内心的怨气。柳永《凤栖梧》说：

> 帘下清歌帘外宴。虽爱新声，不见如花面。牙板数敲珠一串，梁尘暗落琉璃盏。　桐树花深孤凤怨，渐遏遥天，不放行云散。坐上少年听不惯，玉山未倒肠先断。

“坐上少年”善辨乐声，听出歌伎演奏的乐声中有怨愁之意，为之肠断，听者与演奏者获得一种心灵上的共识。然而，宋代歌伎在酒宴间演奏相思艳曲，诉说离愁别怨，以娱宾遣兴，是很常见的。“坐上少年”

① 详见拙著《心灵的避难所——论晏几道的恋情词》，《求是学刊》1993年第4期。

之所以能够牵动悲怀，其真正原因恐怕就是由于自身的遭遇所导致。当词人处于痛苦之中时，周围的一切都能牵引出他的愁绪，无论是“萧萧落木”之秋日，还是“惨绿愁红”之春季，“一切景语皆情语”。所有的景物都为词人的情感而设置，歌伎的缠绵之情或坎坷生涯也是触动词人悲怀的一项环境因素。秦观作《水龙吟》寄营伎娄婉，下阕说：“玉佩丁东别后，怅佳期、参差难又。名缰利锁，天还知道，和天也瘦。花下重门，柳边深巷，不堪回首。念多情，但有当时皓月，照人依旧。”词写“不堪回首”的离别痛苦，却牵引出“名缰利锁”的牢骚，事实上是仕途不得志的反语。在作品中歌伎的作用，与其他外景外物一样，仅此而已，不能再拔高到“平等”“反封建”的高度。

这种情绪更多地流露在羁旅相思之作中。词人或为生计所迫，或因仕途挫折，长年累月奔波于旅途，滞留于他乡，劳顿困苦，风尘仆仆。于是，曾经拥有过的相对安定的生活就值得反复回忆、留恋，用来反衬眼前的颠沛流离，强化抒情效果。美好的时光，往往由回味隽永的事件点缀、联结而成。词人的一度风流艳遇，或与某歌伎的一段旖旎往事，最令人心驰神往，追慕不已。旅途中当然会时时想起，咀嚼品味，以慰孤寂。秦观《望海潮》说：“长记误随车，正絮翻蝶舞，芳思交加。柳下桃蹊，乱分春色到人家。”还算不上一次真正的艳遇，只不过是认错了人、跟错了车而已；或者是被对方美色所动，故意跟错车。对此，词人便常常回忆，连细节都十分清晰，因此又生发出多少温柔的遐想。这种遐想中，会随着词人处境的愈益艰难，而不断地增加虚构安慰自己的幻觉成分。

在旅途之中，词人较深入地体验了人生的痛苦，不得志的苦闷与离别的相思相融合，所以，其抒发的情感显得十分真挚，名篇迭出。欧阳修《踏莎行》说："离愁渐远渐无穷，迢迢不断如春水。"柳永《雨霖铃》说："今宵酒醒何处？杨柳岸、晓风残月。此去经年，应是良辰好景虚设。便纵有千种风情，更与何人说！"姜夔《踏莎行》说："别后书辞，别时针线，离魂暗逐郎行远。淮南皓月冷千山，冥冥归去无人管。"这些词都脍炙人口，传播甚广。

但是，词人所抒发的情感仍紧紧围绕着自我中心，对某一次艳遇或某一位歌伎的留恋，深层原因是不得志的转移与宣泄，哪怕是一种无意识的渗透。周济《宋四家词选》评秦观词说："将身世之感，打并入艳情，又是一法。"其实，这种方法的运用，在宋恋情词中极为常见，尤其是写羁旅行役之别离相思的作品之中。这种作风，南唐冯延巳已肇其始，其《鹊踏枝》说："几日行云何处去？忘了归来，不道春将暮。百草千花寒食路，香车系在谁家树？""屏上罗衣闲绣缕。一晌关情，忆遍江南路。夜夜梦魂休谩语，已知前事无寻处。"冯煦《阳春集序》评价说："俯仰身世，所怀万端；缪悠其辞，若显若晦。"

这种作风，于是在宋词的创作中形成一个源远流长的传统。有时词人抒写思恋之情，甚至完全是"伤心人别有怀抱"。辛弃疾《青玉案》下阕说："娥儿雪柳黄金缕，笑语盈盈暗香去。众里寻它千百度，蓦然回首，那人却在，灯火阑珊处。"这位不慕荣华、自甘寂寞的意中人，仿佛就是词人孤高脱俗、清苦自任的自我形象写照。即使那些寄寓意义不太明显的羁旅行役之作，读者也可以从中品尝出经历风波险恶的丝丝缕缕苦涩之情。在这些作品中，

“身世之感”是主要情绪，或者可以称之为情绪的心理背景，“艳情”则是表层次的描写。所以，不能将此时所抒发的相思苦痛之情感与真挚爱情简单画等号。可以设想，假如词人再度春风得意，身世苦痛随之消失，又有新的美酒娇娃相伴，必定是“一日看尽长安花”之得意忘形，而不会对一段旧情眷恋不已。

此外，宋词人失意时所做的少量恋情词，直接倾诉歌伎的新声，向来备受称道，是“平等”说的主要依据。如果结合词人的遭遇和歌词的上下文，仍然能品味出词人的“别有用心”。柳永《迷仙引》下阕说：“已受君恩顾，好与花为主。万里丹霄，何妨携手归去。永弃却，烟花伴侣。免教人见妾，朝云暮雨。”“万里丹霄”以下词句，被学者反复征引，柳永因此获得一片称誉声。回到原文就能明白，这段心事表白是由“已受君恩顾，好与花为主”引发出来的，仍然是用来烘托男性主人公，就是词人科举落第时所痛苦叫喊的“幸有意中人，堪寻访”，思维和叙述方式都是属于“周公”式的。又如晏几道的《浣溪沙》说：“日日双眉斗画长，行云飞絮共轻狂。不将心嫁冶游郎。　溅酒滴残歌扇字，弄花熏得舞衣香。一春弹泪说凄凉。”刘永济先生的《唐五代两宋词简析》分析说：“作者自身亦具有此种矛盾之痛苦，亦同有此舞女之个性，故能体认真切。此舞台，直可认为作者已身之写照。”

如果让歌伎们来现身说法，读者将发现她们对待秦楼楚馆里的男欢女爱有自己的看法，更多的是对浪荡公子、对现实社会的一种怨恨，而缺乏脉脉多情或恋恋不舍之意。敦煌曲子词里就保留了歌伎的作品，举二首为例：

珠泪纷纷湿罗绮，少年公子负恩多。当初姊妹分明道，莫把真心过于他。子细思量着，淡薄知闻解好么？

《抛球乐》

天上月，遥望似一团银。夜久更阑风渐紧，为奴吹散月边云，照见负心人。

《望江南》

《抛球乐》是一篇青楼歌伎的“忏悔录”，写一女子被玩弄、被抛弃的遭遇以及因此带来的内心痛苦与事后的追悔。她懊恨自己的真情付出，悔不该不听从姊妹们当初好意的劝戒，诚挚深切，动人心扉。其感受之真、体味之切、语意之痛，唯有此中人才有这般诉说。《望江南》也是歌伎的怨歌，想起“负心人”，就抑制不住内心的苦恨。“多情女子负心汉”，是古代民间的一个常见性主题。这首词构思得新颖别致，增加了抒情的艺术表现力。

宋代歌伎词，同样表现了对负心男子的怨恨或对长期欺凌她们的男性社会的不信任。南宋陆游的客人从蜀地携带回来一位歌伎，这位歌伎从自己的切身体验出发，有《鹊桥仙》词，痛快淋漓地揭露了文人士大夫玩弄歌伎情感的真实面目，其中饱含着众多歌伎的血泪教训。这才是歌伎们的真实心声。词说：

说盟说誓，说情说意，动便春愁满纸。多应念得脱空经，是那个先生教底。　不茶不饭，不语不言，一味供他憔悴。相思已是不曾闲，又那得工夫咒你！

“脱空经”，指虚情假意的文章。宋人的“男子作闺音”，大都可以作“脱空经”来阅读。而后，天台营伎严蕊作《卜算子》，更是表明了她们人格独立的愿望，对男性社会的彻底不信任。词说：

不是爱风尘，似被前缘误。花落花开自有时，总赖东君主。
去也终须去，住也如何住？若得山花插满头，莫问奴归处。

将这些歌伎内心的真实自白与宋人“男子作闺音”的恋情词对比，就能发现宋代文人士大夫自我陶醉、自我欣赏之“自恋”的滑稽可笑。他们的恋情词，更多表现的是一种情欲，而不是爱情。即使一部分词能够触及一定的女性心理，也多有“隔靴搔痒”之恨，其间未免隔了一层。

在这样的创作环境中，李清照直笔抒发自己的情感体验，细腻而真切，自然胜过许多男性作家。李清照的爱情词，抒写与丈夫之间真挚爱情，词中所描写的每一种体验、每一种情感，都是非常真实的。品味宋人歌词里的爱情描写，就应该到李清照的作品中去寻找。李清照的爱情词，多层面、多侧面地描写了与丈夫的爱情生活，有相聚的欢乐，有婚姻的融洽，有夫妻的逗趣，有志同道合的默契，有日常琐事的甜蜜，有离别的相思，有期待的焦灼，有等待落空的怨苦，有夫妻的矛盾猜疑，南渡以后还有生死永别的绝望，丰富多彩，琳琅满目。就是在这个层面上，李清照的爱情词，在宋代是独一无二的，具有独特的文化意义。郑振铎先生评价说："无数的词人诗人，写着无数的离情闺怨的诗词。他们一大半是代女主人翁立言。这一切的诗词，在清照之前，直如粪土似的无可评价。"[①]语言虽然过火，却是切中要害。李清照之后，宋代何尝又有哪一位作家歌词中爱情的表达或抒发能与李清照比美？在爱情生活描写和情感抒发方面，李清照已经达到了时代的最高峰。清人廖丙奎称赞李清照说："不将牙慧拾前人，谱出新词字字新"[②]。用此语来评价李清照词爱情方面的成就，同样是非常恰当的。

## 第四节 寒窗败几无书史，公路可怜合至此

——猜疑矛盾中的莱州重逢

宋徽宗宣和三年（1121），赵明诚知莱州（今山东莱州市），成为地方州郡长官[③]。这时候，赵明诚已经有能力将李清照从青州接出，到任所团聚。这一年的秋天，李清照离开居住了十几年之久的青州，风尘仆仆，前去与赵明诚相聚。李清照与赵明诚分手前后大约已有五年的时间，在苦苦期待中煎熬过去那么多光阴，终于等到了重聚的日子，李清照应该

① 插图本《中国文学史》第505、506页，人民文学出版社1982年3月版。

② 《续修历城县志》引《历下咏怀古迹诗抄》。

③ 赵明诚何时知莱州，史籍没有明确记载。推断赵明诚宣和三年始知莱州，理由有二：其一，李清照于这一年的秋天离开青州，前往莱州与赵明诚团聚。其二，宋代"文资三年一迁，武职五年一迁，谓之磨勘。"（范仲淹《答手诏条陈十事》）宋代为了防止官员在某地任职过久，结成势力，往往频繁调动地方官员。中央政府利用"文资三年一迁"的磨勘制度，地方官员一般任期满三年即转地任职。《金石录》卷二十八有赵明诚于宣和五年（1123）中秋在莱州所作的《唐富平尉颜乔卿碣跋尾》，可证明赵明诚此年还在莱州任职。上推三年，赵明诚应该是宣和三年开始知莱州，即宣和三年、四年、五年是赵明诚在莱州的任期。又，《欧阳修〈集古录〉跋尾四》后有赵明诚题跋四则，其四云："壬寅岁除日，于东莱郡宴堂再观旧题，不觉怅然，时年四十又三矣。"壬寅岁，即徽宗宣和四年。这则题跋也是佐证。

是大喜若狂。但是，品味李清照前往莱州途中路过昌乐时所做的《蝶恋花》，发现李清照依然没有摆脱愁苦意绪的纠缠，词说：

泪湿罗衣脂粉满，四叠阳关，唱到千千遍。人道山长山又断，萧萧微雨闻孤馆。　惜别伤离方寸乱，忘了临行，酒盏深和浅。好把音书凭过雁，东莱不似蓬莱远。

这首词南宋曾慥的《乐府雅词》卷下题为李易安作，元代刘应李《事文类聚翰墨大全》后丙集卷四收此词，题作“晚止昌乐馆寄姊妹”。王仲闻《李清照集校注》案说：“此首殆为宣和三年辛丑八月间清照由青州至莱州途中宿昌乐寄姊妹所作。按地理图，由青至莱，须经昌乐。《建炎以来系年要录》卷十九载建炎三年，赵晟由青赴莱，刘洪道令权知昌乐县张成伏兵中途邀击，可以证明。”

李清照多居家怀远之作，旅途思念亲人之作甚少，这首词写分手刹那间方寸大乱、愁思百结的痛苦以及离别后的悠长思念之情，是旅途思恋词中的佼佼者。李清照告别居住多年的青州，将赴莱州，平日相聚的姊妹们纷纷赶来送别。这里的姊妹是泛指闺中女伴。上面曾经介绍到李清照在闺中还与女伴结社吟诗，大约赶来相送的就是这些女伴。送别的那一幕情景，牢牢地铭刻在词人的心中。当时，各自洒泪分手，泪水冲乱了脸上的脂粉，浸湿了罗衣。送别的《阳关曲》唱了一遍又一遍，还是舍不得离别，一直“唱到千千遍”。这一幅声情并茂的场面，淋漓地展现了姊妹之间的深情。“泪湿罗衣脂粉满”，也是眼前止宿孤馆思念姊妹时的真实图景，这一句照应了分别之际与眼前。此去莱州，“行行重行行”，山势连绵，旅途的遥远令人愁苦。留宿孤馆，萧萧的微雨声增加了旅途的凄凉。“可堪孤馆闭春寒，杜鹃声里斜阳暮。”（秦观《踏莎行》）投宿孤馆情绪落寞的旅客，心境相差无几。思前想后，词人变得格外多愁善感。

过片，再次回到分别的刹那间。送别的酒宴之间，被伤离意绪所缠绕，也忘了“酒盏深和浅”，不知不觉间喝下了许多苦酒，那一定是一幅“醉不成欢惨将别”的场面。“黯然销魂者，唯别而已矣。”李清照就是这样一位感情丰富者。分手既然已经是必然，那么，只有彼此安慰。莱州毕竟与青州相隔不远，可以通过书信，传达两地的音讯，传达相互的友谊。作品以思念开始，以自慰作结，以情绪的波动作为结构线索，从临行写到孤馆，又折回临行，推想到将来，浑然一体。

与这首《蝶恋花》情绪相似的是李清照初到莱州所写的一首《感怀》诗。诗前小序说：“宣和辛丑八月十日到莱，独坐一室，平生所见，皆不在目前。几上有《礼韵》，因信手开之，约以所开为韵作诗。偶得‘子’字，因以为韵，作感怀诗云。”诗歌说：

寒窗败几无书史，公路可怜合至此。青州从事孔方兄，终日纷纷喜生事。

作诗谢绝聊闭门，燕寝凝香有佳思。静中吾乃得至交，乌有先生子虚子。

宣和辛丑，即宣和三年。李清照离开了居住十多年之久的青州，离开了熟悉的闺中女伴和亲戚友人，来到莱州这个完全陌生的环境。赵明诚也是刚刚到任，并无多少家室布置，李清照所居之室，还显得空空荡荡。没有喜爱的金石收藏以作日常随意消遣，没有熟悉的诗书以供随手翻阅，李清照感觉到置身于陌生环境中的孤单。诗起笔二句“寒窗败几无书史，公路可怜合至此”就写出这么一幅凄寒冷落的景象。所居之室，年久失修，寒窗残破，桌几败损。公路，是东汉末年袁术的字。袁术穷途末路的时候，士卒绝粮，询问厨下，军中只剩麦屑三十斛。时值盛夏，袁术欲得蜜浆，军中又无蜜。于是，袁术叹息说：“袁术至于此乎！”呕血一斗有余而死（详见《三国志·袁术传》裴松之注引《吴书》）。李清照用这个典故夸张地描写室中的空无所有。“青州从事”指美酒。《世说新语·术解》载：桓温手下有一主簿，善于辨别酒的优劣，所以，桓温饮酒之前总是让他先品尝。该主簿称佳酿为“青州从事”，称劣酒为“平原督邮”。因为青州有齐郡，喻酒力一直舒畅到脐部（“齐”字谐音）；而平原有鬲县，喻劣酒味停留在胸腹腔间的隔膜（“鬲”字谐音），难以下咽。“孔方兄”指钱，古时铜钱内方外圆，故戏称其为“孔方兄”。李清照这里用怨怼的口气数说美酒与金钱。人们正是有了对美酒之类的口腹欲求和对金钱的追求向往，才有了离家的四处奔波，才有了终日纷杂的俗事，李清照与赵明诚才不得已放弃多年潇洒自在的闲居生活。即使李清照到了莱州，赵明诚还得应付公门百事，让李清照独坐空室。李清照怎么不怨恨“青州从事孔方兄”的“终日纷纷喜生事”呢？唐代著名诗人高适初涉官场，出任封丘县尉，就叹息“公门百事皆有期”的终日劳碌，叹息“生事应须南亩田，世情付与东流水”的为生计逼迫的无奈奔波，李清照此时的心境与当年的高适相似。极度无聊之中，李清照只好赋诗以解寂寞。“作诗谢绝聊闭门”是自我安慰、自我排解之辞，初到莱州这陌生的环境里，又不能将丈夫强留身边陪伴，不闭门作诗，又有什么其他消遣呢？“燕寝凝香”，典出唐代诗人韦应物《郡斋雨中与诸文士燕集》之“燕寝凝清香”，指地方官员的公馆，这里代指李清照与赵明诚夫妻此时居住的莱州官府公馆。闭门作诗时有了“佳思”，郁闷的心情略微得以转移。离家奔波，就是为了与赵明诚团聚；到莱州之后，依然是一人枯坐空室。李清照忍耐不住满腹的牢骚，自称“静中吾乃得至交，乌有先生子虚子。”“乌有先生”和“子虚子”，都是西汉司马相如《子虚赋》中虚构的人物，取名之意指根本没有这样的人物存在。李清照这里的牢骚说的是：自己在无边的寂静中干脆与虚有的人物结为“至交”算了，也不指望赵明诚回家陪伴了。

《蝶恋花》词与《感怀》诗留给人们一个很大的疑问：在经历了长期焦灼的等待、历尽了相思痛苦折磨之后，终于可以起身前去与丈夫相聚，终于等到了“月满西楼”的团聚日子，按常理常情推断，李清照应该是欣喜若狂，恨不得生出“彩凤双飞翼”，瞬间来到赵明诚的身边。与闺中姊妹分手的愁苦应该在与丈夫早日重见的渴望中消解得只剩下丝丝缕缕的片段，变得若有若无。然而，何以离家时与姊妹宴别的场景与痛苦始终沉重地积压在李清照的心头，拂之不去呢？李清照来到赵明诚新的官邸，对官舍的寒败空落应该不太在意，也应该能够设身处地地体谅赵明诚。因为，李清照在生活上并不苛求，况且到莱州也不是为了享受，目的是与丈夫团聚。此时，哪怕真的是一间寒舍茅屋，其中也应该充满了温馨浪漫的情谊。与和心爱的丈夫相聚相比，生活上的一些窘境又何足挂齿呢？李清照不是早已习惯了“食去重肉，衣去重彩，首无明珠、翠羽之饰，室无涂金、刺绣之具”的简朴生活，甘愿与赵明诚相依厮守，“自谓葛天氏之民”吗？那么，李清照何以到了莱州之后牢骚满腹，夸张突出官舍的破败，不是温情脉脉地等待着赵明诚料理完毕公事之后回家的聚首时光，而是要与“乌有先生子虚子”结为“至交”呢？

王国维说：“一切景语皆情语也。”（《人间词话删稿》）环境景物，对所有的诗人来说都是相同的，所谓“风景不殊”。但是，不同心境的文人处于相同的环境之中，面对相同的景色风光，感受上依然会有巨大的差别。客观景物中渗透的是抒情主人公的主观情感。心情悲苦，即使是春天烂漫的景物也将黯然失色，柳永《定风波》说：“自春来，惨绿愁红，芳心是事可可。”心情舒畅，即使是秋天萧条的景色也将熠熠生辉，刘禹锡《秋词》说：“自古逢秋悲寂寥，我言秋日胜春朝。”李清照少女时代不也是面对“秋已暮、红稀香少”的枯索景物，发出“水光山色与人亲，说不尽、无穷好”的感慨吗？同样是旅途萧萧雨声，可以是“萧萧微雨闻孤馆”的凄凉声响，也可以是“画船听雨眠”（韦庄《菩萨蛮》）的催人入睡的甜美小夜曲；同样是陋室寒窗，可以是“寒窗败几无书史，公路可怜合至此”的寂寞萧条，也可以是“陋巷谁为俗，寒窗不染尘”（唐·殷尧藩《过友人幽居》）的清净宜人。也就是说，李清照这次赴莱州与赵明诚相会，情绪这么低落、心情这么悲苦，肯定有其潜藏的个人原因，景物中渗透的是李清照的主观情绪。在诗词里，李清照也作了解释：路途上的凄苦是由于与闺中姊妹的离别所造成的，到莱州之后的怨恨是由于寂寞独坐、没有赵明诚的陪伴所造成的。然而，这种解释仍然过于表面化、简单化，于情理上也不能够完全成立。上面所说的系列疑问便因此产生。李清照仿佛有意隐藏了一部分真实原因，或者说不宜将真实原因和盘托出。今天的读者与学者，就要费心思做一番深入的探索了。

这种怨苦的情绪产生于前去与丈夫相聚的途中、产生于到了丈夫任所之初，那么，肯定与赵明诚密切相关。明白地说，这段时期李清照与赵明诚之间有了不和谐的因素，夫妻间产生了矛盾。这就是李清照隐藏或不可明说的原因。李清照从来没有明白说出或正面解释她为何与赵明诚有了隔阂，这种隔阂产生的原因又是什么。我们只能根据常情常理来推断。

首先，多年的婚姻生活，夫妻之间难免时而有点摩擦，产生一点矛盾，这是任何一对夫妻都难以避免的。

美国学者斯蒂芬·欧文通过李清照《金石录后序》字句的仔细分析，令人信服地揭示了即使在两人共同喜爱的收集珍藏金石书画的事情方面，李清照与赵明诚也会有意见分歧，也会产生不愉快。在《金石录后序》里面，“李清照在描写他们的初婚生活时，都是把她与赵德父合在一起写而省去人称代词的。”这是夫妻之间有共同爱好、亲密无间的表示。“然而，随着书库的建成，人称的问题就变得敏感了，省略它们既是用来掩饰，也是用来记载家庭矛盾。”“当他们咀嚼着这些故旧的书画碑文时，赵德父越来越把它们当一回事了，他过于顶真了，以致失去了原先觅得这些藏品的闲适之情，陷到对荣利的计较中去了，在其中，他失去了自己的生命，也几乎失去了自己的令闻广誉。”最后，李清照“明白无疑地用上了第一人称，把她自己的感受同她丈夫的感受区别开来：‘余不耐。’（‘我受不了’）”[1]不过，夫妻之间这些小小的矛盾随时消解，并不影响两人的情感，也不会表现到文学创作之中。俗话说：夫妻没有隔夜仇。李清照与赵明诚的生活或情趣诸方面产生矛盾，在这一阶段总是能够及时消解，因为两人朝夕相处，容易得到沟通。所以，在这一阶段的文学创作中，见不到夫妻矛盾的明显痕迹。诗词，只是用来记载夫妻的美好情感与美好时光的。夫妻之间一段时间产生不和谐、拌嘴生气是十分正常的，没有矛盾争吵的夫妻只存在于幻觉之中，这是一种生活常识。后代读者没必要挖空心思，拿着“放大镜”去寻觅，充分发挥想象能力，牵强附会、津津乐道李清照与赵明诚之间的矛盾冲突。

其次，李清照特定环境中的怨苦情绪，应该与这段时期赵明诚恋情的部分转移有关。

宋代达官贵人、文人士大夫家庭豢养歌儿舞女之风甚盛。北宋初年，太祖“杯酒释兵权”，劝石守信等臣下等说：“人生驹过隙尔，不如多积金，市田宅，以遗子孙，歌儿舞女以终天年。君臣之间无所猜嫌，不亦善乎？”（《宋史》卷二百五十《石守信传》）因此，北宋君主并不限制臣僚的生活享乐。这是君主控制臣下的一种手段，以此化解上下矛盾。甚至有皇帝为大臣购买侍妾的。王莹《群书类编故事》卷九记载：真宗平日与群臣闲聊，总是劝说大臣们当天下太平之际，应该讲究生活享受，

---

① 详见斯蒂芬·欧文《追忆》第五节《回忆的引诱》，上海古籍出版社1990年10月版。

蓄养声伎，娱乐自己。当时的副宰相王曾生性节俭，家中没有侍妾，皇帝居然派两名宦官，给他们限期，为王曾购买侍妾。

得皇上提倡与怂恿，宋代达官贵人、官吏豪绅家都数量不同地拥有私人的歌儿舞女。他们“官职稍如意，往往增置不已。”（《曲洧旧闻》）这些歌儿舞女兼有主人侍妾的身份。许多官员至外地赴任，不携带妻子，却忘不了携带这些更加年轻有姿色的歌儿侍妾。与这种皇帝倡导、私人豢养歌女的享乐风气相适应，宋代歌楼妓院的生意十分兴隆，酒宴上演唱劝酒的风气盛行，从流传到今天的大量描写艳情的宋词里，就可以看出当年青楼行业的兴盛发达。据《东京梦华录》卷二记载：北宋汴京城宣德楼以西“皆妓馆舍，都人谓之院街。”而朱雀门以东，除状元楼，“余皆妓馆”。宋代甚至官府也豢养一批歌伎，称“营伎”或“官伎”，供公家宴会时陪唱娱乐之用。宋代达官贵人、文人士大夫经常出入于这些风流娱乐场所，“偎红依翠”，与这些莺歌燕舞的女子们厮混在一起，这已经成为一种普遍的社会风气。文人士大夫追逐歌儿舞女，甚至到了不顾廉耻的地步。周煇《清波杂志》卷四载：“滕达道为范文正公客，公镇南阳，每宴客，达道必出追伎。文正虽不乐，终不禁也。”滕元发，字达道，东阳人，进士出身。神宗朝，官至知制诰、知谏院，除翰林学士、知开封府。后出知边郡，当时号为名帅。滕元发是范仲淹的友人，他的作为如此放肆，范仲淹最终也能忍受，都是因为处于那种社会风气之中，人人习以为常。

这种色情服务业的兴旺，甚至将还在太学读书的学生们也卷入其中，乐此不疲。以下引三条资料记载，以见一斑：

承平时，两学作成之盛，不但英才辈出，为国之华；群居燕处，虽一时谑浪之语，人皆喜闻而乐道之。尝见前辈说数事：元祐间敏求斋有治《春秋》陈生与宋门一倡狎，一日，会饮于曹门，因用《春秋》之文题于壁曰："春正月，会吴姬于宋；夏四月，复会于曹。"有继其文戏之曰："秋饥，冬大雪，公薨。"其意以谓财匮当有饥寒之厄也。此固知非典语，亦切中后生泆游迷而不返之病。（周辉《清波杂志》卷四）

王上舍勉仲，邀崔木游春出郊，特呼角伎张赛赛侑尊。王上舍并令赛赛请崔木赋词，崔木即赋《最高楼》。词毕，赛赛歌之，声音嘹亮，腔调不失。王上舍大喜，赏赛赛甚厚。后赛赛荐崔木于黄太守女舜英，舜英要崔木作一诗或词，崔木即以红罗一幅，写词一首，以付赛赛。词名《虞美人》。舜英即以黄绢和词云："一从骨肉相抛了，受了多多少？溪山风月属何人？到此思量因甚不关情。　　而今虽道王孙贵，有事凭谁济？自从今夜得媒言，相见佳期无谓隔关山。"崔木见词，即令术者择日，往黄舜英之家就亲。（《醉翁谈录》壬集卷二）

学舍燕集必点伎，乃是各斋集正自出帖子，用斋印，明书"仰弟子某人到何处祗直本斋燕集。"专有一等野猫儿、卜庆等十余人，专充告报，欺骗钱物，以为卖弄生事之地。凡外欲命伎者，但与

斋生一人相稔，便可借此出帖呼之。此事不知起于何时，极于无义，乃所以起多事之端也。（周密《癸辛杂识》后集）

三则记载，涵括南北宋。宋代太学生出入于歌楼妓院或呼歌儿舞女前来陪酒，源远流长。学舍中宴会，一定出“帖子”传呼歌伎前来侍候，太学每斋各出“帖子”，甚至动用“斋印”，其间又有专门的“皮条客”野猫儿、卞庆等十余人为其奔走。于是，其中也有如“敏求斋专治《春秋》陈生”那样迷恋上某一位娼妓的，更多的场合太学生则都是逢场作戏、及时行乐。向前沿溯，唐代学子中间就流行这种淫荡浮艳的嫖娼风气。孙棨在《北里志序》中说：

自大中皇帝好儒术，特重科第。故进士自此尤盛，旷古无俦。仆马豪华，宴游崇侈。以同年俊少年为两街探花使，鼓扇轻浮，仍岁滋甚。予频随计吏，久寓京华，时亦偷游其中。

宋代则是变本加厉。在这样的社会风气包围中，赵明诚肯定不能“免俗”。太学时代，便随同窗出入花柳丛中，那也是情理之中的事情。那个时代的社会伦理道德评判标准与今人完全不一样，太学生或文人士大夫的诗酒风流生活不仅不会遭受社会与家庭的谴责，有时反而是值得炫耀的“光彩事”。上面所引的第二则资料就是以夸耀的口吻叙述崔木等的艳遇的。

婚后，赵明诚也豢养几位侍儿小妾，以供平日歌舞娱乐，那是可以肯定的事实。李清照与赵明诚特别尊崇的文坛前辈苏轼，平生并不好色，且因目睹了友人徐君猷的歌儿侍妾胜之的无情而频频劝告他人不要蓄妾（详见王明清《挥麈后录》卷七）。苏轼自己却蓄养有朝云之类的一群侍妾，而且也不时地携伎寻欢作乐，甚至携伎拜见佛门子弟大通禅师，自称“我也逢场作戏莫相疑”（详见胡仔《苕溪渔隐丛话》前集卷五十七引《冷斋夜话》）。赵明诚恐怕不会比苏轼更出色，没有任何记载表明赵明诚对李清照专注到“心无旁骛”的地步。而李清照《金石录后序》中只言片语所透露的消息，正说明了赵明诚生前曾蓄养侍妾。李清照叙述赵明诚临终之前，“取笔作诗，绝笔而终，殊无分香卖履之意。”“分香卖履”的典故出自曹操的《遗令》：“余香可分与诸夫人。诸舍中无所为，学作组履卖也。”这是曹操临终之际分配部分财产给各位侍妾并对她们的生活细节作出安排。李清照用这个典故，是为了突出他们两人最终感情如一，赵明诚临终之际并无牵挂其他女人。但反过来说明，赵明诚同样蓄养了好几位侍妾。

赵明诚蓄养侍妾是肯定的事情，那么，为何从前李清照并无怨言，到了这次前去莱州团聚乃至见面之后突然爆发出来呢？我们可以作两种推测：其一，赵明诚蓄妾大约是重新出仕时的事情。新婚燕尔之际，赵明诚既无心情也无经济实力蓄妾；初入仕途，赵明诚与李清照情好如蜜，心无他暇，经济实力方面依然羽翼未丰满；屏居青州，与李清照朝夕相对，举动也要受到牵制，何况得罪朝廷闲居的现状不允许他有非分之想。第二次进入仕途，官渐渐做大了，俸禄也渐渐丰厚了，李清照又不在身旁，赵明诚此时蓄养几位侍妾，在宋代那种社会里并不算是过分。

其二，赵明诚早年也偶尔出入风月场所，可能一直蓄养几位侍妾，这是被当时社会认可的正常现象。当然，赵明诚蓄妾的行为最早也应该是出仕之后或者将近而立之年的事情。只不过，那时候赵明诚与李清照情投意合，卿卿我我。他虽然不能免俗，蓄养侍妾，却并没有将心思放在这些侍妾身上，所以，李清照也并不在意丈夫身边的其他女子。直到赵明诚第二次出仕之前，李清照基本上垄断了丈夫的情感，并无危机意识，同样没有怨言。到了赵明诚再度出来做官，李清照在家苦苦等待，她已经年过三十，而且渐渐向四十岁靠拢。一方面，随着岁月的流逝，李清照已经由一位青春焕发的女子变为中年家庭妇女，年老色衰是不可避免的事情；另一方面，长期的夫妻生活，使一切熟悉了的情感变得平淡无奇，变得熟视无睹，这应该是古今许多夫妻都能体验到的婚姻过程。一旦离开李清照，赵明诚不免被更加年轻美丽的侍妾或其他女子所吸引，相对地冷落了李清照。

赵明诚情感的相对转移，可能还有一个重要原因：就是李清照与赵明诚的“无嗣”，即没有生育子女。关于这一点，宋人屡有记载：洪适《〈金石录〉跋》说“赵君无嗣”（《隶释》卷二十六），翟耆年“赵明诚古器物铭碑十五卷”条说：“又无子能保其遗余，每为之叹息也。”（《籀史》卷上）赵明诚不但与李清照没有生育子女，而且与其他侍妾也没有生育子女，根据情理推断，“不育”的责任应该落在赵明诚的头上。但是，在封建夫权社会里，男性家长不是这样来认识问题，而是轻易地将责任推卸到女子头上。赵明诚因此与李清照产生隔阂，夫妻矛盾加深，将部分情感转移向其他女子，是完全可能的。再加上赵明诚数年在外做官，夫妻分离，时间与空间的距离增加了夫妻的猜忌和怀疑。于是，婚后累积的矛盾第一次集中地爆发了出来。

无论是哪一种情况，或者是多种因素的同时作用，李清照此时与赵明诚有了矛盾冲突，对丈夫有了怨恨之言，这是可以肯定的。封建社会里的多数女子，处于李清照现在的位置，只会逆来顺受，甘心听从丈夫的安排，认为这就是命中注定的。即使被丈夫完全冷落，也只是默默忍受，在寂寞中度完余生。李清照却不是这样，而是明白无误地表现了出来。

李清照的命运仍然比那个时代的大部分中年家庭主妇要好许多，赵明诚仍然对她抱有深情，夫妻之间的情投意合，已经深化成相濡以沫，这不是夫妻之间日常一些琐碎的拌嘴、猜疑、冲突所能完全消磨的。赵明诚将李清照接到任所，就是他对妻子情感的一个明证。一直到莱州任期结束，转守淄州，赵明诚依然与李清照的情感非常融洽。淄州辖下有邢氏村，村中长者邢有嘉，赵明诚称赞他“好礼”，赵明诚并无地方长官架子，与邢有嘉时有来往。一次，邢有嘉拿出唐代白居易手书的《楞严经》给赵明诚观赏，对古人字画迷恋成癖的赵明诚得之大喜过望，自己说：“因上马疾驰归，与细君共赏。时已二鼓下矣，酒渴甚，烹小龙团，相对展玩，狂喜不支，两见烛跋，犹不欲寐，便下笔为之记。”（缪荃荪《云自在龛随笔》卷二引）“细君”指妻子李清照。赵明诚得以目睹白居易的手迹，狂喜之下，是骑马急驰回家，拿与李清照共同欣赏。两人饮酒品茶，相对观赏，蜡烛燃尽了两根，还不愿意入睡。可见，李清照与赵明诚一直是志趣相投、相互推重、相濡以沫的。

李清照的怨苦之言，与她倔强自尊的个性有关，与她对赵明诚的深爱有关。结婚近十几年时间，自己一直在丈夫赵明诚心中占据主要位置，几乎拥有丈夫所有的爱，自己同样对赵明诚付出了全部的情感。那时候，即使赵明诚蓄养几个侍妾，李清照也并不太介意，因为这并不影响李清照与赵明诚的情感交流，不影响两人之间的深情厚谊。到了赵明诚第二次出来做官的时候，李清照突然痛心地发现：丈夫已经心有旁骛，追随在丈夫身边的女子不是自己，而是更加年轻的侍妾们。李清照处处争强好胜，此时痛苦地看到自己已落在他人之后。换作其他女性，婚姻近二十年以后，依然拥有丈夫的大部分情感，就非常心满意足了。即使是当代女性，恐怕因此满足的人也不是少数。偏偏李清照不满足，她始终期望自己是丈夫唯一的爱。自己付出多少的爱，就想获得同等的回报。岁月之不饶人，多年的没有生育，离别独居的数年生活，使李清照时而处于一种焦灼的状态；空间距离的相隔，通讯的落后，难得一通音讯的等待，又加深了李清照对赵明诚的猜疑。书信来往中，夫妻之间或许还有一些令人不愉快的相互指责的言语。所以，李清照这次起程前去与赵明诚重聚，不禁心事重重，有许许多多的担忧。这种不可明说的愁苦，在作品里表现为对闺中姊妹的思念。究其深层原因，还是因为对与丈夫重见之后前景的不可预料之心情沉重所带来的。否则，与闺中姊妹离别的一丝忧伤，将完全淹没在即将与丈夫重聚的喜悦之中。到了任所，面对冷清的空室，仿佛以前的猜疑与担忧得到了证实，李清照内心的愁苦就变化为怨恨牢骚，“子不我思”，那么，我就与“乌有先生子虚子”为伍算了。

《漱玉词》中有一首《忆秦娥》，抒情重点落实在身处荒凉生疏环境中的孤独落寞情怀之上，与李清照此时此刻的处境、心境相似，罗列于此。词云：

临高阁，乱山平野烟光薄。烟光薄，栖鸦归后，暮天闻角。
断香残酒情怀恶，西风催衬梧桐落。梧桐落，又还秋色，又还寂寞。

词人登上高阁，面对的是“乱山平野”的陌生凌乱之景色。这样荒凉的景象，在薄薄的烟霭和苍茫的暮色笼罩下，中间又点缀着黄昏归来的“栖鸦”和回荡于天际的凄凉号角，越发叫词人不堪忍受。高阁以外景色的荒凉凌乱，与室内的“寒窗败几无书史”之凄寒冷落非常相似，这是词人在特定心境中的一种有意识的审美选择，唯有如此才能表现出眼下的心情恶劣和内心的寂寞。词人还是借酒浇愁，寄意于“青州从事”。然而，酒残香断，词人又经历了无数次重复的失败过程。西风吹起、梧桐叶落、秋色遍野的时候，内心的寂寞凄苦再次被翻搅上来。从高阁下来，酒醒之后，余下的时光真的不知道怎样打发了。词中没有明显写到相思情怀，身处的环境也不是家乡的熟悉风光，又没有晚年国破家亡之后的深悲巨痛，所以，非常可能是写于这一段心情恶劣的时期。

在这种恶劣情绪的作用下，团聚并没有带来预期的欢欣，李清照不禁思念起家乡的温馨。《春残》诗说：“春残何事苦思乡？病里梳头恨发长。梁燕语多终日在，蔷薇风细一帘香。”按照常理来说，自己多年的相思情怀终于有了结果，终于再次与丈夫相聚，不应该再有春天离去时的悲伤。然而，伤春的情绪依然纠缠着李清照，她自己也有点不能理解，这究竟是为什么？所以，开篇就追问自己："春残何事苦思乡？"李清照无法直接诉说对赵明诚的不满，不愿意直接将夫妻的隔阂和盘托出，就找到一个托词："病里梳头恨发长。"原来是病痛带来的身心不舒适，因此才有伤春、思乡的愁绪。李清照表面上是这样自我解释、自我安慰的。"梳头恨发长"，原因是病中身体乏力，更是一种借口。李清照完全可以让婢女为她梳妆嘛。事实上是赵明诚忙于公务，冷落了李清照，李清照就有了"为谁梳妆"的倦怠，懒洋洋打不起精神。这里依然是"女为悦已者容"心态的隐晦表达，也是对丈夫隐隐的怨苦。后两句过渡到长日的寂寞无聊。只能静听"梁燕语多终日在"，空自羡慕梁燕的双飞双栖、呢喃私语；只能远闻"蔷薇风细一帘香"，徒劳怨叹无人相伴赏花游春。这首诗里没有南渡之后国破家亡、丈夫永逝的巨痛，情绪比较平和，怨恨中有所期盼，应该是这一阶段的创作。

李清照是一位非常自信的女性，是一位不甘逆来顺受的叛逆女性，苦闷中她便寻求心灵的解脱，寻求精神上的自由。李清照有一首风格独特的《渔家傲》词，写自己的胸襟豪迈、志向远大，以及在现实中所遭受的压抑，创作于内心苦闷又不甘心沉寂的时候，应该作于这一时期。词说：

天接云涛连晓雾，星河欲转千帆舞。仿佛梦魂归帝所，闻天语，殷勤问我归何处？　我报路长嗟日暮，学诗谩有惊人句。九万里风鹏正举。风休住，蓬舟吹取三山去。

李清照通过写梦游太虚、谒见天帝来抒写现实中的内心苦闷，并表露出自我的倔强追求。今夜的梦境是奇特的，天空中弥漫着云涛与晓雾，变成了云雾蒙蒙的朦胧世界。在恍惚之中，词人已经置身于天上银河这样一个虚无缥缈的神话世界里，迷蒙的银河中闪烁的群星如同挂满篷帆的航船，点点片片飞舞。词人的梦魂似乎就是乘此“星帆”进入天帝的居所，受到天帝的热情接待。天帝的殷勤问语，表明词人是天上“谪仙”似的人物，是天之骄子。事实上，这还是李清照自信、自强个性的流露。李清照自视甚高，人称李白为“谪仙”，李清照就是以此自拟。“归何处”的问语，又流露出李清照在现实世界中的迷惘彷徨。今夜星河弥漫的浓浓云雾，似乎又成为现实世界的一种投影。现实人生路途漫漫，暮色沉沉，云雾重重。李清照在庞大的现实阴影下奋力地挣扎，但世乏知音，“学诗谩有惊人句”，孤独寂寞感油然而生。这是脱离了少女、少妇时代的天真无邪、单纯幼稚之后的人生感受，其中凝聚着词人丰富的人生阅历，充满着现实生活中频遭挫折的悲剧感。李清照 34 岁以前，多数时间都与赵明诚生活在一起，夫妻恩爱，相依相偎，心头没有如此多的愁苦，也不会有这样的挫折感产生。这首词应该作于此后。倔强的李清照并不甘心在这种寂苦中沉默，而是依恃天帝的鼓励，如鲲鹏展翅，欲乘风高飞远举，奔向理想中的“三山”仙境。李白说：“大鹏一日同风起，抟摇直上九万里。”（《上李邕》）李清照就是有李白那样开阔的胸襟、强烈的自信，以及卓然于世俗之上的优越感。后人以李清照比拟李白，两者之间在个性方面也有极其相似的地方。梦境中的天帝，其实就是李清照自强不息的个性，支撑着她永不向命运之神低头。南渡之后的李清照，国破家亡，丈夫去世，孤独一身，晚景凄凉。又受到再婚与离婚的打击，频频遭受世人冷眼，心境趋于灰冷，再也没有“九万里风鹏正举”的豪情和自信。所以，这首词也不可能作于南渡之后。将这首词系年于青州屏居之后与赵明诚长期离别，乃至产生猜疑矛盾这一时期，在理解上就顺理成章。李清照既感受到现实挫折的压力，有了愁苦难言之意，又充满了自信，对未来仍然抱有很高的期望。这正是年近不惑的李清照所特有的心态。

李清照另有一首诗《晓梦》，写梦中游仙经历，所展露的胸襟和抒发的情感，与这首《渔家傲》近似，并列于此。诗说：

晓梦随疏钟，飘然蹑云霞。因缘安期生，邂逅萼绿华。秋风正无赖，吹尽玉井花。共看藕如船，同食枣如瓜。

翩翩坐上客，意妙语亦佳。嘲辞斗诡辩，活火分新茶。虽非助帝功，其乐莫可涯。人生能如此，何必归故家？

起来敛衣坐，掩耳厌喧哗。心知不可见，念念犹咨嗟。

拂晓时刻是梦的频繁期。这是秋风送爽、河藕肥硕的季节，晓梦中，诗人踩着云霞，飘然升天而去。在天上仙境，词人不意邂逅了传说中的仙人安期生、萼绿华等。他们乘秋风来到太华山颠，仙人们殷勤招待着诗人，摆出“如船”之肥大的河藕、“如瓜”之硕大的枣子，以及芬芳的“新茶”。座中都是超尘脱俗的佳客，妙语惊人，谈锋犀利，诗人与他们有了一种智慧的交锋，一种心灵的沟通。这种谈论并不是为了追求某种事功，其方式类似于夫妻两人共同屏居青州时的生活。向往清净自由的李清照于是感觉到“其乐莫可涯”，事实上诗人是通过游仙来追念当年与丈夫一起度过的那一段美好时光。诗人因此感叹：“人生能如此，何必归故家？”她只愿意永远这样潇洒自在地生活下去，而不要被尘俗琐事所拖累。这里的叹息，也是对现实处境的不满，其情感基调与前一首词相通。结尾四句写梦醒后对现实的不耐和对梦境的留恋。现实中只有令人厌倦的“喧哗”，但诗人却不得不置身于这种环境之中。诗人明白，仙境或梦境是“不可见”的，却依然“念念”不忘，咨嗟不已。诗歌展现了李清照对无拘无束自由生活的向往，对清净脱俗生活的渴慕，也深刻流露出诗人不满现实的精神苦闷，主观理想与客观现实的矛盾。这时候的心理矛盾纠葛，正是与赵明诚长期分离，与赵明诚产生了心理距离所带来的。

李清照与赵明诚毕竟有相同的志趣、深厚的感情作为婚姻的基础，一旦李清照来到赵明诚的身边，两人再度耳鬓厮磨，相互的隔阂便逐渐消融，往日的温馨又回到了两人中间。在莱州任期内，赵明诚依然醉心于金石书画的收集和整理，《金石录》卷二十八说：“有朝士刘绎如者，汶阳人，家藏汉、唐石刻四百卷。以余集录阙此碣也，辄以见赠。宣和癸卯（宣和五年，1123）中秋在东莱，重易装标，因为识之。”这也是李清照的喜好，夫妻两人又一定是切磋商议。

依据宋代官员三年一任的惯例，赵明诚结束莱州任期后，应该是宣和六年（1124）转守淄州（今属山东淄博）。《宋会要辑稿·选举》三三之三九记载了宣和七年（1125）赵明诚在淄州晋职的朝廷诏书，说：“十二月二日诏：朝散郎权发遣淄州赵明诚职事修举，可特除直密阁。”赵明诚的《白居易〈楞严经〉跋》表明赵明诚靖康元年（1126）依然在淄州任所。也就是说：宣和六年、宣和七年、靖康元年三年赵明诚在淄州任。李清照随丈夫来到了淄州。接下来，李清照几乎不再发怨恨牢骚，从上述赵明诚《白居易〈楞严经〉跋》中所记载的这一段事情里，我们也可以体会夫妻之间依然是如此同心同德，伉俪情深。李清照在《金石录后序》里追忆说：赵明诚“连守两郡，竭其俸入，以事铅椠。”“铅椠”指铅条与木版，是古代作字之具，这里代指古籍书画。也就是说，赵明诚任地方长官的俸禄收入，多余的部分不是消耗在歌楼妓院或侍妾身上，而是用于购买金石书画，夫妻两人依然乐于此道。李清照与赵明诚的感情是厚实的，婚姻是牢固的，矛盾与冲突已经消弭于无形之中。所以，斯蒂芬·欧文在分析李清照与赵明诚的矛盾冲突时，特别提到："李清照对她丈夫的批评还是轻微的，是一股极为细弱的怨恨情绪的潜流，虽然有时冒到表面来，但始终同爱与尊崇交织在一起。”[①] 对丈夫的怨恨牢骚，是深爱对方的一种曲折表达，并不是情感破裂的表面化体现。两人的重归于好因此成为必然的事情。

① 斯蒂芬·欧文《追忆》第 110 页，上海古籍出版社 1990 年 10 月版。

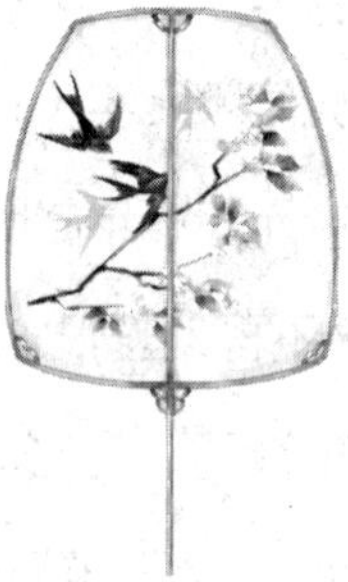

# 第四章　仓皇南渡

——北宋覆灭离乱中的李清照与赵明诚

正当李清照重新与丈夫赵明诚团聚、生活重归宁静和谐的时候，一场巨大的时代灾变悄悄地降临了。这一场家国的灾难，颠覆了北宋政权，也彻底改变了李清照与赵明诚夫妻生活的模式。他们从醉心于金石书籍的略带超脱的安宁生活中惊醒过来，背井离乡，奔波流浪，动荡不安。他们从此再也没有过上安定的生活，再也没有优雅的心境，再也没有愉悦的心情。在这一场离乱颠簸之中，赵明诚终因心力交瘁而过早辞别人世，只留下李清照独自默默忍受苦难人生。

## 第一节　南来尚觉吴江冷，北狩应知易水寒

——李清照与赵明诚南渡逃难

赵明诚在淄州任所，迎来了北宋动荡乃至灭亡的最后一场大灾难。

政和、宣和以来，北方金人势力逐渐强大，与辽国攻伐仇杀，并派人与北宋修好联盟。徽宗与蔡京、王黼等大臣不知审时度势，好大喜功，派无知小人童贯、蔡攸率兵出征。宋将昏聩，宋军纪律败坏，与辽兵接触后连吃败战。既遭辽人嘲讽，又被金人看穿底细。宣和四年（1122）末，金人攻克辽国京都，辽灭。宋廷用金帛岁币换回燕京等失地，朝廷上下，一片歌功颂德之声。宣和七年，得到一段时期休整的金兵开始大举入侵，宋军全线崩溃，或溃逃，或投降。在极度惊恐慌乱之中，徽宗内禅退位，其子钦宗登基，改元“靖康”。但这一切已经无济于事，靖康元年（1126）末，汴京城破，北宋灭亡。

面对这么一场灭国的大灾难，北宋君臣乃至一般的文人士大夫丝毫没有心理准备。北宋后期，在一片升平歌舞、阿谀奉承声包围之中，统治者失去理智，文恬武嬉，朝野对日趋恶化的内外矛盾和危机很少觉察。徽宗年间，正色立朝、直言进谏之士，都被远远排斥出朝廷。徽宗听不到一点不同意见，臣僚奏章中充斥着谀颂之辞，社会的繁华虚像也仿佛在证实着“圣王”业绩。因此，徽宗自我感觉十分良好，毫无愧色地认定自己可以追迹尧舜，治下乃太平盛世，国力异常强大。出现在这一时期文人诗词中最为频繁的词语就是“太平”“升平”，如“歌太平睿藻”（万俟咏《雪明鳷鹊夜慢》）、“岁熙熙、且醉太平”（曹组《声声慢》）、“升平歌管趁飞觞”（王安中《鹧鸪天》）、“升平歌鼓沸高楼”（王安中《安阳好》）、“升平无际”（江汉《喜迁莺》）、“太平无事多欢乐”“万国称觞贺太平”“真个亲曾见太平”（无名氏《鹧鸪天》）、“更将何事卜升平”“万国梯航贺太平”“升平楼上语喧喧”（晁端礼《鹧鸪天》）

等等。社会表面的繁荣景色，给徽宗君臣以极度自信，经常表现为狂妄无知。为显示泱泱大国之声威，为成就“圣王”之文功武绩，徽宗朝喜对外生事。崇宁二年正月，“知荆州府舒亶平辰沅猺贼，复诚、徽二州。”（《续资治通鉴》卷八十八）同年六月，童贯、王厚率兵取青唐，得四州。政和以后，又数次主动寻衅辽、夏，“（童）贯隐其败，以捷闻。”（《宋史》卷四百六十八《童贯传》）徽宗朝一改真宗以来对外忍让妥协的基本方针，主动出击。境外辽、夏二国正趋衰败，金人则未崛起于白山黑水之间。宋军或小胜，或瞒败为胜，一段时间内没有对国家的安全产生重大威胁。徽宗君臣陶醉于自己编织的谎言，自以为国威传播遐迩，震慑夷狄。宣和中联金抗辽，以金帛换回部分失地，更令朝廷昏昏然。

推而广之，即使政治上受到排挤、打击的“元祐党人”或其他在野的文人士大夫，也没有更深的危机或忧患意识。翻检他们的诗文，大抵只有“官人懵不知，犹喜输租办。兴怀及鳏寡，犹愧吾饱饭”（张耒《柯山集》卷八《寓陈杂诗》）的对田家生活艰辛困苦的忧虑和“独展《离骚》吊逐臣，尚存残角报重阍”（李之仪《姑溪居士后集》卷十一《罢官后稍谢宾客》）的贬谪生涯的愤懑及牢骚。其关心的范围和程度，甚至不如梅尧臣、苏舜卿、苏轼、王安石等等前辈诗人。究其原因，与北宋推行的基本国策以及因此形成的普遍社会心理状态有关。宋太宗说：“国若无内患，必有外忧；若无外忧，必有内患。外忧不过边事，皆可预为之防，唯奸邪无状，若为内患，深可惧焉。帝王用心，常须谨此。”（江少虞《宋朝事实类苑》卷二）不以外患为威胁，而注重对内的统治，是北宋治国的基本方针。这种观念，在北宋时深入人心，成为朝野的共识。

徽宗政和八年（1118），草泽安尧臣上书朝廷，尚云："中国，内也；四夷，外也。忧在内者，本也；忧在外者，末也。"（《三朝北盟会编》卷二）所以，徽宗年间朝野对日益临近的外族入侵的灭顶之灾，浑然不觉。在这一时期的文学创作中，很难寻觅到"夕阳无限好，只是近黄昏"的没落感和"山雨欲来风满楼"的动荡不安、大难将临之感。"太平盛世"不仅是徽宗君臣的自我感觉良好，隐隐然成为一种普遍的社会心理状态。

李清照与赵明诚夫妻，政和以来一直屏居青州。赵明诚政和末年出仕，又始终在家乡山东一带任职，所以，他们对边境军事形势、朝廷政治局势都不了解，夫妻两人更加没有家国危机的意识。以上讨论李清照与赵明诚的生活和创作经历，发现两人极少卷入到现实的风波之中，更不用提对这一场国破家亡灾难的危机预感了。这就是与北宋后期的社会环境以及社会普遍心理状态相关。

灾难，却在人们不知不觉中降临。赵明诚在淄州任期之内，局势发生了翻天覆地的变化。积贫积弱的北宋社会，腐败昏庸的徽宗朝廷，在北方强敌金人的大举进攻面前，土崩瓦解。短短的两年时间，北方的大部分国土都践踏于金兵的铁蹄之下。北方大量的官宦家庭，以及千百万平民百姓，扶老携幼，背井离乡，逃离战争，躲避战火，纷纷渡过长江，流落到南方。战火一时未波及淄州境内，赵明诚负有守土之责，还在苦苦支撑。金兵虽然还没有侵扰到当地，但是在动乱年月里淄州也并不太平，境内时有散兵游勇滋事扰民。靖康元年（1126），赵明诚因镇压这些乱兵而得到朝廷表彰，官职也因此得到升迁。许景衡《横塘集》卷七有《赵明诚转一官制》，说："逋卒狂悖，惊扰东州。尔为守臣，提兵帅属，斩获为多。今录尔功，进官一等。剪除残孽，拊循兵民，以纾朝廷东顾之忧。”逋卒，指逃兵，即宋、金战争中的溃败者或逃跑者。

此时，赵明诚的老母，大约由在京城做官的赵明诚兄长做主，已经先期逃难到了南方，居住在江宁（今属南京市）。靖康元年（1126），风声越来越紧，最终传来京城沦陷的噩耗。作为地方一般长官、一介文弱书生，赵明诚束手无策，夫妻相对茫然。他们知道，平静幸福的生活将离他们而去，精心收藏的堆积如山的金石古籍也将不为他们所有，未来是不可预测的国破家亡之灾祸，是流离无依的逃难生活。建炎元年（1127）三月，年事已高的赵老夫人，终因经受不起离乡背井的颠簸和国破家亡的惨痛打击，一病不起，辞别人世。噩耗再度传来，无论是为了逃避战乱，还是为了奔赴母丧，赵明诚夫妻都应该动身南下了。

李清照与赵明诚离开淄州时，局势已经变得非常混乱。汴京陷没已有四五个月的时间，金人在京城大肆搜刮，并积极准备将徽宗、钦宗二帝及后妃、宗室胁掳北去。金兵未来得及进犯的北方各地，已经失去了中央朝廷的调度领导，或者接到了皇帝割让土地的诏令，除个别誓死抵抗以外，多数地方官员惊慌而不知所措。此时，赵明诚接到母亲在南方去世的消息，立即购车买舟起程，匆忙南下。

告别家乡之际，夫妻两人最恋恋不舍的是耗费半辈子心血收集的文物古籍，这些收藏品中凝聚着一段安定宁静、无忧无虑的幸福生活。当年，李清照离开青州老家前去赵明诚任所时，已经将收藏物中的精品随身携带而来。这些文物，一直伴随李清照与赵明诚辗转各地。加上这几年竭尽官俸之余所获得的，又已经是“盈箱溢箧”。这次奔丧，实际上是在逃难，与平日从容搬迁完全不一样。夫妻两人只能狠一狠心，将文物古籍中价值稍次者或笨重者，剔除抛弃。其顺序是这样的，先剔除印本厚重的书籍，篇幅多卷的绘画，没有款识、一时难以考辨的古代器皿；而后，发现行李依然过于庞大，只好又将国子监刻印的容易得到的书籍、平常的画幅、笨重的器皿再度抛弃。就是这样，还是装满了十五车。夫妻两人伴随着这些文物，离开山东，进入江苏，渡过淮河，再渡过长江，最终来到建康（今江苏南京市）。留在青州老家的书册器物，还堆积了十几间房屋，夫妻两人准备在第二年春天再设法购买舟船搬运这些文物到南方。哪里知道，这一年的十二月，青州发生兵变，败将王定兴兵作乱，郡守曾孝序死于兵乱，赵明诚故居十余屋的收藏品，在战火中化为灰烬。次月，即建炎二年（1128）正月，金人占领了青州，故乡沦陷，李清照与赵明诚只能在建康扼腕痛惜，与这一部分心爱的收藏文物永别了。

向来学者有一点误会：以为靖康二年李清照曾回到青州。赵明诚于建炎元年（即靖康二年）三月，轻装南下奔丧，李清照则回到青州；李清照后来在这一年的十二月兵乱中慌忙逃难到南方与赵明诚会面。支持这种误会的理由有两点：第一，赵明诚奔丧南下，势必轻装，没有装载十五车文物书籍同行之理，应该是李清照逃离青州时带走这十五车文物；第二，建炎二年三月十日，赵明诚为蔡襄所书《赵氏神妙帖》作跋，说："此帖章氏子售之京师，余以二百千得之。去年秋西兵之变，余家所资，荡无遗余，老妻独携此而逃。未几，江外之盗再掠镇江，此帖独存。信其神工妙翰，有物护持者。"后来岳珂再为此帖作跋，说："德甫之夫人易安，流离兵革间，负之不释，笃好又如此。"据其语意推测，应该是青州兵变之际，李清照携此帖逃离老家[①]。

然而，根据这些材料，笔者也可以提出两点相反的疑问：其一，是接到母丧的消息整装南下从容，还是遭兵乱仓皇出逃从容？这一点生活常识不辨自明。如果赵明诚接到噩耗尚可以轻装南下，李清照在兵荒马乱、性命难保之际，恐怕连“轻装”的可能性都不具备，更何暇带十五车文物逃离呢？其二，李清照如果带十五车文物逃离青州，既与《金石录后序》所载事实不相符合，又与赵明诚所言“老妻独携此而逃”口径不统一。《金石录后序》称：“至靖康丙午岁，侯守淄州，闻金寇犯京师，四顾茫然，盈箱溢箧，且恋恋，且怅怅，知其必不为已物矣。建炎丁未春三月，奔太夫人丧南来。既长物不能尽载，乃先去书之重大印本者，又去画之多幅者，又去古器之无款识者。后又去书之监本者，画之平常者，器之重大者。凡屡减去，尚载书十五车。”其上下文语气明显告诉读者夫妻两人是从淄州出发的。赵明诚淄州任满应该在靖康元年，其时天下已经大乱，地方官员之间正常的磨勘、考绩、升迁、调任已经停止，赵明诚依然滞留在淄州任所，惶惶不知何去何从。大难将临之际，夫妻更须相依扶持，何况李清照与赵明诚这么一对恩爱夫妻。文献资料明确记载，靖康元年李清照就在淄州。于此人心惶恐、兵荒马乱、京城已经陷落的年月，靖康二年春天赵明诚匆忙打发李清照独自回青州，自乱阵脚，于理不通。更何况青州老家的母亲等人，已经先期逃难到江宁，李清照又何须回去？

所以，在没有其他佐证资料的情况下，应该相信李清照的自述，夫

① 此说详见王仲闻《李清照集校注》第236页至239页《附录·李清照事迹编年》，人民文学出版社1979年10月版。

妻两人于淄州共同收拾行装，仓皇南下。因为这次南下，不仅仅是奔丧，同时是逃难，故尽量收拾心爱之物，随身带走。剩下的，知道不可能再为自己所拥有了。蔡襄所书的《赵氏神妙帖》，应当是李清照宣和三年离开青州时的随身携带物。这里，赵明诚为了突出劫火余灰的庆幸，突出此帖的珍贵，用“老妻独携此而逃”的夸张口吻来叙述，岳珂则是承袭了赵明诚的语气。夫妻押送财产文物，到了镇江，曾作停留。又遇上军贼赵万作乱，镇江守臣赵子崧派遣将领在丹徒与贼军交战，调乡兵守城。官军败绩，乡兵溃散，赵子崧只得率亲兵弃城渡江退保瓜洲。李清照与赵明诚又经历了一次兵乱风险，此帖更显得弥足珍贵。

## 第二节　生当作人杰，死亦为鬼雄

——李清照的爱国诗歌

建炎二年（1128）九月，即赵明诚逃难到南方一年半以后，赵明诚以朝散大夫、秘阁修撰起复知江宁府事[①]，仍兼江南东路经制使。宋代遵循古制，父母去世，官员必须在家服丧三年，期满方可再次出来任职，这段时间称“丁忧”或“丁艰”。如果该官员职任重要，朝廷必须得他效力，不允许他在家闲居三年，服丧期未满即被朝廷重新任命出来任职，称为“起复”，后又称“夺情”。南渡初年，朝廷百官大量滞留在北方，相当一部分官员甚至被金人掳掠北去。高宗匆忙之间逃到南方，百官体

① 李清照《金石录后序》称自己夫妻逃难“至建康。”“建炎戊申秋九月，侯起复，知建康府。”按：周应合《景定建康志》卷十四载：赵明诚于建炎元年秋八月起复，与李清照所言不同。此处以李清照记载为准。又，建炎三年五月，高宗驾次常州、镇江、江宁，驻跸江宁神霄宫，始改江宁府名为“建康”。李清照称江宁为建康，系事后追记，并不是十分确切。本书为了叙述方便，也直接称其为“建康”。

制未备，朝廷急需用人。就是在这样的背景下，赵明诚丧期未满即起复。

其时，高宗驻跸扬州，朝廷大臣中有一种舆论，要求确定建康为新的京都。首先，建康历史上是六朝故都，规模具备。其次，建康是长江中下游的重镇，是南北隔江对峙的第一线。定都于此，既表明朝廷挥师北伐、收复中原失地的决心，又易于作出北伐中原的具体部署布置。无论朝廷最终是否定都建康，都已经表明了建康在南宋政治上和军事上的极其重要的位置。即使后来小朝廷定都临安（今杭州市），建康始终是江南第一重镇。赵明诚出任建康知府，其职务非泛泛的莱州、淄州知守可比，说明朝廷对赵明诚的重视和重用。赵氏兄弟，有宰相子弟的显赫门第，有二十多年的官场履历，他们在政治立场方面又与高宗厌恶的蔡京集团相对立。从背景、时机或资格方面而言，赵氏兄弟都应该得到朝廷重用了。所以，赵氏三兄弟此时都进入了上层官僚圈子，赵思诚以后官至中书舍人，赵存诚则曾任广南东路帅臣。

赵明诚出任建康知府，夫妻暂时获得相对安定的生活环境。文献资料中仍有赵明诚继续收集前人书画的记载。据《嘉泰会稽志》卷十六载：赵明诚的表亲谢克家之子谢伋携唐著名画家阎立本的作品《萧翼赚兰亭图》路过江宁，画卷被赵明诚借走后就不归还了。赵明诚大约借这一层亲戚关系，老起脸皮将自己喜欢的书画留下，谢伋显然也没有与赵明诚计较。直到赵明诚去世多年以后，家中珍藏品散落外间，绍兴元年才有人携此画卷在钱塘出售，被郡人吴说贱价购得。

然而，此时李清照与赵明诚的心境却不能平静。面对着家乡沦落敌寇之手的国破家亡的悲痛惨剧，以及盗贼四起、叛军遍野、金人虎视眈眈的严峻现实，夫妻两人内心的愤慨可以想见。赵明诚每日要处理庞杂的政务，闲暇时间不多。李清照则再也不能安逸地坐在家中，醉心于金石收藏，或赏识花月，逍遥自在了。周煇《清波杂志》卷八载："顷见易安族人，言明诚在建康日，易安每值天大雪，即顶笠披蓑，循城远览以寻诗。得句必邀其夫赓和，明诚每苦之也。"赵明诚九月上任，转眼即是严寒的隆冬。李清照的大雪天循城觅诗，是内心悲愤无处排泄的表现。李清照的诗才远远在赵明诚之上，赵明诚又需要处理繁杂的政务，所以，就苦于应付妻子的唱和了。但是，李清照得到好诗句便邀请赵明诚赓和，赵明诚虽然苦之也还在打起精神应酬，这一切又从一个角度显示了这一对老夫老妻的相濡以沫的深情。

李清照在建康所作的诗歌，其中一些好句子在宋人的笔记中也有记载。胡仔《苕溪渔隐丛话》后集卷四十引《诗说隽永》说："李在赵氏时，建炎初，从秘阁守建康，作诗云：'南来尚怯吴江冷，北狩应悲易水寒。'又云：'南渡衣冠少王导，北来消息欠刘琨。'"这一时期李清照的诗歌创作，内容、格调大致就是这样一类作品。关于李清照的这几句残诗，庄绰《鸡肋编》卷中将其与当时讥讽、抨击时政的社会风气联系起来介绍，说：

> 靖康初，罢舒王王安石配享宣圣，复置《春秋》博士，又禁销金。时皇弟肃王使虏，为其拘留未归。种师道欲击虏，而议和既定，纵其去，遂不讲防御之备。太学轻薄子为之语曰："不救肃王废舒王，不御大金禁销金，不议防秋治《春秋》。"其后，金人连

年以深秋弓劲马肥入寇，薄暑乃归。远至湖、湘、二浙，兵戈扰攘，所在未尝有乐土也。自是越人至秋亦隐山间，逾春乃出。人又以《千字文》为戏曰："彼则寒来暑往，我乃秋收冬藏。"时赵明诚妻李氏清照，亦作诗以诋士大夫云："南渡衣冠欠王导，北来消息少刘琨。"又云："南游尚觉吴江冷，北狩应悲易水寒。"后世皆当为口实矣。

宋人文学创作，诗与词有别，"诗言志，词言情"。诗歌是抒发诗人内心志向的，是用来关心时事政治的，与重大题材有关；词则是用来抒写个人享乐生活中的细微情感的，多数时间与男欢女爱、离情别怨联系在一起，是"私人化"的抒情手段。这一条创作界限，被北宋多数文人所遵循。然而，到了苏轼等词人的笔下，"诗言志，词言情"的创作界限往往被突破。苏轼《念奴娇·赤壁怀古》的叹古感今，《江城子·密州出猎》的抒发远大志向，早已被人们所熟悉。苏轼以后，"诗言志，词言情"的分界变得不是十分严格，大量作家受苏轼创作的影响，偶尔都有突破。到了北宋徽宗年间，词坛实际上已经形成一股向诗歌创作靠拢的"诗化"风气。宋室南渡，骤然改变的社会环境逼迫词人走出象牙之塔，把目光投向更为广阔的社会现实，他们的词作自觉地注入了那个时代的苦难，甚至成为抗金斗争的号角。"诗言志，词言情"的分界线，在南渡初年的一段时间内，在许多词人的笔下变得没有什么意义。唯独李清照，认定词"别是一家"，依然严格地遵循"诗言志，词言情"的界限。

南渡之前，咏古伤今、关心现实政治，李清照都是用诗歌形式表达。

南渡初年，李清照更加关切国事，不愿默守闺中。面对沦陷的北方家乡，李清照难以抑制内心的忧愤。她以沉痛悲愤的心情写下了“南来尚觉吴江冷，北狩应知易水寒”的诗句。吴江，即吴淞江，这里用来泛指江南；易水，在河北易县，荆轲出发刺杀秦王，燕太子丹于易水设宴送别，荆轲有“风萧萧兮易水寒，壮士一去兮不复还”之高歌，这里用来代指严寒的北方。上句写高宗君臣以及自己一家仓皇渡江南来的悲苦。吴江之冷，更多的是李清照心头的一片寒意，是对南渡初年君臣怯弱怕事的寒心。下句写徽宗、钦宗以及后宫宗室被掳北去的耻辱，对沦为金人阶下囚的同胞寄予深切的怀念之情。他们必须生活在“易水寒”的严酷的环境之中，忍受着现实与心灵的两重屈辱与煎熬。这两句诗中，还潜藏着李清照对现实的失望之情，如果高宗君臣一直这样懦弱胆小，北伐还有什么希望？故国何时才能重归？

在“南渡衣冠欠王导，北来消息少刘琨”残句中，李清照愤恨满腔，更是以典故讥讽小朝廷君臣的软弱恐惧、屈辱退让。历史上曾经有过晋室南渡，士大夫也是纷纷逃难到了南方。刘义庆《世说新语·言语》记载：每到风和日丽的好日子，渡江南来的士大夫们总是相邀到新亭（故址在今江苏江宁），饮酒赏花。一次宴饮时，坐席中有人感叹说：“风景不殊，正自有山河之异。”表达了物是人非、故国沦亡的悲痛心情，同席的士大夫都相对流泪。宴席之间只有当时的宰相王导，拍案而起，说：“当共戮力王室，克复神州，何至作楚囚相对！”期望众人抛弃软弱，化悲痛为力量，共同投身到收复失地、统一全国的大业中去。刘琨与王导同时，是当时著名的爱国志士，晋室南渡以后，留在北方，积极从事收复失地的工作，多次在战争中获胜，后被害。李清照大声疾呼象王导、刘琨这样的有志之士，期望现实中的士大夫们能向王导、刘琨学习，振作精神，为北伐事业做出应有的贡献。大声疾呼之下，正是对南宋小朝廷的极端不满。清人俞正燮充分理解了李清照这些残句诗的意义，评价说："忠愤激发，意悲语明，所刺者众。"（《癸巳类稿·易安居士事辑》）

同时，李清照也以历史上的英雄人物鼓舞时人斗志，表达自己的心愿。《乌江》诗说："生当作人杰，死亦为鬼雄。至今思项羽，不肯过江东。"诗人咏史，主要是为了咏怀，史料是为现实服务的。在楚汉之争中失败的项羽，逃到乌江旁边，自己觉得没有脸面再见江东父老，最后悲壮地拔剑自刎。历史上项羽是一个失败的人物，然而，李清照不以成败论英雄。项羽活着的时候能够"力拔山兮气盖世"，是人中之杰；死时依然保持了高度的自尊，慷慨悲壮，是鬼中之雄，李清照对此表示由衷的敬仰。汉高祖称张良、萧何、韩信为"人杰"，《楚辞·九歌·国殇》说："身既死兮神以灵，子魂魄兮为鬼雄。"李清照用这两个典故来歌颂项羽，活得有声有色、出类拔萃，死得英武壮烈、可歌可泣。李清照企图以项羽为现实的榜样，鼓励人们振奋斗志，无论生死都应该昂然屹立于天地之间。以此来对照南宋小朝廷里众多苟且偷生、没有廉耻的胆小懦弱者，李清照的愤慨贬斥之意一目了然。这首诗大约作于赵明诚建康任期之后。建炎三年（1129）三月赵明诚罢守建康，夫妻乘舟前往芜湖，曾路过和县乌江，此诗或许就作于此时。但是，李清照在建康大雪天循城觅诗之作，应该类似于此。

《朱子语类》卷一百四十还引了李清照另外两首咏史诗中的句子，其一说："两汉本继绍，新室如赘疣。"其二说："所以嵇中散，至死薄殷周。"西汉末年，王莽篡权称帝，定国号为"新"。经过一场大动荡，刘秀重新建立起汉朝，史称"东汉"。李清照前一首咏史之作因此而发。赘疣，乃皮肤上生出的多余肉结，应该予以割除，李清照用以比喻王莽的新朝。西汉、东汉前后承继，史学家认为是正统。而阴谋篡位的王莽，在其间则是多余的。南北宋之际，金人先后扶植了张邦昌之"楚"、刘豫之"齐"两个傀儡政权，在北方取代赵宋王室。李清照愤慨这些汉奸卖国求荣的无耻行为，以遗臭万年的王莽做比，指出他们最终被铲除的必然可悲下场。嵇康，曾官拜中散大夫，不就，人称"嵇中散"，是曹魏后期"竹林七贤"中的佼佼者。其时，司马集团已经掌握朝中权力。嵇康禀性刚直，疾恶如仇，时常抨击毫无廉耻、趋炎附势、奔走于司马门下的虚伪礼法之士，拒绝与司马政治集团合作，最终被司马昭所杀。友人山涛，同样名列"竹林七贤"，曾推荐嵇康出来做官。嵇康愤怒之下，作《与山巨源绝交书》，坚决回绝山涛，信中自称"每非汤武而薄周孔"。李清照后一首咏史之作因此而发。主要是推崇嵇康的气节、骨气、个性，呼唤英雄人物的涌现，以为现实中贪生怕死之徒的鲜明比照。朱熹将两首诗混为一谈，批评说："中散非汤武得国，引之以比王莽。如此等语，岂女子所能？"（《朱子语类》卷一百四十）朱熹的冬烘脑袋不但不理解李清照诗歌的深刻含义，反而立足于性别歧视的立场，不满李清照的锋芒毕露，横加指责。也正是这种性别歧视的立场限制了朱熹对李清照作品的深入理解。忧国忧民，本当是男儿的事情，何须区区小女子多嘴多舌？这也恰好从相反的角度突出了李清照敢于干预闺房以外世界的叛逆性格。

## 第三节　春归秣陵树，人老建康城

——李清照南渡初年的词作

居住在建康期间，李清照作诗也作词。李清照这一阶段的诗歌创作，大致都与家国的沦亡、现实的苦难、南北分裂的形势等等重大政治题材相关，而且，往往通过咏史的方式表达内心的忧愤。但是，这一阶段所创作的小词，除偶尔有点明时代苦难的原因外，多数时候却仍然在抒发相对私人化的情感，格调也偏于悲苦凄切。《临江仙》说：

庭院深深深几许？云窗雾阁常扃。柳梢梅萼渐分明。春归秣陵树，人老建康城。　　感月吟风多少事？如今老去无成。谁怜憔悴更凋零。试灯无意思，踏雪没心情。

这首词是李清照建炎三年（1129）正月在建康时所作。词前有小序说："欧阳公作《蝶恋花》，有'深深深几许'之句，予酷爱之。用其语作'庭院深深'数阕，其声即旧《临江仙》也。"① 李清照擅长用叠字来表达情感，据序中所言明显是受到欧阳修的影响。欧阳修的"深深深几许"之句，是写闺中女子被拘禁、受限制的痛苦，表达一种走出"深宅大院"、冲破牢笼的愿望。李清照反用其意，表现自己经世事离乱之后对周围世

① 欧阳修《蝶恋花》原词如下："庭院深深深几许？杨柳堆烟，帘幕无重数。玉勒雕鞍游冶处，楼高不见章台路。　雨横风狂三月暮，门掩黄昏，无计留春住。泪眼问花花不语，乱红飞过秋千去。"

界的惧怕心情，宁愿躲避在深深的庭院里，不愿再见户外的风光。这是受伤心灵的流血呻吟。词中有“秣陵”“建康”等地名，历史上都曾经是江苏南京市的别称。据此断定，这首词应该作于赵明诚于建康任内。词中所叙述的时间，是正月十五元宵节赏灯的前夕，赵明诚从建炎二年秋九月至建炎三年春二月在建康任内，时间上也是吻合的。

生活虽然稍稍安定，内心的凄苦却没有减少半分。居住在深深的庭院里面，不是一种闺中悠闲的自在，而是一种被牢笼不可摆脱的羁囚感。连窗外的云雾缭绕，也增加了与外界隔绝的寂寞感受。门窗的“常扃”紧闭，应当是词人的自主选择，然而，又何尝不是客观环境逼迫的结果。“风景不殊，正自有山河之异。”走出庭院，触目伤心，处处悲凉，还不如将自己锁在房中，努力回避这种令人悲苦的现实。词人已对外面的生活失去了热情和兴趣，她也知道户外“柳稍梅萼渐分明”，春天的脚步越来越近。但是，总是打不起精神，提不起兴趣。词人看见春天来到的时候，立即联想到自己与丈夫的异乡飘零，人老他乡，哪还有什么好心情去赏景游春呢？从抒写的情感、表现的手法来看，这首词与传统的婉约之作并无不同之处，仍然是抒写主人公的凄凉悲感，且通过意绪阑珊、无意赏春来表现。不过，牵动悲感的实质因素已经完全改变。前人之愁来源于与情人的分手离别，是纯粹的一己私情。李清照此时并没有与赵明诚分离，她的愁苦完全来源于国破家亡的悲惨现实，是一种与故土永离的悲痛。虽然是一己私情，却体现了那个时代的苦难，表达了那个时代的普遍社会心态，个人之愁与广大民众之愁、家国之愁紧紧地联系在一起了。所以，这个时期李清照“私人化”的抒情，依然具有普遍的社会意义。

李清照不由得回想起南渡之前安定快乐的时光，那时候，“感月吟风多少事”，有与丈夫的相对吟唱，有与闺中姊妹的来往酬答，生活在清闲舒适中不知不觉地度过。“感月吟风”，是指在风月良好的日子里安闲地吟诗赋词，那代表了一段美好的生活时光，一种安定自在的生活环境。这一切都一去不复返了，只落得眼前的“如今老去无成”。作为一个只能默守闺中的妇女，在这种现实环境的动荡变化中，又有什么作为的可能呢？至多也不过是用诗词去干预现实，抒发愤恨，这在李清照看来是无力的。李清照平生自视甚高，常欲与须眉一争高下。在她与赵明诚的好强争胜中，在她的“九万里风鹏正举”的诗句中，读者都能够充分地感受到这一点。在这家国破灭的危亡之际，李清照当然想有更多的作为，性别却局限了她，使她无所作为，这就是“老去无成”的潜在悲苦。词人只是在无奈中默默地憔悴凋零。像李清照这等的胸襟和痛苦，又有几个人能够理解呢？一种无人怜惜、世无知音的孤独感涌上心头。已经到了元宵之前张灯预赏的时间了，户外是白皑皑的大雪铺天盖地。然而，李清照既没心情欣赏花灯，又没心情踏雪赏景，心境格外灰颓。这便是国破家亡所带来的沉重悲苦，这种悲苦的程度，远远超过南渡之前的所有离愁别恨。读这首词，读者同时可以联想到：“易安每值天大雪，即顶笠披蓑，循城远览以寻诗”，绝不是闲情逸致催发的结果，而是寻求抒发内心的痛苦情绪。大雪天循城觅诗，和“踏雪没心情”，心理背景是一样的，只不过采取了不同的表现方式。

词序中告诉读者，当时李清照以欧阳修的“庭院深深深几许”之句开篇，写了数首《临江仙》，现在词集中还保留另外一首：

庭院深深深几许？云窗雾阁春迟。为谁憔悴损芳姿？夜来清梦好，应是发南枝。　玉瘦檀轻无限恨，南楼羌管休吹。浓香吹尽有谁知？暖风迟日也，别到杏花肥。

这首词《花草粹编》收为李清照之作，《梅苑》则收为魏夫人之作。这首词不仅仅用“庭院深深深几许”句开篇，而且，上片模仿前首《临江仙》之处甚多，所以，王鹏运四印斋本《漱玉词》注说：“似借前《临江仙》词模拟为之者。”魏夫人大约比李清照年长一辈，不可能是魏夫人来模拟李清照。据前首《临江仙》序之所言，还是应该将这首词归入李清照名下。况且，这首词咏春日开放的梅花，时间上也与前首词相连接，正好是赵明诚任职建康的那几个月。

这首词主题是咏梅，然更深一层是李清照南渡之后心理状态、外貌形态变化的刻画。词人依然躲在“深深深几许”的宅院之中，躲在云雾缭绕的窗阁背后，躲避外界因春天的到来而变得渐渐繁华的世界。躲避的结果是与外界的隔绝，信息的不灵通，即使春天已经降临，词人也迟钝无感觉。心情恶劣的词人，却要反过来埋怨“春迟”。既然已经是春天了，大地为何还是一片寒意？梅花为何还不开放？红花“芳姿”的憔悴瘦损又是谁的责任？亡国飘零，无论在何种情况下词人都没有好心境。所以，这里就有了如此矛盾“无理”的表达，既躲避外界的春景，又怨恨春天的姗姗来迟。正是这种矛盾“无理”，才婉转深入地显示出词人内心极度痛苦与心灵上所忍受的折磨，构成“无理而妙”的意境。现实中只有“春迟”与“憔悴损”，词人只得寄希望于梦幻，于是就有了“夜来清梦好”。梦中，南枝梅花争先绽放，大地一片春意烂漫。上片都是词人躲避在“云窗雾阁”内的猜想、遐想、梦想。

下片是词人下定决心到户外看看自己如此关切的梅花究竟怎样了。映入眼帘的情景仿佛更加叫人不堪忍受。梅花果然已经“玉瘦檀轻”，憔悴凋零，留在空疏枝头的只是“无限恨”。这种怨恨的情绪，写入“羌管”，当然只能是《梅花落》之类的悲咽怨曲。如果在此时吹奏此类悲苦曲调，让心情凄怨的词人何以承受？所以，词人要告诫“南楼羌管休吹”。因为，心灵已经不堪重负，不能再增加一种痛苦的催化剂了。这也是一种回避痛苦的方式。无论何种回避，最终都是无效的。词人还是回到“浓香吹尽”的凄凉之中。即使是“暖风迟日”的大好春光真正来临，杏花盛开，也无法挽回梅花“零落成泥碾作尘”的悲剧命运。词人的痛苦，也将随之变得越来越沉重，越来越无法摆脱。

细读这首赏花词，发现李清照选取的角度十分特别。第一个画面是描绘春天的来迟，梅花的不开放；第二个画面是描绘梅花的凋零，浓香之吹尽，而梅花盛开的场面只是在“清梦”中一闪而过。在词人的眼中，梅花似乎没有经历过枝头烂漫的好时光。这样苦心积虑、独具“慧眼”的艺术选择，只是要赋予“咏梅”以悲苦的含义。事实上，南渡漂泊的词人也无心赏识灿烂绽放的梅花，只是躲在房中，空任大好春光在身边悄悄流逝。一旦来到户外，梅花却又已经残败。其中，“憔悴损”“玉瘦檀轻”等形象的描绘，仿佛是南渡后在愁苦中煎熬的词人外貌形态的写照。上下片“为谁”“有谁知”的两度追问，又透露出世无知音的痛苦。

身为女人，李清照无法真正干预闺房外面的世界，徒唤奈何。这样的托物言志法，与南渡前咏梅花之作，甚至是咏其他花卉之作，都有很大的差别。

与这两首《临江仙》所处的季节时间相同、心态类似的作品，是李清照传世名作《永遇乐》。因此罗列于此，对照阅读。词说：

落日熔金，暮云合璧，人在何处？染柳烟浓，吹梅笛怨，春意知几许？元宵佳节，融和天气，次第岂无风雨？来相召、香车宝马，谢他酒朋诗侣。　　中州盛日，闺门多暇，记得偏重三五。铺翠冠儿，捻金雪柳，簇带争济楚。如今憔悴，风鬟霜鬓，怕见夜间出去。不如向、帘儿底下，听人笑语。

这首词写元宵佳节“试灯无意思，踏雪没心情”的恶劣情绪，这是词人饱经忧患离乱的中年生活的真实写照。历史上的兴衰巨变与个人身世沉浮之感，隐现于字里行间。

上片写元宵时的景物与矛盾心态。今年的元宵节是一个晴朗的好日子，从傍晚时刻“落日熔金”的余晖灿烂中，可以知道这一天的阳光明媚。晴爽暖和的天气，为元宵节入夜游玩赏灯，提供了良好的环境。有了这一伏笔，才有了以下的“元宵佳节，融和天气”，有了“来相召、香车宝马，谢他酒朋诗侣”。天色渐渐昏暗，暮色连成一片的时候，元宵节欢乐的序幕也应该缓缓拉开。此时，词人突然插入“人在何处”的冷冷一问，终止了对元宵节可能到来的欢乐的描写，扭转了全词的格调气氛。

国破家亡，心情悲苦，神志恍惚，一时间竟不知自己置身何处。这是词人南渡之后心灵遭受重创的具体表现。于是，前文的“暮云合璧”就成为一种黑压压的环境逼迫，全词低沉悲苦的格调也因此奠定。周围的景物，依然在表示着春天脚步的临近。烟雾弥漫在新绿的柳条之间，四处又传来“吹梅笛怨”的声响，那是在告诉人们梅花已经盛开绽放，节日的气氛越来越浓郁了。当词人的情绪有可能因此走向欢快之际，词人第二次插入冷冷的一问：“春意知几许”。到底酝酿了多少“春意”？“春意”又能持续多长时间？个人还能享受多少“春意”的快乐？这都是面对春天美景词人所要担心的。具体地说，今天果然是“元宵佳节，融和天气”，难道谁能保证转眼之间不会有狂风暴雨？词人提出第三个疑问时，将自己的担忧就全盘托出了。因为这都是词人亲身所经历的。南渡之前，她有过安定宁静、幸福快乐的生活，那时候，李清照又怎么会预料到后来有这样一场国破家亡、背井离乡的灾难呢？生活中有过这么一次翻天覆地的变化，词人对眼前的快乐还能抱有多少的信心？情绪的跌宕起伏，昭示了词人精神遭受磨难的过程。眼前的生活虽然渐趋稳定，但是词人精神上背负着如此重负，自然再也没有心情寻欢作乐了，“来相召、香车宝马，谢他酒朋诗侣”，就是理所当然的了。与这些“酒朋诗侣”比较，词人不是如此的肤浅，容易忘记苦难。上片，词人恰当地使用了反衬法，在应该欢乐的节日里，融和晴丽的气候中，词人满目愁苦，事事忧虑，人物的心情与节日的环境形成鲜明对衬。

下片回顾南渡之前的快乐生活，点明心情如此悲苦的真实原因，抒写南渡后今昔盛衰之感。过片，李清照回忆了“中州盛日”。中州，代指汴京，代指南渡前的欢乐时光。当时，闺中有的是闲暇时间，于是，在“三五”元宵的时候，心情格外放松，不放过所有的寻求快乐的机会。李清照生活的北宋后期，元宵佳节热闹非凡，“上元节烧灯盛于前代，为彩山峻极而对峙于端门”（《铁围山丛谈》卷一）。“灯山上彩，金碧相射，锦绣交辉。”“奇术异能，歌舞百戏，鳞鳞相切，乐声嘈杂十余里，击丸蹴鞠，踏索上竿。”（《东京梦华录》卷六）平民百姓，以至王公贵族家的少女闺妇，都成群结队，拥挤于喧腾的人群中，花团锦簇，“锦绣匝道”，目不暇接。中间杂以鼓乐声唱、杂耍表演、呼卢赌博，欢笑声沸天盈地。李清照当年同样是精心化妆打扮。“铺翠冠儿”和“捻金雪柳”都是宋时元宵节妇女应时妆饰物，穿戴得如此整齐盛丽，李清照簇拥在欢快沸腾的人群中，那是何等的快乐啊！相对南渡之后的凄凉情景，人已憔悴，“风鬟霜鬓”，哪有心情夜间出去赏识花灯。不但没有心情出去，而且还“怕”提起夜间出去。灯市如果一如南渡之前繁盛，便叫人愤慨经历了亡国苦痛的同胞的没有心肝，只知苟且偷安，图得眼前的一时欢乐；灯市如果已经萧条不如往昔，更引起词人今昔不同、故国沦亡的悲伤。无论哪种情况，都是此时此刻李清照所“怕”见到的。受到伤害的心灵，对现实社会有了一种难言的恐惧。“不如向帘儿底下，听人笑语”，是在婉转地告诉读者，词人再也没有“笑语”，也没有“笑语”的心情。“听人笑语”，大约还是为了排解自己的寂寞愁苦，但最终恐怕依然因为无心“笑语”而倍增苦痛。南宋灭亡之后，作为亡国遗民的张炎呻吟道：“无心再续笙歌梦，掩重门、浅醉闲眠。莫开帘，怕见飞花，怕听啼鹃。”（《高阳台》）张炎此时的心态及所流露的情绪，都与李清照相似。李清照前面两首《临江仙》用“庭院深深深几许”开篇，所表现的也是这样一种遭受苦难之后的心灵恐惧和精神创伤。

李清照这首《永遇乐》，曾深深感动了南宋爱国志士。遗民词人刘辰翁《永遇乐序》说：“余自乙亥（宋恭帝德祐元年，公元1275年）上元，诵李易安《永遇乐》，为之涕下。今三年矣。每闻此词，辄不自堪。遂依其声，又托之易安自喻。虽辞情不及，而悲苦过之。”德祐元年，正是蒙古大军入侵、南宋政权颠覆的年月，情景又与李清照南渡初年相似，所以，刘辰翁读李清照词才感慨颇深。刘辰翁词中说：“宣和旧日，临安南渡，芳景犹自如故。缃帙流离，风鬟三五，能赋词最苦。”就是深入地体会了李清照南渡之后的遭遇和心境，熔铸成悲苦之辞。所以说，这时候李清照的词虽然写“私人化”的情感，却与广大百姓的苦难、整个社会的普遍情感息息相关。

这首词多用平常语，构成不平常的境界。明人杨慎引宋人张端义语且结合自己的评价说：“皆以寻常言语，度入音律。炼句精巧则易，平淡入妙则难。山谷所谓‘以故为新、以俗为雅’者，易安先得之矣。”（《词品》卷二）

这阶段李清照创作的小词，也不仅仅是通过抒写个人化的悲苦情绪，以与时代的苦难相互连接。有的作品，直接点名愁苦的根源来自亡国。亡国的哀痛铭心刻骨，词人时刻难忘，即使词人偶尔心情舒展一下，转眼即被对家乡思恋之悲苦情绪所替代。这时候，词人已经无法真正从痛苦中超拔出来。《菩萨蛮》说：

风柔日薄春犹早，夹衫乍著心情好。睡起觉微寒，梅花鬓上残。

故乡何处是？忘了除非醉。沉水卧时烧，香消酒未消。

这首词写词人对故国家园的无限思念之情，全篇所用的是反衬手法。在建康生活稍稍安定，早春季节，风和日丽，换穿“夹衫”以后的词人也有“心情好”的时候。李清照“循城远览以寻诗”，有时应该也开始于这种好心情。冬日的寒冷过去了，笨重的服装换下了，江南春早，大地已经显露出春日勃勃的生机。随着赵明诚官场生活的稳定，李清照的心情似乎也开始复苏。以下应当写趁此大好春光，外出游览了。但词人笔锋一转，却写起睡醒后的情景。清晨睡醒起床，依然能感觉到早春的寒意，词人立即联想起昨夜的饮酒赏梅，鬓上的梅瓣因昨夜的入睡揉搓而显得残败。“睡起觉微寒，梅花鬓上残”，粗看来没有流露词人或喜或怨的情感，仔细品味，春寒花残的意象中已经隐约渗透了词人渐渐转向恶劣的情绪。下片直接点明情绪逆转的原因，也说明昨夜为何醉入梦乡。“故乡何处是”是时刻萦绕于词人心头的最根本的痛苦，昨夜的饮醉及醉插梅花是为了这一点，这一点又粉碎了今天早晨起来的好心情。昨夜的醉酒就是为了忘却这种国破家亡的愁苦，今天早上醒来，这种愁苦情绪立即翻腾上来。情绪的再度恶劣，使词人失去了对春日景物的兴趣，懒卧床上，静对沉香的燃烧，品味着未消的残醉。这一天，无论户外景色如何，对李清照来说，又是新的不愉快的开始。南渡之后，李清照每天都陷落在这样的悲苦情绪之中。于是，读者才明白，开篇写早春“夹衫乍著”之“心情好”，都是为了遮掩和反衬对家乡的苦苦思恋之情。

但这种情感最终还是汹涌而来，难以遮掩。

## 第四节　坚城自堕，怜杞妇之悲深

——赵明诚壮年病逝建康城

宋高宗建炎年间，金人多次渡江南侵，南方乱兵盗贼四起，烧杀掳掠，民不聊生。李清照与赵明诚在江宁所获得的稳定生活是非常短暂的。赵明诚在江宁任职不到半年，既接到移知湖州的调令。然而，赵明诚离开江宁的过程却是非常不光彩的。据《建炎以来系年要录》卷二十记载：建炎三年（1129）二月，御营统制官王亦率京都军队驻扎在江宁，图谋作乱，以夜间纵火作为起兵的信号。这一叛乱的消息被江东转运副使李谟获知，李谟急驰奔告守臣赵明诚。此时，赵明诚已经接到移知湖州的调令，但愿多一事不如少一事，同时对李谟的消息也不太相信，就采取不予理睬的态度。李谟只得自己暗中做好准备，命令部属于自己的兵将率领地方民兵，埋伏在乱兵必经的道路巷弄里，在路口搭建栅栏，以作阻拦乱兵叛将之用。这一天的半夜，乱兵在天庆观纵火，果然鼓噪叛乱，企图劫掠江宁城。但是，王亦所率的叛军被李谟事先的布置所阻拦，无法冲进城内为所欲为，便砍开南城门逃离而去。到第二天天亮，李谟再度拜见赵明诚时才发现，守臣赵明诚、通判毋邱绛、观察推官汤允恭在惊慌失措中，都已经连夜翻越城墙逃跑了。守土有责却临难苟且逃避，赵明诚的举止当然非常不光彩。这三位地方长官事后都受到了朝廷的处罚，赵明诚也被暂时罢职。

无论是南渡前还是南渡后，赵明诚任地方长官都乏善可陈。他固然是一位学识渊博、"书卷气"极浓的收藏家、文献学家，是一位学者，是与李清照心心相印的好丈夫，但他同时也是一位平庸无能的官僚。"学而优则仕"，中国古代知识分子唯一实现人生价值的途径就是出仕做官，实现治国平天下的抱负，光宗耀祖。无论每一个个体的具体才能有什么区别，或许他们只适宜做一名学者，成为一名作家，但社会的价值观念都逼迫每一个人拥挤到做官出仕的唯一途径之中，一生在官场中摸爬滚打。封建社会知识分子的人生价值观念以及与此相关的选官与任官制度，必然地造成官场中充塞着大量没有政治与行政才干的庸才。赵明诚就是这无数庸才中的一位。就拿这次叛乱来说，事先赵明诚存在侥幸心理，想在自己立即结束的任期内蒙混过去，没有任何准备措施。叛乱过程中，不但没有任何应对办法，反而弃城逃跑。其懦弱胆小、贪生怕死、置守土职责于不顾的行为，确实令人鄙夷不齿。

好在南北宋之交，弃土逃跑的官员不知有多少，兵荒马乱年月朝廷也来不及一一细究，假如朝中有人，这些受处分的官员在仕途上并不会因为贪生怕死的行为而受到过多的牵累。赵明诚被罢官之后，与李清照一起乘船经过芜湖，到了安徽当涂县南面的姑孰溪，准备定居在赣水之滨。五月，夫妻两人来到池阳（今安徽贵池县），赵明诚接到了朝廷重新任命他为湖州知守的诏令。赵明诚家亲戚故旧在朝廷中做官的非常多，包括赵明诚的两位兄长当时仕途上也是得意的。赵明诚在数月之间即得到朝廷宽恕，被重新任命，肯定与他们的援手有关。

上任之前，依照惯例，赵明诚应该到京都面见皇帝。这时候，因金兵南侵，高宗逃难临时驻跸建康。建炎三年六月，赵明诚落荒而逃的四个月之后，他又回到了建康。在池阳，赵明诚从水路改走陆路赶时间，与李清照暂时分手。当时形势非常混乱，皇帝尚且在逃离之中，夫妻分手，随时会遭受兵火之灾乱，前程不可预料。前面一场逃离建康城而被罢职的耻辱经历，肯定也给了心高气傲的李清照以不小的打击。所以，这一次分手，李清照的情绪相当恶劣。赵明诚已经匆忙辞别而去，李清照对他呼叫说："如果碰上紧急事情怎么办？"李清照安居城中，遇到元宵佳节，尚能想到"次第岂无风雨"。在这战乱年月的飘零途中之临时告别，李清照当然做了最坏的打算，故临别有此追问。赵明诚只是隔着一段遥远的距离，回答说："随大流吧！到了必不得已的时候，首先抛弃包裹行李，其次抛弃衣服被褥，再次抛弃书册卷轴，再抛弃古董器皿。只有祖宗灵牌等宗室器物，一定要随身携带，与之共存亡。切记勿忘。"答话之间，已经纵马奔驰离去。

从靖康国难以来，赵明诚一直劳心劳力，没有片刻喘息的时间。先是汴京陷落，家国破亡，惶惶不知所从；其次则是老母病逝，千里奔丧，举家逃难渡江；再则颠沛流离于兵火之间，离乡背井，飘零异方；再则出任建康知守，力不从心，才能不足应付动荡时期的剧变，最终落得耻辱逃离而去；再则罢官又起用，旅途连续奔波，疲倦困顿已甚。懦弱使得赵明诚弃城而逃，但从赵明诚的生平所为来看他不是一位无廉耻者，这种行为必将给赵明诚自己带来洗刷不掉的屈辱和巨大的心理压力。在这近三年的时间里，赵明诚东奔西走，穷于应付，捉襟见肘，心力交瘁。南方的夏天，酷暑炎热，尤其是地处长江中下游的"火炉"建康城，更是闷热难耐。这叫出生与生活在北方的赵明诚特别不适应。这一次在大暑天里的急驰赶赴建康，彻底地摧毁了赵明诚的健康，使他的积劳难以遏制地爆发出来。途中，赵明诚感染了疟疾，遂一病不起。

到七月末，才有书信传递到李清照那里，报道赵明诚病危的消息。李清照且惊且怕。对丈夫了解细致入微的妻子李清照，知道赵明诚性急，得疟疾浑身发热发烫，大约会服用凉药，这样一来，不但于事无补，反而将加重病情。慌忙急迫之中，李清照赶紧乘舟起程，连夜赶路，甚至一夜赶行三百余里。等李清照赶到建康城，赵明诚的病情果然已经无法挽回。不出李清照所料，赵明诚已经大量服用了凉药柴胡、黄芩药等，疟疾加痢疾，病入膏肓，生命垂危，回天乏术。李清照此时只有对赵明诚悲涕流泪，束手无策。八月十八日，赵明诚取笔墨做绝笔诗，诗成而撒手人寰。这一年，赵明诚 49 岁，李清照 46 岁。

28 年的婚姻，就结束于这戎马倥偬、四方多难、动荡不安的岁月中。这一次的分离，是人间天上、相见无日的永诀。赵明诚独赴黄泉，李清照苟活人间。“存者且偷生，死者长已矣。”思之悼之，悲痛之情，何以自已！悲伤已极，李清照以骈体文的形式，写下了一篇凄苦的祭文。全文已经失传，只留下中间的一对残句：

白日正中，叹庞翁之机捷；坚城自堕，怜杞妇之悲深。

前两句用庞蕴父女的典故。据宋代释道原《景德传灯录》卷八记载：襄州居士庞蕴临终之际，让他女儿出门观看时间的早晚回来报告，他女儿回来说：“太阳已经升到中天，有点日食。”等到她父亲出门观望时，女儿立即坐到父亲的座位上，“合掌而亡”。父亲回屋见状，夸奖女儿“锋捷”。“锋捷”，就是快速之意。庞蕴则在七天以后才去世。这里，李清照以“庞翁”比赵明诚，叹息赵明诚的英年早逝，居然先自己而去。后两句用杞梁妻哭夫的典故。据刘向《说苑·善说》记载：古代杞梁在战争中阵亡，其妻子对尸首而哭，哭得城墙都坍塌了。这是后代孟姜女哭倒长城故事传说的来历。这句李清照是用来自比，写自己丧夫的极度悲伤。赵明诚对李清照来说，就是坚固的长城，是可资依靠的家庭，是一片可以关起房门独成天地的温馨生活。骤然之间，上天却将这一切剥夺得干干净净。人世惨痛之事，数年之间纷至沓来，李清照经历了他人所难以经历、不堪经历的苦难。

这篇祭文虽然已经失传，但是阅读李清照流传下来的词作，发现其中一些作品大约为悼亡而作，以《孤雁儿》最为典型。词说：

藤床纸帐朝眠起，说不尽、无佳思。沉香断续玉炉寒，伴我情怀如水。笛里三弄，梅心惊破，多少春情意？　小风疏雨萧萧地，又催下、千行泪。吹箫人去玉楼空，肠断与谁同倚？一枝折得，人间天上，没个人堪寄。

词前小序说：“世人作梅词，下笔便俗。予试作一篇，乃知前言不妄耳。”世人所作并不一定下笔都是“俗”的，此前李清照也写过许多咏梅词，关键是这时候词人观察梅花的立足点已经改变了，所以觉得世人“下笔便俗”。词牌名“孤雁儿”，即包含孤雁失伴的含义。《孤雁儿》，就是词调《御街行》。《花草粹编》卷八引宋代杨湜《古今词话》录无名氏词有“听孤雁声嘹唳”句，因此得名。《全宋词》收录题作“孤雁儿”的词三首，李清照是最早的。词调的改名，应该有作者深层的蕴意。

上片，咏梅花的绽放。这是赵明诚病逝后的某一个春天，室外梅花已经开放。词人“藤床纸帐”，新觉醒来，心情就格外恶劣。“说不尽、无佳思”，是没有来由的，是丈夫去世之后经常性的一种心理状态。“藤床纸帐”之简朴的器具，也写出李清照晚年清寒的生活环境。以往的积蓄都毁于兵火，赵明诚去世后又失去了固定的收入，没有子女可依赖，又没有亲戚友人投靠，李清照晚年自然是越来越清贫了。清苦的生活，助长了恶劣的情绪。词人枯守在空房之中，无聊地注视着沉香慢慢燃烧，玉炉上烟雾的断续升起，一直到沉香燃尽，玉炉生寒。但是，“似水情怀”却在汩汩地流动着，往事旧情像流水，在词人心中滔滔流过。独坐独思，越发寂寞，越发凄苦。不知何处，传来了《梅花三弄》的凄怨笛声，打破了眼前死一般的沉寂。然而，这种声响，不但没有调动室内气氛，活跃词人的情绪，反而使词人跌落到更深的痛苦之中。笛声，同时提醒词人屋外已经是春天，梅花应该已经绽放，只是词人无论如何也打不起精神去浏览观赏了。词人触目惊心地想到，这凄怨的笛声，不仅搅动了自己内心深处的痛苦，而且“惊破”了窗外的“梅心”，逼得梅花无奈地开放，随之就是无奈的凋零。梅花的绽放，词人用一“破”字，体现自己因此加重的愁苦之情，似乎是美好事物的破碎，事事、处处叫词人心悸魂伤。到此，词人当然要怀疑春天能停留多久，自己又还会有“多少春情意”呢？担心事物的旦夕祸福变化，对眼前暂时的安宁或美好不敢相信，这是李清照南渡后的一种经常性的心态。赵明诚的去世，使这种感受更加强烈了。

下片，由咏梅连及悼亡。屋外，又下起了萧萧疏雨，刮起了小风。一场风雨，枝头的梅花能够承受得了吗？明日是否又是“绿肥红瘦”的狼藉情景呢？不过，这时词人已经来不及担忧这一切了，因为自己内心已被悲苦所充塞，神经因过度痛苦而麻木。这一场风雨，催落梅花，更催下词人的“千行泪”。面对晴朗的天气，词人还是要担心“次第岂无风雨”；面对萧萧风雨，内心的悲苦就当然无法抑制了，当然要化作滔滔泪水，尽情地流淌了。李清照今日面对梅花，脑海中自然会浮现出当年与赵明诚共同赏梅的美好情景。两相比照，此时，李清照的心思完全不在梅花上，而在于对亡夫的无限思恋。所以，这首词表层次是咏梅，深层次是悼亡，通过咏梅，逐步引出悼亡的主题。词人没有落笔于梅花的形态、色泽、香味、品格的描写，梅花在词中只是一个抒情的手段，是一种结构的线索。小词的情感酝酿到这个时候，“悼亡”之意呼之欲出了。关键时刻，李清照则敛抑吞吐，用“吹箫人去玉楼空”的典故点明对亡夫的思念之情。据《列仙传》载：秦穆公时有一位擅长吹笛的人名叫萧史，秦穆公的女儿弄玉喜欢萧史，穆公就将女儿嫁给了他。婚后，萧史每天教弄玉作凤鸣声。过了几年，吹出来的声音确实像凤声，就真的有凤凰飞过来停在他们的屋子上面。穆公特地建造凤台，让夫妻二人居住其上。又过了数年，夫妻二人都随凤凰飞升而去。李清照用这一典故隐指丈夫赵明诚已经去世，剩下自己孤独无奈地苟活于人间。登楼之际，无人共倚栏杆；肠断之时，无人怜惜抚慰。形影相吊，孤苦伶仃，即使折得一枝梅花，又能寄给谁呢？自己与丈夫，人间天上，生死隔绝，相见无望，因此，开放的梅花也变得毫无意义。结尾三句用南朝陆凯的故事。据《荆州记》记载：陆凯与范晔是好友，他从江南寄给在长安的范晔梅花一枝，并赠诗说："折花逢驿使，寄与陇头人。江南无所有，聊赠一枝春。"李清照却绝望地发现自己已经无处无人可寄梅花，这就解释了词人为什么看见梅花的开放会勾引出这么多的痛苦的真实原因。

咏梅是被前人诗词重复过无数次的题材，在用典上也容易雷同，如"梅花三弄""折梅赠远"等等。在主题表现方面更容易落套，无非是怀远、思旧，或者是歌颂梅花的清高、幽雅。这便是李清照所说的"下笔便俗"。但是，李清照在这首作品中却"明知故犯"，不避"俗套"，以最平常的口语，最常见的典故，表现自己的日常情思，依然给后人留下反复咀嚼回味的余地。关键原因在于李清照表现了处于相同环境中抒情主人公之独特心态。词人从周围熟悉的"藤床纸帐""玉炉"等细小景物说起，落实到"人间天上"的永别。那一份陷于极度绝望的痛苦，超越了其他的咏梅者，产生了新的艺术震撼力，词人因此自信地说："乃知前言不妄。"

另有一首存疑词《浪淘沙》，《词林万选》等十多种词集收作李清照的作品。如果作者确实是李清照，应该也是悼亡之作。罗列于此，以资对照。词说：

帘外五更风，吹梦无踪。画楼重上与谁同？记得玉钗斜拨火，宝篆成空。　回首紫金峰，雨润烟浓。一江春浪醉醒中。留得罗襟前日泪，弹与征鸿。

这首词从描写的环境来说，与李清照确有瓜葛。“紫金峰”指今南京紫金山，“一江”正是紫金山下的长江，两者都用来代指建康城。这首词当是李清照办完丈夫丧事、辞别建康以后的作品。从语气上来揣摩，也与前一首《孤雁儿》相同。其他词集或题为欧阳修之作，王仲闻先生依据“《近体乐府》《醉翁琴趣外篇》俱不载”断言：“亦决非欧阳修词。”《草堂诗余》等题为无名氏之作。在有确切资料证实之前，这里还是将其作为李清照的词来理解。

词人五更惊醒，帘外风寒，发现连梦的踪影也难寻觅。赵明诚辞世永别，留给李清照无边的寂寞与痛苦。“梦魂纵有也成虚，那堪和梦无！”（晏几道《阮郎归》）对此李清照有了铭心刻骨的体验。所以，逼出下一句的追问：“画楼重上与谁同？”这就是“吹箫人去玉楼空，肠断与谁同倚”之意。这首词不再借助其他抒情景物，直接切入悼念亡夫的主题。因为词人五更惊醒，脑中徘徊不去的，就是对亡夫的思念哀悼之情。“记得玉钗斜拨火”，这一细微的动作没有改变。但是，当年与赵明诚相对而坐，这个动作中便有无限的温馨快乐；今日独自重复这个动作，则是用来打发长日寂寞无聊的时光，意义完全不一样。“宝篆成空”，是词人的主观感受，无限伤痛，凄怨哀苦已绝。词人回首旧日留下许多痛苦回忆的建康城，烟雨朦胧，阴霾沉沉。往事不堪回首，词人只能用醉而醒、醒而醉的狂饮来麻醉自己。“一江春浪”里面，渗透了词人的血泪。痛苦到这种地步，词人恐怕又是“千行泪”流不已了。罗襟上，新泪痕重叠旧泪痕，这样的伤心，日复一日，永无尽头。词人将此苦痛，“弹与征鸿”，欲寄予黄泉之下的丈夫。然而，却已经是“人间天上，没个人堪寄”，这一切还有什么意义？词人将永远地被抛留在这无边的哀思之中了。

这首词受李后主的作品影响很深。李后主《浪淘沙》说：“帘外雨潺潺，春意阑珊。罗衾不耐五更寒。”《虞美人》说：“问君能有几多愁，恰似一江春水向东流！”这些词句、语意都被这首词化为已用。陈廷焯《白雨斋词话》卷二评论这首词说：“凄艳不忍卒读，其为德夫作乎？”

上文曾列举的《偶成》诗，从时间上推算也是此刻的追思赵明诚之作，诗说：“十五年前花月底，相从曾赋赏花诗。今看花月浑相似，安得情怀似旧时？”夫妻生活中值得回味的年月或事情非常的多，然最叫李清照难以忘怀的屏居青州那一段夫唱妇随、相濡以沫的宁静甜蜜时光。那时候，花前月下，夫妻相随，赏花赋诗，心旷神怡，潇洒浪漫。如今，“花月”虽然依旧，但自己却已经是孑然一身，形影相吊，再也没有旧时的好心情了。“十五年”前后的对比中，写出内心的巨大落差。最后“安得情怀似旧时”的冷然追问，语气似乎是淡淡的，却说出了内心无限的凄痛，是李清照强忍泪水之下的长吁短叹。

赵明诚见诸记载的作品，除《金石录》三十卷以外，还有《古器物铭碑》十五卷。翟耆年《籀史》载：“赵明诚《古器物铭碑》十五卷，商器三卷、周器十卷、秦汉器二卷。河间刘跂序，洛阳王寿卿篆。寿卿得二李用笔意，字画端劲未易及。明诚字德夫，大丞相挺之季子，读书赡博。藏书万卷，悉亲是正，铅椠未尝去手。酷好书画，遇名迹，捐千金不少靳。畜三代鼎彝甚富。”《宋史·艺文志》录赵明诚《诸道石刻目录》十卷。这两种著作都已失传。

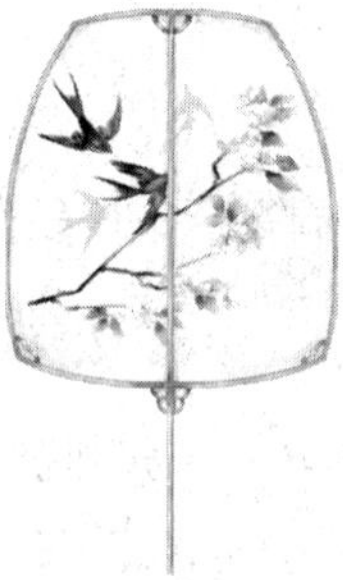

# 第五章　凄凉晚景

——李清照孤独无依的晚年生活

进入垂暮之年的李清照，事迹更加模糊，零星散落的资料记载已经很难勾勒出她晚年生活的概貌。但是，我们大概知道，李清照晚年一定是非常孤独的，她的敢作敢为和第二次婚姻的错误选择，导致晚年处境的尴尬，也被相当范围的社交圈子所拒绝，更是被上流社会所屏弃。李清照晚年又一定是非常凄苦的，家国的重重灾难压迫着她，使她永远无法抖落心灵的苦难，重新找回昔日的笑容。心胸开阔的李清照，当然还在做着摆脱愁苦的种种努力，力求重新振作，但这一切又必然是毫无结果的，终于难掩内心深处的悲苦。一代才人，就在这哀苦无告中默默撒手人寰，以至于李清照是在哪一年辞世也终难确定。据推测，李清照应该活到七十岁以上。长寿的词人活在世间，仿佛就是为了见证时代、社会、个人的苦难。

## 第一节　太息兵荒零落散，剩残编几卷当年稿

——李清照与赵明诚收藏珍品的流散

饱经风霜的李清照，为赵明诚办完丧事，自己也病倒在床，仅存喘息之气。生性坚强、决不向命运低头的李清照，终于从奄奄一息的生死线上挣脱了回来。“我报路长嗟日暮”，李清照此时能够更深入地体会这一层意思了。从病榻上重新挣扎起来的李清照，面临着两大难题：其一，自己已经无家可归，在这兵荒马乱的岁月里，不知应该逃难逃向何方？其二，面对劫后剩余的书籍与金石碑刻，其中凝聚着丈夫赵明诚与自己的一生心血，凝聚着夫妻的恩爱情意，应该如何妥善保管安排？

就在李清照经历了这么一场生死离别惨剧的同时，朝廷局势也在日益恶化。建炎三年春，金人大举入侵。高宗从扬州出逃，沿瓜洲、镇江，一路南下，一度以杭州为行宫。四月，高宗离开杭州，过常州、镇江，到了建康。金人依然紧逼不舍，高宗举棋不定，最终决定定都临安。八月，高宗起程，继续向南，放弃淮河、长江防线，躲避金兵锋锐。高宗每到一地，席不暇暖，在金兵的威逼下，又匆匆逃离，狼狈不堪到了极点。九月，逃到平江府（今苏州）；十月，逃到越州（今浙江绍兴）；十二月，逃到明州（今浙江宁波），直至航海避难，逃向温州、台州。这一系列仓促狼狈的逃难中，高宗分遣六宫，让她们各自逃生。且又传说朝廷发布了长江沿线的禁令，百姓不得随意渡江。

风声鹤唳，草木皆兵，李清照以一柔弱病躯，将何以应付这危急的

局面呢？这时，夫妻两人残留下来的书籍还有两万卷，金石碑刻两千卷。这也是一个非常沉重的负担，舍之，于心不忍；携之，拖累无穷。刚刚失去心爱丈夫的李清照，无论如何也不愿丢弃这些收藏品。于是，她想起了赵明诚的妹婿，他这时任兵部侍郎，随皇帝大驾逃难到了洪州（今江西南昌）。以兵部侍郎的权势，以皇帝禁卫军的实力，李清照总以为可以保全自己的藏品了。她便派遣两位家中旧吏，先期护送剩余的收藏品到洪州寄存。岂知，建炎三月十二月，金兵攻陷洪州。李清照与赵明诚两人千辛万苦、连舻装载、渡江南来的书籍与金石，再度化为灰烬。

被痛苦折磨得近似麻木的李清照，已经无暇为此悲痛，首先应该顾及自己应该逃难到什么地方了。亲人里面，剩下唯一可投奔依赖的是时任敕令局删定官的弟弟李迒了。敕令局删定官，具体负责比照、删修历朝敕令、条法，编出适用本朝的敕、令、格、式与条法，是朝廷衙门中的一个卑小官职，但也追随朝廷逃难。李迒此时已逃到台州，台州，成了李清照下一个奔波的目的地。李清照这次随身携带的，是留下来给自己病中玩赏消遣的少量珍藏品，有比较轻小的书帖，李白、杜甫、韩愈、柳宗元的文集，《世说新语》《盐铁论》等本子，汉唐石刻副本数十轴，上古三代的鼎鼐十多件，以及南唐写本书籍数箱。李清照再也不敢让这些珍品离开自己的视线了。

李清照这次携古董器皿到台州，还有另外一个目的，就是为赵明诚洗刷清白。赵明诚病重期间，曾经有一位张飞卿学士，带着一把古董玉壶路过建康拜见赵明诚，请赵明诚鉴别。赵明诚是当时最为著名的古董收藏与鉴别学家，这种上门请托的事情是经常有的。随即，张飞卿带着玉壶也就离开了。其实，张飞卿拿来的也不是什么美玉制作而成的壶，而是一种与玉相似被称为“珉”的石头制成的，并不珍贵。事后，据传说张飞卿携此壶投靠金人，将此壶作了见面献礼。然而，道路谣传之中，将赵明诚也牵累在内，与金人勾搭的，赵明诚俨然有份。又据说已经有人暗中向朝廷上书检举弹劾了。李清照听到这个消息以后，非常吃惊，也十分惊慌。通敌的罪名，与前面的弃土遁逃，不可同日而语。所以，她打点行装，赶赴台州，既是为了投奔弟弟，又是为了追赶流亡的朝廷。李清照准备将家中剩余的铜器古董奉献给朝廷，以表明心迹，同时也是托关系、走门路，为赵明诚鸣冤。

在金兵的追赶下，朝廷逃跑的速度异常迅捷，李清照跟在后面跑，屡屡扑空。等李清照到了台州，台州形式已经岌岌可危，地方长官也已经弃城逃遁。李清照跟随逃难，先到了剡溪（今浙江嵊县西南），改走水路，匆忙之间将多余的衣服被褥都丢弃了。据说当时的流亡朝廷已经到了章安（今浙江临安县东南）。李清照从陆路经奉化（今属浙江），到了黄岩（今属浙江）以后，便雇舟出海，继续追赶，追到温州（今属浙江），又追回到越州（今浙江绍兴）。而流亡朝廷又已经逃往四明（今浙江宁波）。无奈之中，李清照只得将准备献给朝廷的铜器古董以及自己的辩白书信，一起托人带往剡溪，伺机向朝廷说明。这一批古董文物，据说后来为叛军所得。官军平定叛乱之后，又据说落入了一位姓李的将军手中。又一批心爱的器物，就这样离开了李清照，去向不明不白，如断线的风筝。这些散落的收藏品，后来渐渐也有重现于世的。南宋袁桷《跋定武禊帖不损本》说：“明诚之妻李易安夫人，避难寓吾里之奉化，其书画散落，往往故家多得之。”（《清容居士集》卷四十六）只是李清照再也没有财力、精力、能力重新收拢这些珍品了。逝者长已矣！传闻中的有人密论赵明诚通敌之事，也无人过问，不了了之。建炎四年（1130）十一月，情况更加危急，朝廷遣散百官。十二月，李清照逃到衢州（今属浙江），暂居于此。这时候，伴随李清照的文物，仅剩大约五到七箱的书画砚墨。李清照这一伴随文物颠簸逃难的过程，给南宋士人留下非常深刻的印象，岳珂说：“德甫之夫人易安居士，流离兵革间，负之不释，笃好又如此。”（《宝真斋法书赞》卷九）指的就是这一段经历。

飘零追赶朝廷的途中，李清照有咏梅词《清平乐》。词中说到“今年海角天涯”，应该是词人雇舟出海、追赶到海边城市温州等地的创作。词人这一时期内心的凄苦在作品中有充分的展露，词说：

> 年年雪里，常插梅花醉。挼尽梅花无好意，赢得满衣清泪。
>
> 今年海角天涯，萧萧两鬓生华。看取晚来风势，故应难看梅花。

词人一生，对梅花情有独钟。“年年雪里”赏梅，饮酒作乐，以至“常插梅花醉”。词人也必定年年有诗词咏怀写意，前文就曾列举过《玉楼春》（红酥肯放琼苞碎）、《孤雁儿》（藤床纸帐朝眠起）、《渔家傲》（雪里已知春信近）三首咏梅词。咏梅时心境的变化，就是词人心路历程的写照。如今摘取梅花之后，却没有心情赏识，下意识的揉搓中梅花变为片片碎屑。摘取以至“挼尽梅花”的过程中，词人心头闪过的是今昔面对梅花不同之场景的对比，思旧中有无限的悲痛。这种“无好意”

下的动作，自然不会有对梅花的怜惜之情。词人这时候的心思不在梅花，而在于自己的身世，内心的凄痛最终化作洒满衣襟的“清泪”。下片词人直接点明悲苦之所以产生的原因。在“萧萧两鬓生华”的年岁，却要背井离乡，孤身流落“海角天涯”。亡国的哀痛，丧夫的悲苦，一齐涌来，哪里还会有心情赏梅呢。“晚来风势”，凄神寒骨，词人的身心都难以适应。词人这里是借题发挥，用咏梅的题目归纳个人的遭遇。

绍兴元年（1131），李清照再度迁居绍兴，租赁一位钟姓的士人家房屋居住。所剩的几箱书画砚墨，就置放在自己的卧榻之下，时常开箱观赏。忽然，某天夜里，有小偷挖墙而入，盗走其中的五箱。李清照悲愤莫名，赵明诚留给她可供追忆、怀恋的物品越来越少了，于是悬赏收购。过了两天，邻居钟复皓拿出十八轴画卷，请求赏金。李清照至此已经明白，盗贼就在身边，明摆着是欺负她这样一位孤寡异乡人。但是，李清照又实在是一筹莫展，无可奈何。只好用赏金购回这十八轴画卷。至于其他物品，则千方百计寻求，也无法获得了，据说最后都被时任福建路转运判官的吴说贱价购买走了。前文提到的阎立本《萧翼赚兰亭图》就在其中。吴说，字传明，浙江钱塘人，是当时著名的书法家。

李清照哀婉伤心的记载，引起了后人的无限同情。据说明代内阁大学士张居正，主持朝廷工作时，见到部吏中有浙江口音的钟姓者，便问他说：“你是会稽人吗？”对方回答说：“是。”张居正脸色立即变了。部吏赶紧解释说：“我家是新近从湖广迁居到会稽的。”但是，张居正还是愤愤不平，这位部吏最终还是受到贬谪的处分。这位部吏真是无辜之及，数百年之后安受池鱼之殃[1]。留在李清照身边的书籍，少得可怜，仅存数种残缺不全的书册。对于这少量的幸存物，李清照珍惜如同自己的生命。

多少年以后，翻阅书册，赵明诚的音容笑貌就会栩栩如生地浮现李清照眼前。赵明诚当年是如何为这些书册做标签、做校勘、做题跋的，就像刚刚发生的事情。所以，李清照痛苦地说："忽阅此书，如见故人。""今手泽如新，而墓木已拱，悲夫！"绍兴四年（1134）八月，李清照再度翻检所剩的书卷，千万种感慨一齐涌上心头。她想起历史上也有过一些与书籍共存亡的著名事例：如南朝梁武帝被魏兵围困在江陵穷途末路时，曾将所藏的14万卷图书全部烧毁；隋炀帝杨广出游江都，被部将宇文化及所杀，死前，聚图书37万卷焚烧之。于是，李清照想：梁武帝和隋炀帝是因为书籍是自己生平所至爱的事物，以至生死都不愿意离别吗？但是，那都是书籍的主人自觉地让所聚集的书籍与自身共存亡。而自己千方百计保存这些书册，却依然如此无可奈何地流散，难道是老天认为自己命薄，不配享受这些人间珍品吗？还是赵明诚地下有知，舍不得自己生平喜爱的书籍，采取这样的手段，一一收走呢？否则的话，为什么会得来如此艰辛，失去那么容易呢？思念至此，悲苦异常。李清照只能自我排解说：世间有与无、聚与散都是相对的，是普遍的道理，自己失去了，他人得到了，何必为此再痛苦下去呢？这样的自我安慰是完全无奈的，也恐怕是无用的，否则李清照晚年怎么会经常凄凄悲悲呢？

李清照这篇声情并茂、哀婉欲绝的《金石录后序》，就写于绍兴四

① 详见俞正燮《癸巳类稿·易安居士事辑》转引《玉铭琐谈》。

年八月[①]。文章流畅自然，骈散结合，或用日常生活语言娓娓叙述，或用前人文雅典故委婉抒情。与赵明诚婚后的恩恩爱爱、喜怒哀乐、生死离别，尽情流露。后人对这篇序文评价非常高，清代李慈铭说：“李易安《后序》一篇，叙述错综，笔墨疏秀，萧然出町畦之外。予向爱诵之，谓宋以后闺阁之文，此为观止。”（《越缦堂读书记》卷九《艺术》）后代才女，更为李清照的遭遇而悲伤，顾太清《金缕曲》叹息说：“易安夫妻皆好古，夏鼎商彝细考。聚绝世人间奇宝。太息兵荒零落散，剩残编几卷当年稿。前人物，后人保。”

李清照辅助赵明诚完成的《金石录》，在当时就非常著名。洪适《隶释》称：“赵君之书，证据、见谓精博。”陈振孙《直斋书录解题》卷八因《金石录》而称赵明诚为“好古之通人也”。后人往往将之与欧阳修的《集古录》并举，称二人为“欧赵”。

## 第二节　以桑榆之晚节，配兹驵侩之下才

——李清照再嫁与离异的风波

李清照的一生太富有传奇色彩了。她的前半生是何其幸运！有父母

① 《金石录后序》末有“绍兴二年”云云。然文章中说：“余自少陆机作赋之二年，至过蘧瑗知非之两岁，三十四年之间，忧患得失，何其多也。”杜甫《醉歌行》说：“陆机二十作《文赋》”，“余自少陆机作赋之二年”，即指十八岁结婚时的年龄。《淮南子·原道训》说：“故蘧伯玉年五十而有四十九年之非”，“至过蘧瑗知非之两岁”，即指五十二岁作此序时的年龄。从结婚到写作此序，相隔正好三十四年。所以，文中“绍兴二年”应当是“绍兴四年”传抄之笔误。宋代洪迈《容斋四笔》卷五记载此序所作时间，也说：“时绍兴四年也，易安年五十二矣。自叙如此。予读其文而悲之，为识于是书。”详见王仲闻《李清照集校注》第256~258页《附录·李清照事迹编年》，人民文学出版社1979年10月版。

宠爱之快乐幸福、浪漫自由的少女生活，有与赵明诚美满恩爱、伉俪情深的夫妻生活，有与心上人志同道合、远离尘俗的学术与创作生活。她的后半生又是何其不幸！在承受了国破家亡、背井离乡、中年丧夫、孤寡被欺、晚年无子等一系列非人的折磨打击之后，又经受了一场再嫁非人、被迫离异的风波，对李清照的身心都带来了巨大的伤害。

这一场风波的来临与经历，就不仅仅是外在的令人无奈的客观原因逼迫下所造成的，而是与李清照的内在个性、平生为人有着深刻的必然联系。风波过去之后，李清照追悔莫及，痛苦异常，打落门牙往肚子里吞，有苦难言。历代对李清照是否曾经改嫁、对改嫁之事如何评价，向来意见分歧，众说纷纭。这里，同时做一个全面的阐述与澄清。

**一、李清照的再嫁与离异**

绍兴二年(1132)正月，南方局势稍稍稳定，高宗与流亡政府回到临安，李清照的弟弟李迒跟随大驾回京。随后，李清照也从越州迁居到临安，按照原先的打算，投奔弟弟。随着局势的好转，李清照的心情也稍稍开朗了一些，多病的身躯也稍稍得以恢复。李清照总是不愿意消极地对待生活，积极地从痛苦和病魔的折磨中摆脱出来，她对生活又有了新的兴趣。这一年的三月，朝廷开科取士，张九成状元及第。因为张九成的对策中有“澄江泻练，夜桂飘香”之佳句，李清照就戏为之作对句说：“露花倒影柳三变，桂子飘香张九成”。柳永《破阵乐》说：“露花倒影，烟芜蘸碧，灵沼波暖。”李清照即以此为对，逞一时之机巧，纯属戏谑之作，对句十分工整稳妥。李清照已经有了戏谑后辈的心情，可见她正努力将自己从愁苦中摆脱出来，争取以新的精神面貌对待剩余的生活时光。

这是李清照自强、自信的性格所决定的。

正当李清照心绪逐渐好转之时，又一位异性闯入她的生活。这一位男子名叫张汝舟，时以右承奉郎的官职监诸军审计司，职责是审核检查军队粮料院批勘的券历、其所支拨的俸禄数目是否符合禄令法式。张汝舟抓住李清照频遭磨难、精神痛苦的机会，趁虚而入，用甜言蜜语骗得李清照的信任，用李清照的话来说就是“信彼如簧之说，惑兹似锦之言”[①]。大约在绍兴二年五六月之间，李清照改嫁给了张汝舟。对于李清照来说，她向来独行其是，自强自信，渴望真挚的男女相爱的感情生活，渴望心灵的沟通。南渡前安定幸福的婚姻生活与南渡后失去丈夫的孤苦无依生活两者之间的巨大落差，使李清照渴望再度获得家庭的温暖与温馨，渴望再次得到异性的抚爱与抚慰，渴望自己的晚年不是在寂苦无聊中煎熬过去。所以，她才会轻信了张汝舟的甜言蜜语，才会轻易上当再嫁。而李清照这段时间的心绪好转，有心情开开他人玩笑，可能就是与张汝舟的出现及张汝舟的甜言蜜语一时获得她的欢心有关。无论再嫁的对象是否合适，再嫁的结局如何，李清照的这些渴望都是一位正常女性的正常追求，无可厚非。放到那个理学渐渐占据思想领域统治地位、对妇女的管束和压制越来越严厉的时代，李清照再嫁的行为，甚至令人为其拍案叫绝、拍手称快。这才是个性独立的李清照应有的举止，这样的个性才成就了李清照在中国古代文学史上女性第一人的崇高地位。

这场婚姻对张汝舟来说，事后分析，大约是出于贪图钱财的目的。

---

① 见李清照《投翰林学士綦崇礼启》。以下所引李清照对再嫁与离异之事的自述，皆见此文，不再一一注明。

像张汝舟这样一个市侩小人，婚姻的目的无非是骗财骗色。李清照这一年已经 49 岁，过了被骗色的年龄阶段，剩下的唯一目的就是骗财了。赵明诚与李清照的私人收藏之丰富，在当时是非常著名的，从赵明诚在世时与外界的频繁交往来看，就可知他们的声望。建炎三年（1129）闰八月，即赵明诚去世之后的第二个月，宋高宗就指使其亲信医官王继先，欲以黄金三百两从赵明诚家购买古器。当时，兵部尚书谢克家为此事劝谏皇帝说："恐疏远闻之，有累盛德，欲望寝罢。"（《建炎以来系年要录》卷二十七）直到绍兴五年（1135）朝廷修史书，高宗还特意下旨到婺州（今浙江义乌）取赵明诚家藏的《哲宗实录》。私人古物收藏，甚至能够引起皇帝的窥伺之心，可见李清照与赵明诚在这方面所负的盛名。赵明诚与李清照收藏的书籍文物、金石古董，在传言中数量与价值都必然会被夸大，这是人之常情。贪财小人，在这兵荒马乱的年月里，对孤寡的李清照的财产，怀有一份窥伺之心，也是人之常情。尤其是当寡居者无子嗣可依赖时，这种情况就更容易发生。北宋时在朝廷上层也曾经发生过类似事件。北宋真宗咸平年间，左领军卫将军薛惟吉去世，妻柴氏寡居无子，家产颇丰，计有金帛约三万缗。前任宰相、时拜右仆射张齐贤便欲娶其为妻。薛惟吉子薛安上，欲与继母及张齐贤争夺家产，至开封府诉讼。柴氏申辩说：现任宰相向敏中贪图己家财产，曾欲娶自己为妻而被拒绝，故教唆其子诬告母亲，且袒护薛安上。案件审理的结果，向敏中罢相，张齐贤贬降，都受到了惩处（详见《长编》卷五十三）。贵为朝廷宰相，举止尚且如此。张汝舟的行为，也就在情理之中了。赵明诚去世之后的"通敌"谣传、邻人的破墙盗窃，都是冲着李清照的财产而来的。张汝舟不过是下一个粉墨登场者。

结婚之后，双方都发现上当。就李清照而言，她发现张汝舟是一市井“驵侩”下人，是无耻“怀臭”之夫，与赵明诚相比，简直一是在天上，一是在地下。张汝舟的丑恶嘴脸迅速暴露，李清照就不可能将仅存的少量珍品交给张汝舟处理，李清照也只能对着这些藏品怀念前夫赵明诚了。就张汝舟而言，李清照的家产不如想象中的丰富，而且李清照还把持着那些藏品不愿相让。恼羞成怒之余，张汝舟便每日拳脚相加，欺凌李清照，甚至有将李清照虐待致死的意图。这样既解心头之恨，又企图逼迫李清照交出财产。李清照自述这一段的悲惨经历说：“身既怀臭之可嫌，唯求脱去；彼素抱璧之将往，决欲杀之。遂肆侵凌，日加殴击，可念刘伶之肋，难胜石勒之拳。”

李清照不是一位逆来顺受的胆小怕事者，一旦她认识清楚了张汝舟的险恶用心与真实嘴脸，就不能坐以待毙，而是积极谋求解脱的方法。很快，张汝舟的把柄被李清照抓住了。张汝舟曾利用欺骗手段获取官职，李清照知道后立即检举上报，最终与张汝舟双双入狱。因为根据宋朝刑法规定，妻子告发丈夫，虽然事实确凿，妻子也需服徒刑二年[①]。对于刑法的规定李清照当然是清楚的，她甘心自己陪同入狱，也不愿苟且了事，这就是李清照倔强独立的个性。李清照入狱以后，她的亲戚故旧当然不

① 北宋窦仪等所编《新详定刑统》卷二十四《斗讼律》说：“诸告周亲尊长、外祖父母、夫、夫之祖父母，虽得实，徒二年。议曰：‘高周亲尊长、外祖父母、夫、夫之祖父母，依《名例律》，并相容隐。被告之者，与自首同。告者各徒二年。’”《新详定刑统》卷六《名例律》有“互相容隐”条：“诸同居，若大功以上亲、及外祖父母、外孙、若孙之妇、夫之兄弟及兄弟妻，有罪相为隐。若犯谋叛以上者，不用此律。”所以，依照宋代刑法，张汝舟被视为自首，而李清照需处徒刑二年。

能坐视不理，一些在朝廷做官的有势力者也从中加以援手。最终，李清照在狱中仅关闭了九天，就被释放出来了。事后，李清照对帮了她大忙的翰林学士綦崇礼写信表达诚挚谢意，称“感戴鸿恩，如真出己”。这一次从再嫁到离异，不过一百来天的时间。

**二、有关李清照再嫁及离异之事的辩诬**

关于李清照再嫁乃至离异一事，明清以来做翻案文章的人非常多。他们都是因为非常喜欢李清照的词作，进而从封建伦理道德的角度出发接受不了李清照再嫁的事实，于是就曲意为之“辩诬”。明代徐𤊹《徐氏笔精》卷七说：“清献公之妇，郡守之妻，必无更嫁之理。”清代卢见曾《重刊〈金石录〉序》说：李清照“以如是之年而犹嫁，嫁而犹望其才地之美、和好之情亦如德夫昔日，至大失所望而后悔，悔之又不肯饮恨自悼，辄谍谍然形诸简牍。此常人所不肯为，而谓易安之明达为之乎？观其洊经丧乱，犹复爱惜一二不全卷轴，如获头目，如见故人。其惓惓德夫，不忘若是，安有一旦忍相背负之理？此子舆氏所谓好事者为之，或造谤如《碧云騢》之类，其又可信乎？易安父李文叔，即撰《洛阳名园记》者。文叔之妻，王拱臣孙女，亦善文。其家世若此，尤不应尔。”（雅雨堂本《金石录》）清代俞正燮作《易安居士事辑》明确表态：“余素恶易安改嫁张汝舟之说。”因此为之臆断说：“其时无学者不堪易安讥诮，改易安与綦学士启，以张飞卿为张汝舟，以玉壶为玉台，谓官文书使易安嫁汝舟，后结讼，又诏离之，有文案。”清代陆心源《仪顾堂题跋》直接断定：“其启即汝舟所改，非别有怨家也。”至李慈铭《书陆刚甫观察〈仪顾堂题跋〉后》就作出了更多种的推测：“张汝舟妻李氏，或本易安一家，与夫不咸，讼讦离异。当时忌易安之才如学士秦楚材者（秦桧之兄，名梓），及被易安诮讥如张九成等者，因将此事移之易安。或汝舟之妻，亦娴文字，作文自述被夫欺凌殴击之事，其讼妄增举数时，亦必牵及闺门乖忤，自求离绝。及置狱根勘得实，并遂其请，后人因其适皆姓李，遂牵合之。李微之不察而误采之。”（《越缦堂读书记》卷八《文学四》）其他大同小异、五花八门的“辩诬”之说，还有许多，不再一一罗列。

综合“辩诬”派的观点，大约有以下五个方面：第一，李清照出身于有文化修养与教养的家庭，其丈夫赵明诚家身份也非同寻常，赵明诚本人官至郡守，所以，李清照“必无更嫁之理”；第二，李清照绍兴二年（1132）之时年纪已大，不可能再嫁；第三，以李清照与赵明诚的情感之深挚，其去世之后的念念不忘，也不可能背叛赵明诚而再嫁他人；第四，《云麓漫抄》所载的《投翰林学士綦崇礼启》文笔恶劣，应当是经人篡改者；第五，与李清照同时代或稍晚者，如谢伋、张端义等仍称呼李清照为“赵令人李”“赵明诚妻”，可见其并无再嫁之事。上述五个方面的观点，前四项纯属一厢情愿的推断之辞，只能视作后人热爱李清照感情的泛滥，而不是历史或学术研究。最后一点也不足为凭。李清照再嫁至离异只有短短一百天的时间，李清照最终还是将自己认作是赵明诚的妻子，同情李清照者依然称呼她一声“赵明诚妻”不足为奇。洪适《〈金石录〉跋》就称：“绍兴中，其妻易安居士李清照表上之。赵君无嗣，李又更嫁。”（《隶释》卷二十六）陈振孙《直斋书录解题》卷八“《金石录》条”说：“明诚，宰相挺之之子。其妻易安居士为作《后序》，颇可观。”卷二十一“《漱玉集》条”说：李清照“晚岁颇失节”。可见，称李清照为赵明诚妻与李清照的改嫁离异，两者之间并不矛盾。所以，王仲闻《李清照集校注·附录·李清照事迹编年》下断语说：“明清迄近代，为清照辩诬，主张清照未再嫁者甚多，无一能言之有故，持之成理，俱不取。”

**三、李清照再嫁与离异事实的认定**

关于李清照的再嫁与离异，当代许多学者从史实出发，破除封建伦理道德观念的障蔽，依然对这一史实作了不容讳言的论说。

首先，李清照再嫁、百日内又离异的事情，在李清照的《投翰林学士綦崇礼启》中有详细的自我叙述。没有任何真实的凭据说明这封书信是经人篡改的，后代的随意推测不可信。书信的全文如下：

清照启：素习义方，粗明诗礼。近因疾病，欲至膏肓，牛蚁不分，灰钉已具。尝药虽存弱弟，应门唯有老兵。既尔苍皇，因成造次。信彼如簧之说，惑兹似锦之言。弟既可欺，持官文书来辄信；身几欲死，非玉镜架亦安知。僶俛难言，优柔莫决。呻吟未定，强以同归。视听才分，实难共处。忍以桑榆之晚节，配兹驵侩之下才。身既怀臭之可嫌，唯求脱去；彼素抱璧之将往，决欲杀之。遂肆侵凌，日加殴击，可念刘伶之肋，难胜石勒之拳。局天扣地，敢效谈娘之善诉；升堂入室，素非李赤之甘心。外援难求，自陈何害？岂期末事，乃得上闻。其自宸衷，付之廷尉。被桎梏而置对，同凶丑以陈词。岂唯贾生羞绛灌为伍，何啻老子玉韩非同传。但祈脱死，莫望偿金。友凶横者十旬，盖非天降；居囹圄者九日，岂是人为！

抵雀捐金，利当安往；将投碎璧，失固可知。实自谬愚，分知狱市。此盖伏遇内翰承旨，缙绅望族，冠盖清流，日下无双，人间第一。奉天克复，本缘陆贽之词；淮蔡底平，实以会昌之诏。哀怜无告，虽未解骖；感戴鸿恩，如真出己。故兹白首，得免丹书。清照敢不省过知惭，扪心识愧。责全责智，已难逃万世之讥；败德败名，何以见中朝之士。虽南山之竹，岂能穷多口之谈；唯智者之言，可以止无根之谤。高鹏尺鷃，本异升沉；火鼠冰蚕，难同嗜好。达人共悉，童子皆知。愿赐品题，与加湔洗。誓当布衣蔬食，温故知新。再见江山，依旧一瓶一钵；重归畎亩，更须三亩三薰。忝在葭莩，敢兹尘渎。

书信中所叙述的再婚后的凄惨经历、离异的决心、离异后所遭受的磨难与社会舆论的攻击，以及自己追悔莫及、且惭且愧的心态，都是十分真切、生动、细致、感人的。关于婚前被骗和结婚过程的解释，有为自己开脱、过于夸张的地方，如“强以同归”之类，不可尽信。然而，事后为自己多做一点辩解，以至语言有点失真，这也是人之常情。这封信将事情的经过、结局交代得如此清清楚楚，这一段史实不容置疑。

其次，关于李清照再嫁以至离异一事，宋人众口一词，没有任何不同说法。李心传《建炎以来系年要录》卷五十八载：“右承奉郎监诸军审计司张汝舟属吏。以汝舟妻李氏讼其妄增举数入官也。其后有司当汝舟私罪徒，诏除名，柳州编管（十月己酉遣）。李氏，格非女，能为歌词，自号易安居士。”洪适《〈金石录〉跋》就称：“绍兴中，其妻易安居士李清照表上之。赵君无嗣，李又更嫁。”（《隶释》卷二十六）陈振孙《直斋书录解题》卷二十一：“《漱玉集》一卷，易安居士李氏清照撰。元祐名士格非文叔之女，嫁东武赵明诚德甫。晚岁颇失节。”王灼《碧鸡漫志》卷二称：李清照“赵死，再嫁某氏，讼而离之。晚节流荡无归。”朱彧《萍洲可谈》卷中称：李清照“不终晚节，流落以死。天独厚其才而啬其遇，惜哉！”胡仔《苕溪渔隐丛话》前集卷六十说：“易安再适张汝舟，未几反目，有《启事》与綦处厚云：‘猥以桑榆之晚景，配兹驵侩之下才。’传者无不笑之。” 其中，多数人是鄙夷李清照的，也不乏同情李清照如朱彧者。这些与李清照同时代或略晚的史学家、文献学家、文人的一致记载，在事实上也没有出入，充分说明了此事的真实可信程度。

李清照与赵明诚两家亲戚故旧，不乏在朝中非常有势力有影响者。即使是赵明诚的两位兄长，在绍兴年间也是官运亨通。赵存诚绍兴初年出任广南东路帅臣，赵思诚绍兴年间试中书舍人，两人都是地方或中央的要员。然而，李、赵两家之中，无一人站出来为李清照辩驳。可见，这是铁板钉钉的事实，不容辩驳。

**四、宋代妇女婚姻与再嫁**

关于李清照的再嫁与离异，以往学者的讨论已经非常多，上述的认定论证也是在重复这些学者的言论观点。这里之所以要将这一件事情的始末以及认定论证详细介绍给读者，是为了透视李清照的爱情与婚姻观念，透视李清照对赵明诚的情感深度，透视李清照独立不羁的非常个性。而具体讨论李清照的再嫁与离异，首先要对宋人的婚姻观念中有关妇女改嫁的看法有一个大致的了解，这样才能明了李清照所作所为的个性独立意义，以及因此为她本人所带来的麻烦，理解离异后李清照的艰难处境。

古代中国封建社会是一个男尊女卑的男权社会，要求女性绝对依附于男性。所以，从婚姻的角度便对女性提出了“从一而终”的性别不平等要求，把“夫死不嫁”作为对妇女的伦理道德规范来标榜树立。《礼记·郊特牲》说：“壹与之齐，终身不改，故夫死不嫁。”但是，封建社会的统治者很少将“夫死不嫁”作为法律条文的形式确定下来。“从一而终”的观念，作为一种伦理道德规范要求，从提出到逐渐深入社会各个阶层，以至最终成为社会普遍行为，有一个漫长的历史阶段。在这一历史发展过程中，妇女再嫁或离异仍然有相当大的自由度。汉代名儒董仲舒，就曾判决一位改嫁的妇女无罪[①]。宋代以前，妇女再嫁的现象比较常见。如西汉平阳公主，先嫁曹时，夫死，汉武帝与左右大臣讨论之后，将平阳公主再嫁给大将军卫青。这件事情做得这样光明磊落，堂而皇之，可见在汉代妇女改嫁是十分正常的。甚至，汉代开国元勋之一陈平所娶的妻子张氏，是第六次嫁人，前五次出嫁丈夫都去世，陈平依然第六次娶她为妻。而三国魏文帝的皇后甄氏，就是曾经嫁过袁熙的寡妇，这并不影响她后来成为皇后之尊。到了唐朝，由于民族融合带来的观念冲击和增殖人口、发展经济生产的实际需要，贞观元年（627），唐太宗颁布了“劝勉民间嫁娶诏”，规定：“男年二十、女年十五已上，及妻丧达制之后，

① 详见《太平御览》卷六百四十。董仲舒判文如下：“甲夫乙将船，会海盛风，船没，溺流死亡不得葬。四月，甲母丙即嫁甲，欲当何论？或曰：甲夫死未葬，法无许嫁，以私为人妻，当弃市。议曰：臣愚以为春秋之义，言夫人归于齐，言夫死无男有更嫁之道也。妇人无专制擅恣之行，听从为顺。嫁之者，归也。甲又尊者所嫁，无淫行之心，非私为人妻也。明于决事，皆无罪名，不当坐。”

孀居服制已除，并须申以媒媾，令其合好。”（《唐会要》卷八十三《嫁娶》）武则天当政以后，妇女的地位得到一定的提高，促使女性的贞节观念更加淡薄。所以，唐代妇女改嫁的现象比之前代又有所增加。陈东原《中国妇女生活史》做了一个统计说：唐代“公主再嫁者达二十三人：高祖女四，太宗女六，中宗二，睿宗女二，元宗（玄宗）女八，肃宗女一。三嫁者四人，高宗女一，中宗女一，元宗女一，肃宗女一。”（118页，上海书店1984版）道貌岸然的朱熹因此批评说：“唐源流出于夷狄，故闺门失礼之事不以为异。”（《朱子语类》卷一百三十六《历代三》）这种风俗延续到五代，后周太祖郭威，居然前后所娶的四个妻子都是寡妇出身，清人赵翼《二十二史札记》卷二十二对此有过专门的叙述。

北宋中叶以前，继承唐五代社会风气，寡妇或一般妇女再嫁依然比较随便。上文曾列举张齐贤为迎娶再嫁的寡妇柴氏，还惹来一场财产诉讼风波。宋代皇室或后妃之中，这类改嫁的事情也时时可见。宋太祖妹妹初嫁米福德，米福德去世，改嫁高怀德。宋度宗生母黄氏，初嫁魏峻，再嫁李仁本，第三次陪嫁进入恭王府，与赵与芮生子，就是后来的度宗。与北宋名人互相关联的寡妇再嫁故事就更加多了。北宋名臣范仲淹，二岁父亲去世，母亲改嫁朱姓，范仲淹也改姓朱。直到范仲淹进士及第做官以后，才改名为范仲淹。范仲淹终其一生在言论或行动上从来不歧视再嫁的妇女，晚年他曾经用自己的俸禄设立“范氏义庄”，救济范姓中孤贫以及需要资助者，其规定中就有这样一条：“再嫁者，支钱二十贯。”王安石的做法更加开通而令人钦佩。王安石的次子名雱，官太常寺太祝，向来有精神方面的疾病，娶同郡庞氏女为妻。过了一年，生一子，王雱以为容貌不像自己，千方百计想杀死孩子，最终孩子还是惊惧死去。王雱又每天与妻子吵闹，王安石明白自己的儿子精神不正常，可怜儿媳没有过错，想让两人离异，又怕给儿媳带来不好的名声。于是，王安石干脆选择一位中意的男子，将儿媳改嫁此人。当时京师有谚语说："王太祝生前嫁妻。"（详见《东轩笔录》卷七）

另一方面，宋代理学思想逐渐形成，对妇女的道德禁锢日趋严厉。理学家最重"男尊女卑"的观念，程颐说："男女有尊卑之序，夫妇有唱随之礼，此常理也。"（《伊川易传》四《归妹卦》）司马光因此倡导"忠臣不事二主，贞女不事二夫"（《家范》卷八）。理学家程颐更是将妇女"从一而终"的贞节观念绝对化、极端化，对妇女提出了摧残人性的"守节"要求，并将此作为衡量妇女品行操守的最高标准。《近思录》记载了程颐与他人的一段对话：

> 或问："孀妇于理似不可取，如何？"伊川先生曰："然！凡取，以配身也。若取失节者以配身，是已失节也。"又问："人或居孀，贫穷无托者，可再嫁否？"曰："只是后世怕寒饿死，故有是说。然饿死事极小，失节事极大！"

顽固的程颐居然将女子的守节视作比生命还宝贵的东西，号召天下男子决不娶再嫁的女子为妻，否则自己也将等同于"失节"。妇女不能守寡，都是受"人欲"的诱惑，"存天理，灭人欲"，在程颐看来是非常正当的要求。"理学"，因此成为迫害、毒害无数妇女的残忍工具，"酷吏以法杀人，后儒以理杀人”。明清以来，无数妇女的青春与生命都断送在这种绝对“男尊女卑”的残酷思想之下，宋代理学家流毒贻害非浅。

与理学思想的萌芽、生成相适应，宋代要求寡妇守节的呼声越来越高，伦理规范也越来越不通人性，越来越严厉。朝廷也开始使用行政手段加以一定干预。宋仁宗庆历四年（1044）八月，“诏宗室大功以上亲之妇不许改嫁，自余夫亡而无子者，服除听还其家。”（《长编》卷一百五十一）朝廷并通过表彰“从一而终”的节妇，引导新的社会观念与风俗的形成。哲宗元祐七年三月，唐州地方官呈报朝廷说：“伏见本州泌阳县故江宁府司法参军吴赉女，年二十四岁而归布衣王令，未及一年而令卒，吴方二十五岁，有遗腹子一人。其兄欲夺而嫁之，号泣弗许。归老于父母之家，屏迹田桑，以事兄嫂。如此三十二年矣。今居黄池陂，每岁农隙，躬率农夫数千人大治陂水灌田，利及一方，人皆服其教令。欲乞朝廷特赐旌表。”朝廷立即下诏：“赐绢一十匹、米二十石。”（《长编》卷四百七十一）

经过理学家的宣扬与朝廷的倡导，宋人关于妇女再嫁的观念逐渐转变，“从一而终”的贞节观日益深入人心，越来越成为社会各阶层普遍认可的伦理道德标准。杨湜《古今词话》记载了这样一件事：“蜀中有一寡妇，姿色绝美。父母怜其年少，欲议再嫁。归家有喜宴，伶唱《菩萨蛮》：‘昔年曾伴花前醉，今年空洒花前泪。花有再荣时，人无重见期。　故人情义重，不忍营新宠。日月有盈亏，妾心无改移。’妇闻之，泣涕于神前，欲割一耳以明志。其母速往止之，抱持而痛，遂不易其节。”伶人唱小词劝对方守节，表明了当时的一种普遍社会观念。这位年轻寡妇，则已经被理学思想毒害到心甘情愿的地步。据统计，北宋中叶以后，士大夫家妇女少有再嫁者。唐代公主再嫁者 28 人，宋代除宋初的秦国公主以外，以后公主八十余人没有再嫁者①。

一种观念的改变或建立，是一个渐进的过程，不是以某一天为界限的突然转变。要求妇女“从一而终”的守节观念的形成乃至最终确立，也是这样一个渐进过程。而且，北宋、南宋年间，理学都曾经一度被朝廷禁绝，乃至被称作“伪学”。《宋史》卷四百二十七《道学一》说：“道学盛于宋，宋弗究于用，甚至有厉禁焉。”理学家所树立的伦理道德标准，还不是那么深入人心。所以，虽然自北宋中叶以来妇女再嫁的现象越来越少见，但是并没有断绝。宋度宗母黄氏就是一位改嫁的妇女。南宋后期权臣贾似道的母亲胡氏，也前后嫁过三个丈夫。陆游前妻唐琬，因不为婆婆所容被迫离异，改嫁宋宗室子弟赵士程，更是为人们所熟知的历史故事。

明了李清照所生活的年代人们对于妇女再嫁及离异等问题的看法与做法，再来理解李清照的作为及其现实处境，对李清照的认识就能更深入一层。首先，李清照所生活的年代是允许妇女再嫁的，再嫁的事情也时有发生，这就为李清照的再嫁提供了现实的可能性。其次，李清照所生活的年代，人们已经基本建立起妇女“从一而终”的贞节观念，再嫁者往往遭人鄙夷，甚至受社会舆论的围剿。这又为妇女的再嫁设置了重

① 详见董家遵《从汉到宋寡妇再嫁习俗考》，《中国古代婚姻史研究》第 273 页，广东人民出版社 1995 年 9 月版。北宋还有徽宗女荣德帝姬也曾改嫁。初嫁曹晟，“靖康之难”以后被掳至燕京。曹晟死，改嫁习古国王。然此事发生在非常时期，故忽略不计。

重现实困难。李清照正生活在这种社会风俗的转变过程之中。她依据作为一个正常人内心所渴望的正常的男女异性情感交流的需求，为追求中晚年生活的幸福，不顾世俗的贬斥，毅然地决定再嫁张汝舟。这样的举止，是何等果敢，何等有魄力，何等个性鲜明，何等独立不羁。或许正是因为与赵明诚的幸福婚姻，使李清照深刻地体会了男女异性情感交流乃至相爱所获得的身心愉悦，体会到夫妻生活的重要性，使她不愿面对寡居的冷清生活，所以才迈出改嫁的大胆一步。继而发现张汝舟的龌龊不堪，李清照又毅然讼夫离异，这种举止更加惊世骇俗。难怪后代学者对此屡生疑问。但是，这种行为方式，恰恰与李清照的个性相一致。

李清照迈出这大胆的一步，意味着得罪前夫赵明诚家的所有亲戚朋友，在赵家成员看来，李清照已经使他们颜面扫地，李清照已经不再可能从前夫赵明诚的家族中获得任何支持。迈出这大胆的一步，预示着李清照也将被娘家的亲戚朋友所唾弃，在将近晚年的时候，还要演出一段“黄昏恋”，娘家人的面子又置于何处？李清照也不可能从娘家亲戚友人中获得太多的同情和支持了。迈出这大胆的一步，更意味着得罪整个上流社会，李清照的大胆自由与出口无忌，早已招致当时上流社会的不满情绪，此时再嫁的举动，为她的“荒淫”“恣肆”找到了新的佐证，李清照又怎么可能再被上流社会所容纳？陈振孙说李清照“晚岁颇失节”，王灼称李清照“晚节流荡无归”，朱彧称李清照“不终晚节”，胡仔说“传者无不笑之”，充分说明了当时整个社会对李清照再嫁以及离异的极端鄙夷态度。李清照晚年的孤苦伶仃、流落无依，当然与这大胆的一步有很密切的关联。

后代冬烘文人，更要以此为借口，污蔑贬低李清照。明代江之淮说李清照："德甫逝而归张汝舟，属何意耶？文君忍耻，犹可以具眼相怜。易安更适，真逐水桃花之不若矣。"（《古今女史》卷一引）有的甚至因此攻击到文学史上许多光彩照人的女性作家，充分表现出性别歧视的恶劣态度。明代董谷说："蔡文姬、李易安失节可议。薛涛倚门之流，又无足言。朱淑贞者，伤于悲怨，亦非良妇。"（《碧里杂存》卷上）这些封建社会的"大男人"们，如何能够理解李清照改嫁的个性自由的潜在意义。

## 第三节　闾阎嫠妇亦何知，沥血投书干记室

——贫病潦倒中李清照的爱国情怀

从绍兴二年（1132）初回到临安，经历了这么大一场婚变风波，"贫病"开始与李清照相伴而行。从李清照的娘家来说，已经是"家世沦替，子姓寒微"，没有什么可倚赖的。"弱弟"李迒，在李清照再嫁一事中也是积极赞同者，李清照给綦崇礼的书信中已经点明了这一点。或许李迒此举还有一定的经济目的，不希望年纪渐老的姐姐拖累自己，不愿承担起赡养姐姐的职责。宋代下层官员俸禄微薄，自己养家糊口尚称勉强，李迒如果出于这样的动机是非常自然的。历史上，因多种原因无可奈何被迫回到娘家的女子，总是首先受到兄弟的极力排斥而无法在家中安居，《诗经·氓》中的弃妇回娘家途中想到的是"兄弟不知，咥其笑矣"；《孔雀东南飞》中的刘兰芝告别焦仲卿时，也知道"我有亲父兄，性行暴如雷。恐不任我意，逆以煎我怀"。西晋李密《陈情表》叙及幼时母亲被迫改

嫁一事，说：“生孩六月，慈父见背；行年四岁，舅夺母志。”其逼迫者就是母亲的兄弟。娘家兄弟排斥已嫁姐妹的表现不一，然都只能够从经济的角度作出解释。时至今日，为家庭财产反目的亲兄妹时时可见，愿意无怨言地承担起赡养贫病年老姐妹的人却屈指可数。李清照离异之后没有再依靠弟弟李迒，似乎也隐约说明了这一点。总之，娘家是不可依恃了。前夫赵明诚家族已经被李清照再嫁一事彻底得罪，从他们那里获得支持无疑是异想天开。社会上各阶层的人们，都以异样的眼光看着离异以后的李清照，李清照又没有子女可以倚仗。晚年的李清照陷入了极度的孤苦之中。

争强好胜的李清照，经受如此的折磨和婚变的打击，刚刚复原的身体又垮了下去。这一病，又是大半年的时间，直到绍兴三年（1133）五月李清照写诗为出使金国的使节送行，诗前小序依然说自己此时还处于“贫病”之中。这时候，也就是李清照离异近八个月之后，朝廷派遣同签书枢密院事韩肖胄和工部尚书胡松年出使金国，慰问被囚禁在北方的徽、钦二帝。韩肖胄是北宋仁宗、英宗、神宗三朝宰相韩琦的曾孙，其祖父韩忠彦也是哲宗、徽宗两朝宰相。李清照的父亲李格非及祖父两代曾获得韩琦与韩忠彦的赏识与荐引，故韩肖胄与李清照算得上是世交。李清照尽管这几年频频遭受打击，磨难接踵而止，但爱国的热情依然不减。这次朝廷派世交韩肖胄出使金国，李清照在病榻上挣扎着写成一首古诗和一首律诗，借为使者送行之际，表达自己对国事的关切，抒发自己满腔的爱国激情。两首诗歌如下：

三年夏六月，天子视朝久。凝旒望南云，垂衣思北狩。

如闻帝若曰，岳牧与群后。贤宁无半千，运已遇阳九。

勿勒燕然铭，勿种金城柳。岂无纯孝臣，视此霜露悲。

何必羹舍肉，便可车载脂。土地非所惜，玉帛如尘泥。

谁当可将命，币厚辞益卑。四岳佥曰俞，臣下帝所知。

中朝第一人，春官有昌黎。身为百夫特，行足万人师。

嘉祐与建中，为政有皋夔。匈奴畏王商，吐蕃尊子仪。

夷狄已破胆，将命公所宜。公拜手稽首，受命白玉墀。

曰臣敢辞难，此亦何等时。家人安足谋，妻子不必辞。

愿奉天地灵，愿奉宗庙威。径持紫泥诏，直入黄龙城。

单于定稽颡，侍子当来迎。仁君方恃信，狂生休请缨。

或取犬马血，与结天日盟。胡公清德人所难，谋同德协心志安。

脱衣已被汉恩暖，离歌不道易水寒。皇天久阴后土湿，雨势未回风势急。

车声辚辚马萧萧，壮士懦夫俱感泣。闾阎嫠妇亦何知，沥血投书干记室。

夷虏从来性虎狼，不虞预备庸何伤。衷甲昔时闻楚幕，乘城前日记平凉。

葵丘践土非荒城，勿轻谈士弃儒生。露布词成马犹倚，崤函关出鸡未鸣。

巧匠何曾弃樗栎，刍荛之言或有益。不乞隋珠与和璧，只乞乡关新信息。

灵光虽在应萧萧，草中翁仲今何若？遗氓岂尚种桑麻，残虏如闻保城郭。

嫠家父祖生齐鲁，位下名高人比数。当时稷下纵谈时，犹记人挥汗成雨。

子孙南渡今几年？飘零遂与流人伍。欲将血泪寄山河，去洒东山一抔土。

想见皇华过二京，壶浆夹道万人迎。
连昌宫里桃应在，华萼楼前鹊定惊。
但说帝心怜赤子，须知天意念苍生。
圣君大信明如日，长乱何须在屡盟。

南宋立国以来，谈“金”色变，皇帝不可惜中原的国土，也不可惜朝廷的玉帛，只求得片刻的苟且偷安。李清照对此早已愤慨不平，诗中，借为韩肖胄送行的话题，李清照首先斥责了南宋小朝廷“币厚辞益卑”之卑躬屈膝的卖国求和政策。高宗对金人的奴颜媚骨虽然这里是借着思念父兄的“纯孝”的名义，李清照在字里行间对南宋小朝廷的“恐金症”依然充满讥刺之意。诗歌从开篇到“币厚辞益卑”为第一部分，叙述朝廷派遣使臣的原因，矛头直指高宗的投降卖国政策。在这种畏敌如畏虎的现实背景下，想找到一位具有无畏勇气能够承担起出使北方职责的士大夫，也是非常不容易的。出使北方的使臣，经常被金人随意侮辱、扣留，甚至有性命之忧。于是，李清照热情地讴歌韩肖胄是“中朝第一人”，他的“家人安足谋，妻子不必辞”之公而忘私的精神和“径持紫泥诏，直入黄龙城”之视死如归的决心，大有“壮士一去兮不复返”的慷慨悲壮色彩。而胡松年“谋同德协心志安”的同心同德精神，又为这次出使壮行增添光辉的一章。韩、胡的大无畏精神，使得“壮士懦夫俱感泣”，为懦弱的南宋小朝廷树立了一个光辉的榜样。后来陈亮在揄扬章森毅然出使北方时，也有“当场只手，毕竟还我万夫雄”（《水调歌头》）的词句。

其实，这次出使北方真正对答得体、不卑不亢、不辱使节身份的是胡松年。韩肖胄与胡松年到了北方，金人所立的傀儡政权伪齐皇帝刘豫打算让他们以臣下的身份拜见自己，韩肖胄不知所措，胡松年则立即针锋相对地回答：“都是宋臣。”因为刘豫原来是宋朝廷派遣的济南知府，投降金人以后被立为傀儡皇帝。胡松年的回答只承认刘豫的旧身份，而不理睬他的新位置，因此贬斥了刘豫数典忘祖、卖身求荣的无耻行径。刘豫又询问宋高宗的意向，胡松年回答说：“一定要恢复故国疆土。”刘豫大为沮丧（详见《宋史纪事本末》卷六十七《金人立刘豫》）。李清照写此送行诗，是从与韩家世交的角度出发，韩肖胄又是正使，而且李清照也不知道韩、胡到北方以后的言行，这里自然将更多的歌颂篇幅给了韩肖胄。从“四岳佥曰俞”至“壮士懦夫俱感泣”为第二部分，颂扬二位使臣的崇高品德，这是对抗金英雄的热情呼唤。李清照受之感激，也生出了“沥血投书干记室”的豪情，激发出澎湃的爱国热情。联想到使臣将要到达的北方，李清照又不仅深切怀念沦陷区的“遗氓”，怀恋践踏于金人铁蹄之下的“乡关新信息”。眼前，自己却只能“飘零遂与流人伍”，内心的痛苦以“血泪”书写，绵绵不绝地汹涌而出了。从“闾阎嫠妇亦何知”至结尾为第三部分，抒写自己的爱国情深。

第二首律诗则改变抒情的角度，设想使臣到了北方以后的所见所闻。首先，作为故国的使者，他们肯定会受到北方遗民“壶浆夹道万人迎”的盛大欢迎。遗民的态度，是北伐的希望之所在，人心思“宋”，南方君臣更加应该奋发图强。其次，使臣还将看到故国宫殿的残破败坏，金人的凶暴以及所犯下的罪行，历历在目。这应该激发南宋君臣卧薪尝胆，以图复仇。有了这些见闻，朝廷苟且偷安还假借“天意念苍生”的名义，是多么可耻。李清照设想中使臣的这一系列见闻，又证实与金人“屡盟”的不可信任。这里，李清照是借题发挥，发表自己关于南北关系的见解，发表自己对国家大事的意见，是一种不甘寂寞的参政、议政意识的强烈表现。李清照是卓越非凡的女性！

南渡以后的六七时间里，李清照个人生活中遭受了接二连三的重大挫折打击，但是她依然对生活抱有这样充沛的感情，对现实社会投入这样多的关注，李清照真是一位令人钦佩的坚强女性。诗前小序自称：“有易安室者，父祖皆出韩公门下。今家世沦替，子姓寒微，不敢望公之车尘。又贫病，但神明未衰落。见此大号令，不能忘言，作古、律诗各一章，以寄区区之意，以待采诗者云。”对国事的关心，不顾自身的贫病，期待自己意见能引起朝廷“采诗”者的注意，诸多寓意，都蕴含在这二首作品之中。

大约在夏秋之交，李清照的病况大为好转，她已经能够支撑起床做适量的户外活动了。当身体稍稍康复，李清照就不愿意让消沉的情绪继续压迫自己，她的《摊破浣溪沙》说：

病起萧萧两鬓华，卧看残月上窗纱。豆蔻连梢煮熟水，莫分茶。

枕上诗书闲处好，门前风景雨来佳。终日向人多酝藉，木犀花。

这是词人患病将愈时所作。“贫病”将愈，两鬓白发萧萧，已经难掩晚景的萧瑟凄凉。但是，李清照仍旧振作精神，在病榻上透过窗纱卧看一钩残月在空中高挂，诗情画意的大自然再度给予词人心灵上极大的抚慰。而后，词人起床兴趣盎然地煮茶、品茶。分茶是宋人品茶的一种方式，杨万里《谈庵坐上观显上人分茶》诗说：“分茶何似煮茶好，煎茶不似分茶巧。”其中又有许多技巧。陆游《临安雨晴》诗也说：“晴窗细乳戏分茶。”李清照这时候有了这样的好兴致去做这些琐细的小事，表现的是对生活的热情和不甘寂寞的心情。患病将愈，体力得到相当的恢复。此时，词人侧卧在病榻上时有精神能够随意翻阅堆叠在枕头旁边的诗书，心情越来越愉悦。词人支撑病躯起床，也可以倚门浏览户外景色，雨后的风景处处清新美丽，赏心悦目。尤其是那一树酝酿多时、即将盛开的木犀花（桂花），在向词人传递着沁脾的馨香，展示着动人的秀丽。早年词人就曾称赞桂花“自是花中第一流”，现在桂花还是令词人这般心旷神怡。词人怎么不喜出望外呢？其实，这里仅仅是词人心境的改变所带来的变化。词人在这秋日的季节、秋雨的气候、患病将愈的时候，处处发现生活的美好。整首词，词人只是写日常的家庭琐事和细小的户外景色，充满了浓郁热情的生活气息。词人尽量自我解脱，事事看得开，再次表现出刚毅的性格和旷达的心胸。词人不是让困难将自己压垮，而是勇敢地面对人生的困境，积极地走出这种困境。李清照的心胸、胆识、勇气、性格，实在叫人钦佩。李清照此前的再婚，也应该从这个角度去理解，是李清照积极走出困境的一种手段，虽然遇人不淑而遭失败，但是这种精神永远值得人们敬佩。

## 第四节 千古风流八咏楼，江山留与后人愁

——李清照逃难卜居金华的生活

绍兴四年（1134）九月，伪齐刘豫获知岳飞的军队已经收复了襄阳（今属湖北）、邓州（今河南邓县）诸地，大为惊恐，于是怂恿金人再次出兵南侵，并派遣自己的儿子刘麟、侄子刘猊率兵为向导。金兵渡过淮河，分二路南侵。朝廷大臣议论应敌之策，高宗同意銮驾亲征。由于前几次金人南侵给百姓带来的巨大恐慌至今尚未消失，虽然这时候南宋军队的战斗力已经强过金兵，听到金兵入侵的消息，民间还是一度陷入惊慌失措之中。李清照《打马图序》记载说："今年冬十月朔，闻淮上警报。江浙之人，自东走西，自南走北，居山林者谋入城市，居城市者谋入山林，旁午络绎，莫卜所之。"南宋百姓，如同无头苍蝇，不知向何处躲避。在金兵进攻的线路中，京城临安历次都是重要的军事与政治目标，京城百姓也不知道高宗真的是御驾亲征还是借机逃跑，京城首先陷入混乱。刚刚摆脱病魔折磨的李清照，匆忙间雇船溯流而上，经过浙江富阳严子陵滩，最后来到金华，借住在一位姓陈的家里。

### 一、李清照逃难卜居期间的诗词创作

路过严子陵钓台时，李清照想起了人世间许多为个人名利忙忙碌碌、

奔走不停的尘俗之辈，在这国难当头之际，这些自私自利者就更令人憎恨厌恶。与历史上超脱之达者严子陵相比较，他们更显得卑琐龌龊。李清照有七绝《夜发严滩》，诗说：

巨舰只缘因利往，扁舟亦是为名来。
往来有愧先生德，特地通宵过钓台。

这首诗修改了前人的一首五言绝句，原诗说：“君为利名隐，我为利名来。羞见先生面，黄昏过钓台。”李清照借题发挥。经过婚变的晚年李清照，萦绕于心头的只有两件事情：对国事的关切，对亡夫的怀念。逃难途中，思虑所及自然以国事居多。看见富春江上络绎往来不绝的“巨舰”与“扁舟”，想起国事的日益不堪，身为女子又无法投身疆场、报效国家，李清照不禁对应当身负起重整家国大任的男人们产生了贬斥批判的心理。正是因为这些男儿们往来只是为了名与利，才搞得国事日益不堪，才使得李清照一再颠簸逃难。辛弃疾说：“求田问舍，怕应羞见，刘郎才气。”（《水龙吟》）就是对这些国难当头之际而只顾谋求个人私利者的贬斥。东汉严光，字子陵，早年与刘秀为同学好友。刘秀称帝后，严光坚决拒绝出来做官，垂钓富春江旁，隐居避世。李清照这里从严子陵的高风亮节联想开来，一笔囊括了南宋小朝廷中鼠目寸光、苟且偷生的无耻之徒，给他们以无情的斥责。其实，李清照这里所用的历史人物类比并不恰当，在这家国存亡危急之秋，严子陵的高蹈避世并不值得提倡。追逐个人名利与不问世事隐逸这两类人物都应该批判，辛弃疾《水龙吟》

又说："休说鲈鱼堪脍，尽西风、季鹰归未？"就批判了国难当头而只顾隐居的一类人物，眼界高出李清照一筹。

在金华暂时定居下来以后，李清照更是念念不忘国事。金华山奇水秀，有诸多名胜古迹，李清照有时也外出登临游览，排遣愁绪。一日，李清照登上金华八咏楼，题诗说：

千古风流八咏楼，江山留与后人愁。

水通南国三千里，气压江城十四州。

八咏楼，原名元畅楼，宋太宗年间更名，与双溪楼、极目亭等并为婺州登临名胜之处。山河壮丽，气象开阔，名胜古迹，千古风流。登临浏览，本应该是赏心悦目的，诗人却冷冷地插入一句"江山留与后人愁"。如此大好河山，已有几多沦丧金人之手。眼前的"水通南国三千里，气压江城十四州"之辽阔无垠、气势雄伟，只能引起李清照的故国之愁思。遥远的北方，已经蹂躏于敌人的铁蹄之下；南方国土，也正狼烟四起，战火弥漫。诗人痛惜国土的破碎，仇恨金人的肆虐，愤慨朝廷的无能，多种复杂感受都凝聚在"江山留与后人愁"一句之中。这首诗气魄宏大，展现出李清照不平凡的心胸。

流落金华期间，多数时间李清照都是抑郁寡欢的，飘零动荡的生活促使词人更深地陷入愁苦之中。一度欲走出痛苦的努力，旋归失败。这样的愁苦，迫使李清照躲避外界的喧闹，时常连外出游览的兴趣都一点也没有。南渡初年所说的"试灯无意思，踏雪没心情"的颓丧心境，再次笼罩了词人。转眼就到了第二年的春天，“暮春三月，江南草长，杂花生树，群莺乱飞”，风光秀丽宜人。他人兴致勃勃，各自出游，浏览春光。李清照却打不起任何精神，感受与他人都不同。《武陵春》说：

风住尘香花已尽，日晚倦梳头。物是人非事事休，欲语泪先流。

闻说双溪春尚好，也拟泛轻舟。只恐双溪舴艋舟，载不动、许多愁。

转眼到了暮春季节，虽然群花凋残，春色阑珊，但是气候渐暖，鸟语花香，大自然仍然充满着蓬勃生机。不过，在心境悲苦的李清照眼中，则完全是一幅“风住尘香花已尽”之死气沉沉、寂寞萧条的凄凉景象。风停了，花谢了，春天的芳香也已散尽了，大自然陷入一派令人恐惧的死寂之中。这幅景象是词人特殊眼光观察的结果，实际上是词人强烈主观情绪之外露。在这样的孤独凄苦中，词人就无心梳妆打扮，一直在房中呆呆地坐着，到了“日晚”黄昏的时候。按照常理，梳头是清晨起床时应该完成的工作，这里却是到了“日晚”时刻还懒得梳头，词人一天都是这样心灰意懒地坐着发呆？枯坐一天要忍受多少痛苦的折磨？一再的颠沛流离，婚变的残酷打击，晚年的凄凉无依，已经将词人的精神摧残到麻木的状态。一天的怔怔不知所为，终于让麻木中的词人清醒地意识到一件事情：“物是人非事事休。”其实，春天并没有变得如此枯索，外界的景物依旧，只是人事已非，丈夫辞世也有五六年之久，李清照心境非常灰颓，自然界才在她的眼中黯然失色。“事事休”，是极端绝望之话语，人世间已经没有什么事情能够引起词人的兴趣了。内心的悲苦，只能用眼泪来诉说。“欲语泪先流”是痛苦已极、无语倾诉的表达。这时候，连“向帘儿底下，听人笑语”的心情都没有了。明人李攀龙评云：“未语先泪，此怨莫能载矣。”（《草堂诗余隽》）

极度愁苦之余，词人还是想到要外出游览，以消遣心事。双溪是金华著名的风景秀丽的游览胜地，因为有东港、南港两条水流汇聚于金华城南，故名“双溪”。每到春暖花开的季节，双溪上游人如云，热闹非凡。唐代严维《送人入金华》说：“明月双溪水，清风八咏楼。”李清照暂时定居金华后，曾登临八咏楼，也多次听说过双溪的湖光山色，这里的春色更加烂漫美丽。于是，词人有了“轻舟”出游的打算，让自己置身于美好的春光之中，让灿烂的春色来抚慰自己受伤的心灵。过片“闻说双溪春尚好，也拟泛轻舟”，照应开篇的“风住尘香花已尽”，可见春天已经完全消失只是词人悲苦之中的虚拟想象。下片词人的情绪似乎有所松动，然很快就被新涌上来的愁绪所淹没：“只恐双溪舴艋舟，载不动、许多愁。”词人将抽象的“愁”作了形象的比喻，“愁”在这里变得有体积、有重量了。内心积蓄的愁苦太多了，太沉甸甸了，词人担心“舴艋”小舟，无法承受这一份沉重，比喻十分新颖贴切。李煜《虞美人》将“愁”比作“一江春水向东流”，秦观《千秋岁》则说“飞红万点愁如海”，都对“愁”作了形象生动的比喻。李清照之作，可以与他们并美。其后，王实甫《西厢记·长亭送别·收尾》说：“遍人间烦恼填胸臆，量这些大小车儿如何载得起？”也是善写“愁”者。李清照擅长用平常的语言，作传神的描写，这首词的结尾就是一个范例。

很明显，这首词所抒发的“愁”绪已不仅仅是因为伤春引起的，字面上词人似乎只是扣住“伤春”的题目，实际上则是国破家亡、亲人永逝、婚变风波、四处逃亡与文物丧失等杂糅在一起的深悲巨痛。上片伤春伤逝，点季节与特殊情境。下片欲摆脱愁苦，却将国恨家愁提升到一个无尽无休、无法排遣的更高层次。与南渡初年比较，词人更加恨重愁深，一发不可摆脱了。

**二、“打马”游戏之作**

卜居金华无聊，绍兴四年（1134）末，李清照找出自己生平所喜欢的游戏——打马，为之编纂图经，并作序作赋，介绍这种游戏的具体玩法。这些游戏之作中同样显露出李清照的个性，展现出李清照的心胸与抱负。

打马，是古代用棋子博输赢的一种游戏，因棋子称作马而得名。这种游戏明清之间尚有人见之，胡应麟《少室山房笔丛》卷二十五说：“《打马图》今尚传，吴中好事者习之，迩年颇有能者。”到清代失传。宋代“打马”的玩法据李清照介绍大约有三种：关西马、依经马、宣和马，其中“宣和马”之类更多的是倚赖运气侥幸取胜。李清照最喜欢的是斗智斗勇的“依经马”智力游戏，称之说“实博弈之上流，乃闺房之雅戏”（《打马赋》）。于是，她便根据“依经马”的赏罚规定，每种规定下面用几句话加以解释，并让他人画成图谱，使这种流行游戏以文字的形式流传下来。李清照颇为自豪地说：“不独施之博徒，实足贻诸好事。使千万世后，知命辞打马，始自易安居士也。”（《打马图序》）

作为闺中女子，李清照空有一身的才华和智慧，她只能将自身的才华和智慧施展于“打马”之类的博弈游戏中。李清照一生争强好胜的个性，在这类赌赛输赢的游戏里又有更彻底的表现。李清照说：“好胜者人之常情。”（《打马赋》）李清照在这方面尤为突出，“予性喜博，凡所谓博者皆耽之，昼夜每忘寝食”。“自南渡来，流离迁徙，尽散博具，故罕为之，然实未尝忘于胸中也”（《打马图序》）。即使经历了那么多的磨难与打击，好胜的个性至老不变，这是李清照编纂“打马图”并为之作序作赋的表层原因。更深层次的原因是作为闺中女子，李清照始终不可能真正驰骋疆场，或者说是为现实社会出谋划策，除了通过“诗言志、词抒情”的方式以外，只能通过这类“争先术”的博弈游戏，展示自己不平凡的胸襟，吐露亟欲杀敌立功、报效国家的宏伟心愿。《打马赋》中一段写得有声有色，声情并茂：

齐驱骥騄，疑穆王万里之行；间列玄黄，类杨氏五家之队。珊珊佩响，方惊玉蹬之敲；落落星罗，忽见连钱之碎。若乃吴江枫冷，胡山叶飞；玉门关闭，沙苑草肥。临波不渡，似惜障泥。或出入用奇，有类昆阳之战；或优游仗义，正如涿鹿之师。或闻望久高，脱复庾郎之失；或声名素昧，便同痴叔之奇。亦有缓缓而归，昂昂而出。鸟道惊驰，蚁封安步。崎岖峻坂，未遇王良；局促盐车，难逢造父。且夫丘陵云远，白云在天；心存恋豆，志在著鞭。止蹄黄叶，何异金钱。用五十六采之间，行九十一路之内。明以赏罚，核其殿最。运指麾于方寸之中，决胜负于几微之外。

这里写的是“打马”博弈游戏的千变万化，与行伍作战非常类似。

或者是“骥騄”“玄黄”骏马并驰，行军有方，从容不迫。如周穆王乘坐八骏，日行万里，拜访西王母；如杨贵妃姊妹列队随驾出行，色彩斑斓，辉煌灿烂。或者传来“珊珊”玉佩叮咚，如马蹬声响；或者棋子的星罗布置，犹如五花马连钱旋毛。“打马”博弈进攻受挫，如同吴江枫叶飘零，胡山树叶枯飞，气势萧森，苍凉悲怆。“打马”博弈守招蓄势，如同玉门关紧闭，壁垒森严；如同秋日沙场草长马肥，屯积不发，相机而动。举棋不定时，犹如“临波不渡”爱惜障泥的骏马。有时以少胜多，以弱胜强，奇兵制敌，像是刘秀率三千精兵奇袭敌军中坚、大败王莽百万大军的昆阳之战；有时阵势堂堂，正义之师，师出有名，名正言顺，像是黄帝讨伐蚩尤的涿鹿之师。其间，有久负声望、骑术出众、偶尔马失前蹄者，犹似晋人庾翼；有默默无名、独擅骑术、一举惊人者，如晋人王湛。博弈方式，或缓缓收兵，或昂然出征，或通过“鸟道”惊险，或履险如夷。不遇古代王良、造父这样的驾驭高手，就没有棋逢对手的快感。行军旅途，丘陵起伏，天高路远。作战双方，有的像恋栈驽马，鼠目寸光；有的挥鞭策马，志在争先。其中分合错综，有“五十六采”“九十一路”之变化。通过如此的运筹帷幄，决胜千里，作者期待能够“平生不负，遂成剑阁之师；别墅未输，已破淮淝之贼”。兴正义之师、平敌虏于一旦、统一南北的宏愿，展现于这复杂变化的小小“打马”游戏之中。

“打马”博弈游戏，经李清照生花妙笔娓娓叙述，风起云涌，精彩纷呈。作者分明是在向当局者指点迷津，讲述韬略，同时借此抒写怀抱，以求在想象中驰骋沙场、杀敌立功。所以曲终奏雅，篇末点题，结尾有诗云：“佛狸定见卯年死，贵贱纷纷尚流徙。满眼骅骝杂騄駬，时危安得真致此？

老矣谁能志千里，但愿相将过淮水。”佛狸是北魏太武帝拓跋焘的小名，南宋人士经常用来代指金人国主，如辛弃疾《永遇乐》说：“可堪回首，佛狸祠下，一片神鸦社鼓。”“卯年”，用南朝刘宋时童谣：“虏马饮江水，佛狸卯年死。”（见《宋书·臧质传》）李清照这篇文章写于绍兴四年甲寅，第二年正好是卯年，李清照用这个典故来表达尽歼来敌、收复失地的愿望。李清照这里有对金人的痛恨，有爱国的热忱，有对前途的坚定信心。南宋爱国词人陈亮的《水调歌头》结尾说：“胡运何须问，赫日自当中。”所表达的愿望和信心，与李清照相似。李清照自我解释说：“说梅止渴，稍苏奔竞之心；画饼充饥，少谢腾骧之志。”（同上）良苦用心，一览无遗。

南宋时代岂止李清照，许多有抱负的男性志士，最终也只能借助“说梅止渴”“画饼充饥”的方式一展报国宏愿。辛弃疾说：“醉里挑灯看剑，梦回吹角连营。八百里分麾下炙，五十弦翻塞外声。沙场秋点兵。”（《破阵子》）“江南游子，把吴钩看了，栏杆拍遍，无人会、登临意。”（《水龙吟》）陆游说：“丈夫出门无万里，风云之会立可乘。追奔露宿青海月，夺城夜蹋黄河冰。铁衣度碛雨飒飒，战鼓上陇雷凭凭。三更穷虏送降款，天明积甲如丘陵。中华初识汗血马，东夷再贡霜毛鹰。群阴伏，太阳升，胡无人，汉中兴。”（《胡无人》）都是在想象或虚拟中杀敌立功，报效国家。

清代王士禄引《神释堂脞语》赞叹说：“易安落笔即奇工。《打马》一赋，尤称神品，不独下语精丽也。”（《宫闺氏籍艺文考略》）李汉章喜读《打马赋》后，同样有很高的评价，说：“若夫生际乱离，去国怀土，天涯迟暮，感慨无聊，既随事以行文，亦因文以见志，又足悲矣。”并题诗说：

国破家亡感慨多，中兴汉马久蹉跎。
可怜淮水终难渡，遗恨还同说过河。
南渡偷安王气孤，争先一局已全输。
庙堂只有和戎策，惭愧深闺《打马图》。
才涉惊涛梦未安，又闻虏马饮江干。
桑榆晚景无人惜，聊与骅骝遣岁寒。
（《黄檗山人诗集·题李易安〈打马图〉并跋》）

**三、李清照的“丈夫气”与饮酒**

李清照生性真是倔强，晚年遭受了那么多的磨难与挫折，居然雄心不灭，依然跃跃欲试。在她一系列关切国事的诗篇里，在她津津乐道的“打马”游戏中，都有淋漓尽致的表现。深究一层，李清照是把男性的作为当成自己行为的准则来要求自己的。当时社会认可的是男性理想追求的模式，李清照不甘被束缚在闺房之中，极力想有所作为，就自然会向男性标准靠拢。这不仅仅表现在她平生的言行作为、争强好胜的性格、诗歌创作等方面，甚至还表现在以柔美见长的词的创作方面。沈曾植《菌阁琐谈》评价李清照的词就说：“易安倜傥有丈夫气，乃闺阁中之苏、辛，非秦、柳也。”这从《渔家傲》之类的气势豪迈、雄浑悲慨的游仙词中可以看出，其他抒写柔婉类情感的词篇里也可以看出李清照的“丈夫气”。

李清照词所表现的“丈夫气”，仅举其所叙述到的“饮酒”行为为例。从李清照流传下来的作品来看，李清照是善饮的。她时常召唤“酒朋诗侣”，诗酒相伴，赏花饮酒。少女欢快游乐时要饮酒“沉醉”，春去秋来被离别相思纠缠时要“东篱把酒”，流落异乡思念故国时更要举杯痛饮。她有花前“小酌”，温文尔雅饮酒，从容欣赏景物的时候；她更有寻求易醉难醒的“扶头酒”畅饮，莫辞醉酒，一醉方休的时候。在她的词中出现与“饮酒”类相关的词语有：小酌、醉、金尊、绿蚁、沉醉、残酒、杯深、病酒、酒盏、酒意、酒阑、尊前、把酒、玉尊、酒醒、扶头酒、酒朋诗侣、杯盘、酒美、淡酒、醉后、绮筵等等。在现存的李清照四十多首作品中，有 22 首词与饮酒联系在一起。也就是说，李清照留存到今天的词作中，有 50% 与饮酒相关。

李清照的饮酒行为，非常明显是对男性的模仿，是向男性社会靠拢的一种表现，因而也显示出她的“丈夫气”。与宋代其他女词人比较，李清照不仅仅饮酒的次数多，而且饮酒的方式也更为豪放，在所有与“饮酒”相关的词语中，“醉”字非常频繁地出现在李清照的词中，一共出现了十次，如“沉醉不知归路”（《如梦令》）、“夜来沉醉卸妆迟”（《诉衷情》）、“共赏金尊沉绿蚁，莫辞醉”（《渔家傲》）等。李清照的酒量与饮酒方式，与宋代男子没有丝毫区别。不知是实际情况就是这样，还是李清照有意识的文学夸张。无论是哪一种情况，都是李清照向男性行为标准看齐的结果。

宋代其他女词人，词中涉及饮酒的次数要远远少于李清照。如朱淑真存词 26 首，写饮酒的只有 7 首，近 27% 的作品与饮酒相关；魏夫人存词 13 首，写饮酒的只有 2 首，约 15% 的作品与饮酒相关；张玉娘存词 16 首，写饮酒的只有 4 首，25% 的作品与饮酒相关[①]；朱淑真、魏夫人、张玉娘以外的女词人共 84 位，存词 108 首，写饮酒的只有 30 首，约 27% 的作品与饮酒相关[②]。她们很少在歌词里表现自己的酒量，即使是饮酒的方式，也与李清照异趣。李清照以外的宋代妇女饮酒，多数时候仅仅是歌伎酒宴应酬或者闺妇节日随俗，如酒宴前歌伎送别男子时的劝酒辞“良辰美景在西楼，敢劝一卮芳酒”（苏琼《西江月》），元宵节赏灯时皇帝的“传宣赐酒饮杯巡”（窃杯女子《鹧鸪天》），上巳节水边游览的“禊饮笙歌”（谭意哥《长相思令》）伴随，等等。饮酒的方式多数时候也是“少饮清欢”（朱淑真《点绛唇》）似的淑贤温良。她们的饮酒是比较女性化的，符合她们的性别角色。

从李清照的气质向男性靠拢这方面，可以加深对李清照倔强的个性、在“打马”游戏中表现出来的极度争强好胜、对国家大事的念念不忘之理解。李清照的“丈夫气”，是社会文化积淀在她思想和行为模式中的下意识表现。

---

① 张玉娘，字若琼，自号一贞居士，松阳（今浙江省遂昌县东南）人。约生活在宋末元初。与中表沈佺定婚，后父母悔婚，沈佺郁病而死，玉娘不久也忧郁死去，死时只有 28 岁。家人因此将她与沈佺合葬。据说张玉娘死后一个多月，她的侍女霜娥病死，紫娥自尽而死，连她的鹦鹉也悲鸣死去，于是，家人将她们统统合葬在一起，称“鸳鸯冢”。有《兰雪集》一卷。唐圭璋先生依据其词集上所署“元松阳女子张玉娘撰”，将其作品作为元人词收入《全金元词》。然唐圭璋先生又有论文《宋代女词人张玉娘》（见《词学论丛》，上海古籍出版社 1986 年版），考定张玉娘乃宋仕族女子，曾祖父张再兴是孝宗淳熙八年（1181）进士，祖父张继烨，父张懋。沈佺也是徽宗时状元沈晦的后人。《兰雪集》中并未涉及家国之恨，或许张玉娘并未见宋亡。所以，此处也将张玉娘作为宋代女词人统计。

② 这是根据唐圭璋先生《全宋词》所做的统计，女鬼、女仙词或为男性代作，未统计在内。

迫使李清照再次逃难的由伪齐刘豫怂恿的这一次金兵入侵，没有占到丝毫便宜。绍兴四年（1134）十月，韩世忠于大仪（今江苏江都县西）大破金兵。同月，高宗终于下定决心，御驾亲征，南宋军民气势如虹。十二月，岳飞再度大败金兵。金人知道抗战主将张浚已在镇江长江沿线布置作战，最后仓皇引兵夜遁，南方局势复归安定。李清照在金华的日子，也就过得相对安宁闲适。所以她才有从容的精力和时间整理早年的“打马”游戏，将之形诸文字。

这一次战争的全面胜利，显示了南北军事力量对比的变化，南方已经具备足够的军事实力与北方金人对抗，且有逐渐胜出之势头。局势的平稳，使得宋高宗有了闲暇时间与精力修订与完善朝廷规章制度，其中一项主要的措施就是诏令私家献书，收集散失的文献，为北宋后期三朝皇帝哲宗、徽宗、钦宗修史。赵明诚家藏书丰富，朝野有名。绍兴五年(1135)五月三日，高宗诏令婺州（今浙江金华）取索赵明诚家藏《哲宗实录》，说明此时李清照还在金华。此后，李清照才返回临安。余下的二十年左右的时光，李清照都是在京城临安度过的。

## 第五节　醉莫插花花莫笑，可怜春似人将老

——李清照晚年的生活和故国之思

李清照晚年定居临安之后，南北局势更加稳定。南方军事力量的增长，使得北方轻易不敢有窥伺进犯之心。南宋小朝廷则苟且偷安、不思进取，坚决拒绝发动收复失地的北伐战争。高宗与宰相秦桧沆瀣一气，卖国求和，于绍兴十一年（1141）与金人签订了丧权辱国的“绍兴和议”。朝廷因

此解除了功勋卓著的岳飞、韩世忠、张浚三位军队主帅的兵权，后又以“莫须有”的罪名杀害了抗金名将岳飞。此后，南北大体相安无事，战争逐渐远离人们而去，统治者又可以高枕无忧、醉生梦死了。南宋诗人林升《题临安邸》诗讥刺说：“山外青山楼外楼，西湖歌舞几时休？暖风熏得游人醉，直把杭州作汴州。”南宋末年词人文及翁《贺新郎》也痛斥说：“一勺西湖水，渡江来、百年歌舞，百年酣醉。”

晚年回到临安的李清照，生活居所也相对安定，只是越来越多地陷入孤寂无聊的境遇之中。有关李清照晚年生活的资料也越来越缺乏，今人甚至难以确定李清照是哪一年去世的。见于记载的李清照晚年生活的零星资料表明：环境的稳定，使李清照的生活变得闲适而不紧张，她大致成为上流社会中闲逸无事的一位孤老太太。这段时期，李清照见于资料记载的大约做过以下几件事情：

第一，绍兴十三年（1143）五月，李清照曾经为内廷宫妃创作过三首《端午帖子词》，后来又替人创作过两首类似的《春帖子词》。宋代每逢节日，宫廷都要设宴，以示热闹庆祝。皇帝都要让翰林学士创作五言、七言绝句若干首，贴在宫中各内阁的门墙之上，以增加喜庆气氛，称“帖子词”。内廷嫔妃，有时凑趣，也要制作这类“帖子词”，以讨取皇帝的欢心。不善诗歌创作者也不甘落后，便请人捉刀代笔。内廷命妇中有李清照的亲戚，于是便请久负盛名的李清照为自己代笔。这类节日应景之作，与宫廷御用文人平日的“奉和”“应制”之作差不多，都是对皇室、对朝廷、对现实的歌功颂德之作，内容空虚，艺术上乏善可陈。举李清照之作中稍有趣味的一首《夫人阁端午帖子》为例：“三宫催解粽，妆罢未天明。

便面天题字，歌头御赐名。”这首五绝多少写出端午节后宫生活习俗，略有意味。据说李清照因替嫔妃创作这些“帖子词”，居然得罪了当时的翰林学士秦桧的哥哥秦梓（字楚材）。不知是李清照的创作抢了秦梓头彩的原因，还是秦梓也有请李清照捉刀之意，因落空而恼羞成怒。秦桧与李清照沾亲带戚，李格非的前妻汉国公王准的孙女王氏乃秦桧的姑母，李清照与秦桧兄弟是表兄妹。秦梓却没有顾及这一层亲戚关系，因秦梓的阻挠，李清照这次为宫廷捉刀一事，仅得到一些金帛赏赐，朝廷没有更多的恩惠。

第二，李清照时而选取官宦家庭年幼有才华的女子，将自己的创作经验传授给她们。在那个时代，李清照真是女性意识很强的作家，她意图教授出几位如同自己一样出色的女性作家，为巾帼争气争光。《醉翁谈录》乙集卷二载韩玉父《寻夫题漠口铺》诗，诗前有小序介绍创作缘由，其中一段说：“妾本秦人，先大父尝仕，朝乱离落，因家钱塘。儿时，易安居士教以写诗。”陆游《夫人孙氏墓志铭》同样记载了这样一件事，说：“夫人幼有淑质。故赵建康明诚之配李氏，以文辞名家，欲以其学传夫人。时夫人始十余岁，谢不可，曰：‘才藻非女子事也。’”（《渭南文集》卷三十五）孙氏生于绍兴十一年（1141），所说的“十余岁”，应该是绍兴二十二年左右，此时，李清照已经69岁了。或许，李清照晚年还倚赖如此教授几位女弟子以维持生活。然而，李清照所教授的学生中，竟再也没有出现一位佼佼卓越者，大多默默无闻，不见经传。除了秉性天赋差异的原因之外，这些年轻女性深受封建礼教毒害，宁愿做一位“无才有德”者，也不愿意充分展现自己的才华，这是更为重要的原因。如陆游所说的夫人孙氏，才十余岁，竟能说出“才藻非女子事也”这样令人恐惧的话语来，心甘情愿地接受了全部的封建伦理道德规范。陆游也将此作为孙氏的光辉一笔记入《墓志铭》。无独有偶，孙光宪《北梦琐言》卷六也记载了同样的一件事：“唐乐安孙氏，进士孟昌期之内子，善为诗。一日并焚其集，以为才思非妇人之事，自是专以妇道内治。”推而广之，李清照的前前后后，有多少才华横溢的女子，在专制礼教的扼杀之下个性泯灭，被默默吞噬。《梦溪笔谈》卷十四载：“毗陵郡士人家有一女，姓李氏，年方十六岁，颇能诗，甚有佳句，吴人多得之。有《拾得破钱诗》云：‘半轮残月掩尘埃，依稀犹有开元字。想得清光未破时，买尽人间不平事。’又有《弹琴诗》云：‘昔年刚笑卓文君，岂信丝桐解误身。今日未弹心已乱，此心元自不由人。’虽有情致，乃非女子所宜也。”“非女子所宜”，是那个时代对女子从事文学创作的普遍看法。宋代继李清照之后最有艺术才华和创作成就、同时不乏叛逆精神的女词人朱淑真，居然也曾经写过两首《自责》诗，其一说：“女子弄文诚可罪，那堪咏月更咏风？磨穿铁砚非吾事，绣折金针却有功。”其二说：“闷无消遣只看诗，又见诗中话离别。添得情怀转萧索，始知伶俐不如痴。”朱淑真的自责与悔恨是真心的，是一代才女被专制礼教扼杀的明证。所以，朱淑真只能是短命的，只能是断肠的一生。只有倔强自信的李清照，永远抗争命运，得以留芳青史。李清照是幸运的！

第三，继续从事书籍、字画、金石的收集整理工作，修订补充《金石录》。绍兴十九年（1149），66岁的李清照两次携带北宋著名书法家米芾的墨宝去见他的儿子米友仁，求他做题跋。米友仁的书法当时已经非常有名，人称“小米”。米友仁在《灵峰行记帖》上题跋说：“易安居士一日携前人墨迹临顾，中有先子留题，拜观不胜感泣。先子寻常为字，但乘兴而为之。今之数字，可比黄金千两耳。呵呵！”又一次在《寿时宰词帖》上题跋说：“先子真迹也。昔唐李义府出门下典义，宰相屡荐之。太宗召试讲武殿，赐座，而殿侧有乌数枚集之，上令作诗咏之。先子因暇日偶写，今不见四十年矣。易安居士求跋，谨以书之。”绍兴二十年（1150），67岁的李清照又为《金石录·汉巴官铁量铭》加注，注说：“此盆色类丹砂……余绍兴庚午岁亲见之。今在巫山县治。韩晖仲云。”这些记载说明李清照持续了她受赵明诚感染所培养起来的兴趣爱好，其中不乏对赵明诚的深深一份眷恋怀念之情谊。同时也可以看出，晚年李清照不愿意自己被愁苦压垮，努力寻找自己感兴趣的事情，消遣光阴。这依然是自强自信性格的倔强表现。据洪适《隶释》记载，绍兴年间，李清照曾将凝聚了赵明诚与自己一生心血的《金石录》表上朝廷。绍兴四年八月李清照写定《金石录后序》，那时兵荒马乱，朝廷与李清照都在准备逃难，表上《金石录》的事情不大可能。绍兴二十年左右，南北局势相对稳定，朝廷偃武修文，垂暮之年的李清照最有可能是在这段时期内完成自己与赵明诚的最后心愿，将晚年反复修订的《金石录》献之朝廷。

李清照竭力想摆脱悲苦意绪的缠绕，但是，故国之痛铭心刻骨，解脱是表面的，内心永远沉浸于悲愤之中。李清照这时候所写的词作，也能看出词人在尽量寻找机会解脱自我，她也喝酒、也插花、也赏春，但最后还是无法掩饰内心的凄凉悲苦。《蝶恋花》说：

永夜恹恹欢意少。空梦长安，认取长安道。为报今年春色好，花光月影宜相照。　　随意杯盘虽草草。酒美梅酸，恰称人怀抱。醉莫插花花莫笑，可怜春似人将老。

这是一首伤春伤离之作，伤春伤离的背后渗透着故国之思。词在抑郁寡欢中开篇，是晚年心态的自然流露。“永夜”，就是长夜漫漫，这是失眠者揪心揪肺的痛苦感受。词人在此漫漫长夜，或者因故国之思而难以入眠，或者睡眠中仍然念念不忘故国江山，在梦中多次归去。“长安”，这里代指北宋故都汴梁。“空梦长安，认取长安道”，是醒来以后的失落与惆怅。醒来后时光之凄苦难耐，已尽在不言之中。词人却并不着力描写自己的悲苦情绪，笔锋一转，语意似乎转向欢快：“为报今年春色好，花光月影宜相照。”今年的春天，花好月圆，景色宜人，正好赏心悦目，消磨时光。更何况“酒美梅酸”，可口如意，事事随人心愿。在这样的风光景色中，有美酒美食相伴，词人正应该陶冶情趣，身心愉悦，岂知结尾两句语意再转：“醉莫插花花莫笑，可怜春似人将老。”词人为何而醉？略显狂放的“插花”动作中仅仅就是留恋春天的离去？“春老”与“人老”之间又有何种联系？结尾牵涉出这一系列的问题，词人的伤春伤离意绪，至此也含蓄说出，照应了开篇所烘托出来的低迷之状态、忧郁之情绪。读完整首词，方能品味出李清照这时候的插花赏春、举杯畅饮，都是一种故作姿态，都是一厢情愿地在努力摆脱悲苦意绪的缠绕，都是一些表层次的情绪显现。故国之哀痛，绵绵深长，其中渗透着家破人亡、晚景孤独的多种复杂悲慨，如何能随意地排解摆脱？

这首词表达愁绪的方式，与李清照南渡以后其他时期的作品不一样。它没有了刚刚渡江南来时的动荡不安、焦灼不定的感受表达，没有了赵明诚去世不久时的撕心裂肺、肝肠寸断的痛苦爆发，没有了再遭婚变众人唾弃时的求告无门、哀婉欲绝的伤心流露。词人这里表现为一种貌似平静的意绪，好像已经能够洒脱地将自己的愁绪抖落。而贯穿全词始终、潜藏在字里行间的悲苦意绪，读者却是可以清晰品尝出来的。这样深入骨髓、混融到血液里的悲苦意绪，丝丝缕缕渗透到表层时，自然具有巨大的艺术感染力。

李清照又有《鹧鸪天》，同样在貌似平静的叙述中，在极力寻求自我慰藉的努力中，最终没有办法回避内心的真实感受。词说：

> 寒日萧萧上锁窗，梧桐应恨夜来霜。酒阑更喜团茶苦，梦断偏宜瑞脑香。　　秋已尽，日犹长，仲宣怀远更凄凉。不如随分尊前醉，莫负东篱菊蕊黄。

每到秋来，寒日萧萧，梧桐夜霜，愁恨依旧。这秋日严霜肃杀的萧条景象，已经包含着无限的悲苦凄凉意味，引发“悲哉秋之为气”的深沉感慨。但是词人不甘心就此忍受痛苦的折磨，她饮酒品茶，寻找种种消遣，以排解内心愁苦，终于在昏然中睡去。然而瑞脑香尽，梦中醒来，按捺下去的痛苦必将再度翻腾上来，夜深人静之际，更叫人不堪忍受。上阕就此结束，并未展开醒来后精神状态的描写。下阕则紧紧承接上阕的结句，将已知百般无计解脱的愁苦干脆袒露出来。凄凉的秋日已经过尽，冬季应该越发昼短夜长，但是词人依然感觉到白日的漫长。这其实是一种心理特定作用。整日孤寂无聊，痛苦难耐，当然会感觉到时光流逝的缓慢而有所怨言了。这种心理感受的真实原因词人也明确告诉读者："仲宣怀远更凄凉。"东汉末年文人王粲，字仲宣，属"建安七子"之一。汉末战乱，流落荆州，曾作《登楼赋》，以抒思乡之情。其中有"虽信美而非吾土兮，曾何足以少留""情眷眷而怀归兮，孰忧思之可任"等句。李清照借以写浓烈的怀念故国、思念故乡的悲凉情怀，也解释了前文所表现的秋日愁怨、日长难熬产生的原因。词人再度举杯寻醉、随意赏菊，读者已经非常明白，这又将是新的一轮注定要失败的努力的开始，词人注定要在这种循环往复、无休无尽的折磨中煎熬下去。

## 第六节　寻寻觅觅，冷冷清清，凄凄惨惨戚戚

——李清照晚年的思旧情怀

晚年孤苦中的李清照，用来安慰自己日常的寂寞无聊，抚慰自己受伤心灵的，只有已故丈夫赵明诚对自己深挚的爱恋之情，以及南渡以前幸福的家庭婚姻生活。对已故丈夫赵明诚的怀恋，成为李清照晚年情感生活的主要内容。这时期的创作，被浓浓的怀旧情绪所笼罩，且伴随着一种深深的悲苦绝望情绪。绍兴四年（1134）八月，李清照睹物思情，写成了《金石录后序》，集中寄托了对丈夫的思恋怀念情感。此时的思恋，抑制不住内心的凄苦悲凉，李清照再也无法从深悲巨痛中摆脱出来，做旷达之想了。《南歌子》说：

天上星河转，人间帘幕垂。凉生枕簟泪痕滋，起解罗衣聊问、夜何其？　　翠贴莲蓬小，金销藕叶稀。旧时天气旧时衣，只有情怀不似、旧家时。

这首词作于痛定思痛之晚年，抒写词人“物是人非”的悲今悼昔之怀旧情感。天上银河不定流转，岁月总是匆匆流逝。又到了秋“凉生枕”季节。深夜之际，人间依然帘幕低垂。在悲苦中默默垂泪的词人，又在煎熬着一个无眠的长夜。这是一个寂寞冷清的秋夜，泪水，“断脸复横颐”，浸湿了“枕簟”。词人再也无法在冰凉的簟席上安卧下去，只好“起解罗衣聊问、夜何其”。词人指望这漫漫长夜快点过去。在夜的寂寥中思前想后，万般痛苦纷沓而来，这滋味实在叫人不堪忍受。随着季节的改变，景物也变化无常。词人在无眠中起床来到户外，所见的是“莲蓬”枯小，“藕叶”稀疏，自然界也是一片萧条冷清。面对的“天气”和身披的罗衣，都与南渡之前赵明诚在身边时相似，只是眼前人去楼空，物是人非，词人的情怀已变，再也没有旧日的好心境了。结尾连续用三个“旧”与“时”字叠用，渲染出一种今昔对比的强烈效果，也显示出词人流转如珠的语言风格。与《偶成》诗“今看花月浑相似，安得情怀似旧时”所抒发的情感相同。

叠字运用得最为成功，最能够典型地体现出李清照晚年思旧情绪和凄苦心境的，是传诵广泛的《声声慢》。词说：

寻寻觅觅，冷冷清清，凄凄惨惨戚戚。乍暖还寒时候，最难将息。

三杯两盏淡酒，怎敌他、晚来风急。雁过也，正伤心，却是旧时相识。

满地黄花堆积。憔悴损，如今有谁堪摘？守著窗儿，独自怎生得黑？梧桐更兼细雨，到黄昏、点点滴滴。这次第，怎一个、愁字了得？

这首词形象地描绘出残秋的萧瑟景象，抒发了词人饱经忧患、家破人亡之后的悲痛。这里，既有词人与当时人们所共同感受到的国破家亡之恨、离乡背井之愁，又有个人所独具的晚年丧夫、没有儿女、孤苦寂寞、辛酸艰难的生活体验。全词调动一切艺术手段，形象地再现了词人南渡后寂苦无依、走投无路的处境和百计难解、欲说还休的国难家愁，低沉的调子中微露愤激的情感。首三句由七组叠字构成，大胆新奇。不仅显示了高超的遣词组句的技巧，而且，有层次地表现了词人精神恍惚的状态和凄苦愁怨的心灵。“寻寻觅觅”，劈空而来，似乎难以理解。细加玩索，才知道所表现的是一种若有所失的精神状态。环境孤寂，心情空虚，无可排遣，没有寄托，就像有什么东西丢掉了一样。所以，在下意识中开始寻觅。这遗失的东西，可能是流亡逃难以前安定充实的生活，是丈夫在世时美满幸福的爱情婚姻。这些抽象的环境与情感，却不是能够实实在在地寻觅把握的。起句就将李清照由于金兵的入侵、北宋的崩溃、流亡的经历、孤独的晚景所带来的经受了长期消磨而依然留存心底的悲哀，充分地显示了出来。若有所失，便想抓住一点什么，结果还是两手空空。词人这才如梦初醒，从精神恍惚中回到了现实世界，感觉到周围的“冷冷清清”。于是，内心的“凄凄惨惨戚戚”的悲苦意绪便汹涌而来。这组叠字，由动作到环境、到心情，由浅入深，由表及里，由外到内，声情并茂。

“乍暖还寒”是九十月之交的暮秋季节，此时人们特别容易得病。其实这是词人情绪恶劣的曲折表现。词人此时的“贫病”完全是因为环境的变化带来的。环境不佳，心情恶劣，气候又很坏，所以词人特别敏感，身体觉得很难适应。词人不说环境之冷清，心情之凄惨，而将身体不适的一切原因都归于外界的“乍暖还寒”的气候。词人故意避开现实环境和内心深愁，想借口外界原因而自我安慰，其作用是更深刻地表现了词人内心的哀愁。既然归于外界，词人就用“三杯两盏淡酒”来抵寒，事实上还是在借酒浇愁。然愁绪依然解不开，词人不愿直说，婉言推之淡酒难敌外界急风。否则的话，词人不是可以五六杯、七八杯地喝下去吗？一直到浑身发热为止。总之，词人百般设法，却总是无法摆脱。这两句是上文写环境与心情的延伸，词人故意将心情的恶劣隐藏在字里行间，而把环境的难堪推到表面，以作解释。恶劣的情绪终究难以回避，所以，词人借“雁过也”，将上文含情未说之事略加点明。正在这时候，一群征雁，掠过高空，在急风、淡酒、愁绪难消的情景中，在周围一片沉寂的冷漠中，蓦然闯入，使人有“空谷足音”的感受。但这感受不是喜悦，而是“伤心”。因为大雁到了秋天，由北而南，躲避寒冷。李清照也是北方人，避乱南下，与大雁似乎是“旧时相识”，于是就有了“同是天涯沦落人”的悲伤。

过片紧承上文，仍写词人所见。词人仰望则见辽天过雁，俯视则满地残菊。菊花虽然开得极其茂盛，然眼前又已憔悴。在往年，一定要在它盛开的时候，摘来戴到头上，如今又谁会有这种兴致呢？清照喜欢以

“傲霜”的菊花自比，南渡前有“帘卷秋风，人比黄花瘦”之名句。这里满地憔悴、无人赏识的菊花，也不象征着词人晚年孤独无依、寂寞忧愁的处境吗？无论是“旧时相识”的大雁，还是“满地黄花”的新知，引起的都是物是人非的感觉，光景今昔不同的愁苦。因此，词人感觉到度日如年了：“守著窗儿，独自怎生得黑？”至此，读者才发现前文的“雁过也”“满地黄花”原来都是“守著窗儿”时候的所见所闻。“守著窗儿”，最初目的大概是为了浏览景物，排遣愁闷，岂知所见所闻反而处处触动内心的怨苦，万般无奈中被逼出一句：“独自怎生得黑。”白天凄苦无聊，夜晚总可以在睡梦中忘却，词人于是盼望着黑夜的到来。其实，这是李清照的一厢情愿。在愁苦煎熬中的词人，到夜晚真的就能入睡吗？李清照的《念奴娇》说：“被冷香消新梦觉，不许愁人不起！”《南歌子》说：“起解罗衣聊问、夜何其？”到夜晚，面对长夜寂寞无眠，只怕又要加倍渴望白天的到来。白天盼黑夜，黑夜盼白天，每时每刻，痛苦都在绞噬着词人的心灵。好容易熬到黄昏，“梧桐更兼细雨”，越发叫人难受。这里用白居易《长恨歌》“春风桃李花开日，秋雨梧桐叶落时”诗意。黄昏时“点点滴滴”的细雨，只发出“沙沙”的轻声。只有在极其寂静的环境中“守着窗儿”，才能听到。这细雨声，不仅听在耳里，还敲打在心头。整个黄昏就这样“点点滴滴”过去，什么时候才有一个了结？多久才能滴到天黑？天黑以后是否还是要“点滴”下去呢？北方人特别不习惯南方的连绵细雨，李清照《添字丑奴儿》说：“伤心枕上三更雨，点滴霖霪霪，点滴霖霪霪。愁损北人，不惯起来听。”异乡独特的环境景物，提醒着词人背井离乡的难堪。可见，细雨连绵不断下去，今夜又将是一个失眠的夜晚。

结句是全词各种描写的总束。面对急风欺人、淡酒无用、雁逢旧识、菊惹新愁、黄昏细雨、梧桐声响，这一连串的光景，以及在这种光景中的万般滋味，就非一个“愁”字所能概括。如果就用一个“愁”字，未免太单一、太浅薄了。结句看似简单，实际上恰如其分地写出了词人“守着窗儿”，越想安宁越得不到安宁，越想摆脱越无法摆脱，思绪万千、心潮翻滚的特定心境。

词人采用层层铺叙的手法，线索分明。开篇以七组叠字领起，中间有六种可伤心的事情：气候冷暖不定，难以保养身体，一可伤也；秋风凄厉，淡酒不能御寒，二可伤也；一见归雁，触动内心隐痛，三可伤也；身心憔悴，无心赏菊，四可伤也；守着窗儿，满眼愁苦，日长难熬，五可伤也；雨打梧桐，心烦意乱，六可伤也。词人的伤心愁苦逐渐揭示，结句归纳一笔，层次非常清楚。

同时代读者，便对这首词推崇备至。罗大经诧异这首词：“起头连叠七字，以一妇人，能创意出奇如此。”（《鹤林玉露》卷十二）张端义则称赞说：“此乃公孙大娘舞剑手，本朝非无能词之士，未曾有一下十四叠字者，用《文选》诸赋格。后叠又云：‘梧桐更兼细雨，到黄昏、点点滴滴。’又使叠字，俱无斧凿痕。更有一奇字云：‘守着窗儿，独自怎生得黑？’‘黑’字不许第二人押。”（《贵耳集》卷上）。这首词，堪称《漱玉集》中的压卷之作。

李清照此时的思旧情绪，夹杂着流落异乡的特殊感受。就是这种他乡风物所给予词人的特殊感受，酿就了浓浓的乡愁。《添字丑奴儿》说：

窗前谁种芭蕉树？阴满中庭，阴满中庭。叶叶心心，舒卷有余情。

伤心枕上三更雨，点滴霖霪，点滴霖霪。愁损北人，不惯起来听。

这是一首咏芭蕉的词，写出失去家乡、流亡到南方的“北人”的心态。叶子肥大的芭蕉树，在江南随处可见。黄梅季节，阴雨连绵，雨声不停地敲打着芭蕉，这种淅淅沥沥的声响“北人”何曾听过。对于渡江南来的“北人”来说，无论漂泊到南方的何地，无论在此地居住多长时间，始终没有家乡的认同感，居无定所的惶恐不安永远追随着词人。面对窗前的芭蕉树，眼看“阴满中庭”的梅雨气候，词人已经预感到今夜可能又是一个无眠的长夜煎熬。这样的情形，词人南渡之后肯定经历过无数次。于是，眼前“叶叶心心，舒卷有余情”的芭蕉，便成了愁眉紧锁、愁怀不开之词人的反衬物。芭蕉的舒展与无知，衬托了词人的一腔深情。所以，当词人三更半夜，辗转难眠，听到如此“点滴霖霪”的雨点敲打着芭蕉时，就特别引起了“北人不惯”的感觉，不免增添失去故土的伤痛与复国无望的深愁。这雨滴居然会如此的无休无尽，仿佛存心与来自干旱地区的“北人”作对，提醒“北人”背井离乡的现实悲惨处境。这叫卧床的“北人”实在无法忍受下去了，只得披衣“起来听”。“起来听”难道就能够缓解愁痛的程度吗？这当然是不可能的，这只是词人真的没有办法应付漫漫长夜的折磨而采取的一个不可能产生效果的无奈动作，今夜的痛苦将持续下去。整首词通过“北人”对异乡风物的感受，写出自己流落江南、国破家亡的难堪愁苦，也写出千千万万“北人”的故国之思，唱出他们的苦难心声 。

随着时间的流逝，词人国破家亡的巨痛也稍稍平复，在一部分词作里，感情不再是如同奔腾岩浆似的不可遏止地喷涌，而是渗透到点点滴滴的日常生活中去，丝丝缕缕，随处可见。《念奴娇》说：

萧条庭院，又斜风细雨，重门须闭。宠柳娇花寒食近，种种恼人天气。险韵诗成，扶头酒醒，别是闲滋味。征鸿过尽，万千心事难寄。

楼上几日春寒，帘垂四面，玉阑干慵倚。被冷香消新梦觉，不许愁人不起。清露晨流，新桐初引，多少游春意？日高烟敛，更看今日晴未？

晚年李清照身处的环境，永远是冷冷清清的“萧条庭院”，欢乐已经永远离词人而去。即使“斜风细雨”的侵袭，也让脆弱的词人不堪忍受，只得“重门须闭”，躲避可能会有的外界的伤害。这时候，大约连“向帘儿底下，听人笑语”的勇气也不复存在了。庭院以外，是“宠柳娇花”千姿百态的烂漫春天，词人所关注的却是接近寒食时节的细雨霏霏、点滴霖淫的黄梅天气。词人南渡以后的词作里，已经一再表示自己对这种“点点滴滴”连绵细雨的厌倦乃至恐惧的情感，这里寄托着浓浓的乡思，寄托着深深的家国之愁。一句“种种恼人天气”，将诸多愁苦的感受与情绪涵括无遗。剩余的生命都是多余的，每天里都有不知道怎样消磨的漫长无聊的时光，词人只能依赖“险韵诗”“扶头酒”来打发寸寸光阴。作诗用韵部很窄的难押之字或不常见的僻字押韵，称为用险韵，这样可以表现出诗人作诗的熟练技巧。寻常的创作，对才能过人的李清照来说已经变得轻而易举，她必须寻找更加艰深困难的创作方式，转移自己的心思，消耗自己的精力，消磨自己的时光。扶头酒，指酒性浓烈、使人易醉的酒。因酒后头晕，故称。杜牧《醉题五绝》说：“醉头扶不起，三丈日还高。”贺铸《南乡子》说：“易醉扶头酒，难逢敌手棋。”常年以酒浇愁，寻常的酒也就不足以令词人昏醉，词人只好用烈性的“扶头酒”寻醉了。当“诗成酒醒”之后，就再也没有什么可以消遣的，只留下一番无言诉说的“闲滋味”，让词人苦涩地、无休尽地咀嚼。眼前“征鸿”过尽，“万千心事”却难寄。家乡已经沦落，丈夫已经去世，词人的一腔情思、一腔哀思还能寄到哪里、寄给谁呢？只怕引起的仍然是“雁过也，正伤心，却是旧时相识”的感伤。

在日常平淡的生活中，几日春寒，帘垂四面，阑干慵依，词人将自己深深地躲藏在楼上帘后，与外界远远隔离。这是词人白天所身处的环境。下阕首三句同时是对上阕的一笔总束。紧接着写夜晚。睡梦中被惊醒过来，依然是白天愁苦的延续。“被冷香消”，表明夜已深，词人始终没有睡安稳，睡梦中的来回翻腾才能导致“被冷”，这当然是一场令人辗转反侧的噩梦。当“愁人”被迫起床，新的一天新的一轮折磨又将开始。清晨时刻，露水晶莹闪亮，梧桐枝叶新生，春回大地，这样的景色赏心悦目，颇值得外出一游，这也是消愁的一种方法。随即，词人又开始担心“次第岂无风雨”。当朝阳升起，烟雾散尽，词人还要进一步观察今日是晴天还是雨日。最终，词人依然表达了对外界的恐惧心理，为将自己紧锁在屋里寻找借口。这是李清照南渡以后的典型心态。从白天到夜晚、再到清晨，展望又一个白天，周而复始，痛苦的折磨是没有尽头的。词人完整地叙述了一整天的光阴是如何慢慢消遣打发的，虽然不是一种剧烈的爆发，但是这样伴随始终的痛苦，是任何人都难以承受的。《金粟词话》称许说："李易安'被冷香销新梦觉，不许愁人不起'，'守着窗儿，独自怎生得黑'，皆用浅俗之语，发清新之思，词意并工，闺情绝调。"

李清照去世的年月已经不能确定，据前文所引陆游《夫人孙氏墓志铭》所言，应该是在绍兴二十二年（1152）以后，李清照大约在七十岁前后辞别人世，此时距赵明诚去世已约有二十五六年时间了。带着对赵明诚深挚的情感，带着对破碎家国的无限挂恋，带着对现实社会的诸多失望，带着一腔被压抑的愤慨与怨愁，李清照含恨而去。终其一生，有太多的幸运与太多的不幸一起降临到李清照的身上。大喜大悲，大起大落，扩大了李清照的人生视野，磨炼了李清照的性格意志，丰富了李清照的情感阅历。这样的人生经历，成就李清照登上文学殿堂，在当时便"文章落笔，人争传之"（赵彦卫《云麓漫抄》卷十四），也最终在源远流长的文学创作发展历史的过程中，寻找到自己合适的位置。李清照与赵明诚的幸福婚姻在宋代社会是独一无二的，他们真挚热烈的爱情在宋代社会同样罕见。李清照一生的经历乃至文学成就，多数都与这段婚姻与爱情联系在一起。

作为一位女性作家，李清照生前生后又是备受歧视的。这不仅仅表现在同时代或后代读者对李清照的文学创作乃至婚姻情爱的横加指责上，也表现在有关李清照生平资料的支离破碎、零落难觅方面。即使是明代以来对李清照拳拳服膺的竭力为李清照再婚“辩诬”的读者，依然摆脱不了“有色眼镜”的框框，李清照如果确实再婚，他们对李清照的评价是否要改变？归根结底，这还是对李清照的一种歧视。审视李清照，就必须走出这种歧视李清照，乃至歧视妇女的狭窄圈子。另一方面，资料的缺乏，成为研究李清照的最大难题。所以，为李清照与赵明诚共同做传，其间就会有依据社会环境、他们的作品、常情常理等因素的推测。

纵观宋代传名至今的女词人，或者是因为她们的表现符合了男性所规范的道德标准，或者她们是借助男性亲属之力，或者她们的创作是吻合了男性的趋艳心理。总而言之，女性得以流名于词坛，都要依恃男性力量或经过男权文化的过滤，其流名多不是因其作品本身的价值。所以宋词中众多的女性名字并不意味着宋代女性词人的光耀。唯独只有李清照，引得男性作家刮目相看乃至流芳后世的，完全是凭借自己雄健的气概，宽阔的心胸，卓越的见识，非凡的文学成就。[①] 甚至赵明诚的显赫名声，也完全得力于李清照。凭借妻子而出名、而传名，在宋代也只有李清照与赵明诚这一对夫妻。阅读李清照，必须从李清照与赵明诚的婚姻爱情生活入手，把握李清照的个性，理解她的喜怒哀乐，庶几不至随意歪曲古人。这便是本书努力要奉献给读者的。

① 同门师妹胡元翎君，有短文《宋代女词人流名探》，此处参用了她的观点与论述。

# 参考书目

《李清照集校注》，王仲闻校注，人民文学出版社1979年10月版。

《重辑李清照集》，黄墨谷编辑，齐鲁书社1981年11月版。

《李清照》，徐培均著，上海古籍出版社1981年12月版。

《李清照评传》，王延梯著，陕西人民出版社1982年4月版。

《李清照》，程千帆、徐有富著，江苏古籍出版社1982年10月版。

《李清照诗词评释》，蓝天等注评，广东人民出版社1983年7月版。

《李清照资料汇编》，中华书局1984年版。

《李清照研究论文集》，中华书局1984年5月版。

《李清照词赏析》，郑孟彤编著，黑龙江人民出版社1984年9月版。

《李清照诗词评注》，侯健、吕智敏评注，山西人民出版社1985年8月版。

《李清照及其作品》，平慧善著，时代文艺出版社1985年9月版。

《李清照传记资料》，朱传誉主编，台北天一出版社1985年版。

《李清照词鉴赏》，周振甫等撰写，齐鲁书社1986年4月版。

《李清照研究论文选》，上海古籍出版社 1986 年 12 月版。

《李清照名篇赏析》，温绍堃、钱光培著，北京十月文艺出版社 1987 年 3 月版。

《李清照研究丛稿》，王璠著，内蒙古人民出版社 1987 年 4 月版。

《李清照新论》，刘瑞莲著，山西人民出版社 1990 年 2 月版。

《李清照全集评注》，徐北文主编，济南出版社 1990 年 12 月版。

《李清照全传》，喻朝刚、周航，长春出版社 1996 年 10 月版。

《李清照辛弃疾研究论文集》，山东大学出版社 1977 年 11 月版。

《宋代女词人词传》，刘敬圻、诸葛忆兵著，吉林人民出版社 1999 年 1 月版。

《追忆》，斯蒂芬·欧文著，上海古籍出版社 1990 年 10 月版。